insel taschenbuch 4958
Petra Rautiainen
Land aus Schnee und Asche

AF198480

»In Petra Rautiainens poetischem Debütroman ist die Schönheit des Polarkreises durchzogen von den brutalen Spuren, die die Nazis auch hier hinterlassen haben. Hat mich sehr gepackt.« *Brigitte*

»Aufwühlend.« *HÖRZU*

Lappland 1944: Der finnische Soldat Väinö Remes wird nach Lappland beordert, um in einem Gefangenenlager der Deutschen als Übersetzer zu arbeiten. Was er erlebt, ist kaum in Worte zu fassen, doch Väinö schreibt Tagebuch, um in den Schrecken des Krieges seine Menschlichkeit zu bewahren.

Drei Jahre später: Die Journalistin und Fotografin Inkeri lässt sich in einem kleinen Ort in Westlappland nieder, um den Wiederaufbau des verwüsteten Landes zu dokumentieren. Ihr Untermieter Olavi gibt ihr Rätsel auf, doch in der jungen Sámi Bigga-Marja und ihrem Großvater Piera findet Inkeri Zugang zu einem ihr unbekannten Teil des Landes. Die beiden Sámi eröffnen Inkeri den Einblick in die Kultur und Lebensweise der indigenen Bevölkerung, die im Zuge des Wiederaufbaus von den Finnen unterdrückt zu werden droht.
Gleichzeitig ist Inkeri aus persönlichen Motiven in Lappland: Sie will herausfinden, was mit ihrem Mann Kaarlo geschehen ist, der während des Krieges spurlos in Lappland verschwand. Durch Zufall gelangt ein Tagebuch aus Kriegszeiten in ihren Besitz, das der Schlüssel in ihrer Suche sein könnte …

Petra Rautiainen, geboren 1988 in einem kleinen Dorf in Ostfinnland, hat Geschichte und Kulturwissenschaft studiert. *Land aus Schnee und Asche* ist ihr Debütroman, für den sie für zahlreiche Preise nominiert und mit dem Savonia-Preis ausgezeichnet wurde.

Tanja Küddelsmann, geboren 1968 in Flensburg, ist seit 2013 freiberufliche Übersetzerin aus dem Finnischen.

Petra Rautiainen

Land aus Schnee und Asche

Aus dem Finnischen
von Tanja Küddelsmann

Insel Verlag

Die Originalausgabe erschien 2020 unter dem Titel
Tuhkaan piirretty maa bei Otava, Helsinki.

Erste Auflage 2023
insel taschenbuch 4958
© der deutschen Ausgabe Insel Verlag
Anton Kippenberg GmbH & Co. KG, Berlin, 2021
© Petra Rautiainen 2020
Published by arrangement with St. Martin's Publishing Group.
Umschlag: hißmann, heilmann, hamburg
Umschlagabbildungen: Landschaft (Heidrun Füssenhäuser/Rodrun/Knöll/
mauritius images); Vogel (George Peters/ istock by Getty Images)
Satz: Dörlemann Satz, Lemförde
Druck: CPI books GmbH, Leck
Printed in Germany
ISBN 978-3-458-68258-5

www.insel-verlag.de

I

INARI

Febr. 44

Gestern hier in Inari angekommen, nach dem Straflager Hyljenlahti wieder ein Gefangenenlager. Aber dieses hier ist in
den finnischen Karten nicht vermerkt. Von der Kirche in
Inari geht es rund zwanzig Kilometer Richtung Ost-Nordost.
Der See ist nicht weit weg. Es gibt keine richtige Straße, und
an der Abzweigung versperren zwei große Bäume die Sicht.
Da stehen Schilder, die unter Androhung der Todesstrafe die
Durchfahrt untersagen. Die Aufschrift Deutsch und Inari-
samisch. Falls doch mal jemand vorbeikommt, sind es wohl
höchstens Sámi, die ihre Rentiere über die Fjells treiben. Aber
wer weiß schon, ob die überhaupt lesen können.

Hänninen nahm mich in Empfang. Ich stellte mich vor:
Väinö Remes, Militärbeamter, Dolmetscher. Er sagte nichts,
musterte mich bloß von Kopf bis Fuß. Wahrscheinlich fand
er, dass ich jung aussah. In einem deutschen Auto fuhren
wir auf einem Trampelpfad zum Tor des Lagers, wo wir aus-
stiegen. Der Wachhabende rührte sich nicht, aber als er den
Offizier sah, bekam er auf einmal einen ganz anderen Gesichtsausdruck. An seinen Augen konnte man sehen, dass der
Deutsche Angst hatte. Er hatte einen Totenkopf am Kragen.
Hänninen sprach mit ihm und bot ihm Zigaretten an. Der
Mann wollte keine. Ich bin mir nicht so sicher, ob er Finnisch
konnte.

Hänninen erklärte mir noch einmal, was ich schon wusste.

Auch hier waren die Gefangenen auf verschiedene Zelte aufgeteilt. Im linken Zelt die Ukrainer, im nächsten die Sowjets, in dem dahinter die Serben. Es gibt auch noch ein viertes Zelt. Aber dazu hat er nichts gesagt. Ich weiß nicht, was da ist.

Juden gibt es keine. Wer Jude ist oder vielleicht sein könnte, kommt ins Straflager Hyljenlahti. Hier bei uns sind nicht so viele Gefangene wie in den anderen Lagern, aber es kommen ständig neue dazu. Hänninen sagt, vorletzte Nacht ist eine ganze Schiffsladung mit Gefangenen aus Danzig angekommen, u. a. Polen und Rumänen. Sie sollen gleich morgen beim Bau der Straße Richtung Norden eingesetzt werden. Außerdem gibt es in der Nähe noch ein paar andere Lager, in einem davon nur Deutsche, Landesverräter und Rassenschänder. Die Rassenschänder sind die Schlimmsten. Jeden Sonntag werden neue zur Hinrichtung ins Stadtgefängnis von Inari gebracht.

Man kann dieses Lager nicht beschreiben, ohne etwas zu dem Gestank zu sagen. Trotz der klaren Winterluft dünstet überall der Tod. Der Geruch schlug mir schon entgegen, als Hänninen die Tür zu einem Zelt nur einen Spalt öffnete. Die Männer lagen dicht an dicht auf dem Boden, stinkende schmutzige Bündel, dazwischen ragte ein undefinierbares zusammengeschustertes Gebilde auf. Ich weiß nicht, warum, aber als Erstes kam mir eine Sammelstelle für leere Konservendosen in den Sinn. Aus Metallschrott kann man ja allerhand machen, aber diese alten Dosen sollten einen Ofen darstellen. Es brannte nicht einmal Feuer darin, obwohl der Tag eisig kalt war.

Der Gestank, den die Gefangenen ausströmten, war so widerwärtig, dass ich einen heftigen Hustenanfall bekam.

Hänninen meinte, man würde sich daran gewöhnen. Sein

Blick war schläfrig und verträumt. Natürlich ist mir klar, woher das kommt. Ich fragte, warum die Gefangenen kein Feuer im Ofen hatten. Hänninen sagte, gestern hätte einer der Häftlinge ohne Erlaubnis Feuerholz ins Zelt geschafft.

Wir gingen weiter an einem Schützenloch vorbei zu einem Blockhaus. Drinnen war es warm. Hänninen vermerkte meine Ankunft im Lager, indem er irgendwas in ein Buch eintrug. Ich unterschrieb, ohne darauf zu achten, was er notiert hatte, und auch ihm war es egal, was ich da hinkritzelte. Er hatte auch genug von alldem hier.

Hänninen schärfte mir ein, dass ich mich immer an die Befehle halten muss, dass ich hier ein Untergebener der Deutschen bin und dass ich außerdem nicht nur als Dolmetscher, sondern auch als Wache eingesetzt werde. Er erzählte von einem früheren Wachmann, Lars irgendwer, der sich aus Versehen zu tief in sein Wachhäuschen gelehnt hatte, sodass man ihn von Weitem nicht sehen konnte. Kommandant Felde, der hier auch mein Vorgesetzter ist, kam von einem Treffen mit dem Provinzgouverneur Hillilä und Oberst Willamo zurück ins Lager. Betrunken. Er hat den Wachmann ohne Umschweife erschossen. Hänninen sagte, er hat es selbst gesehen. Er hat damals angeblich direkt daneben gestanden. Er behauptete sogar, das Blut dieses deutschen Jungen würde immer noch an seinem Kragen kleben. Während er davon erzählte, nahm er etwas Kleines vom obersten Regalbrett und steckte es in seine Brusttasche.

Draußen übergab er mir meine Ausrüstung. Ein Gewehr und eine Pistole. Ich habe vorher noch nie eine Waffe getragen. Bei meinen früheren Einsätzen hatte ich keine Genehmigung dazu und war auch nicht groß erpicht darauf. Der Pistolengürtel ist erstaunlich schwer. Schweigend gingen wir zum

Wachhäuschen, wo ich meine erste Wache antreten sollte. Bevor wir auseinandergingen, nahm Hänninen ein braunes Glasfläschchen mit einem leeren Etikett aus seiner Tasche. Er träufelte sich ein paar Tropfen in den Mund, schluckte sie hinunter und räusperte sich. Er musterte mich von Kopf bis Fuß und sah fast aus, als wollte er fragen, ob mir kalt ist. Instinktiv zupfte ich an meinem dicken Mantel, unter dem ich eine zusätzliche Jacke anhatte, und bewegte die Zehen in meinen wasserdicht geölten Stiefeln.

Hänninen nahm eine Uhr aus der Tasche, zog sie auf und kontrollierte die Zeit, dann sah er in den Himmel. »Es gibt hier übrigens auch einen finnischen Häftling«, sagte er, aber ich schaffte es nicht mehr, nachzufragen, da wünschte er mir schon Glück und stapfte durch den Schnee zurück zum Tor und zum Auto und schlug die schwarze Wagentür hinter sich zu. Die Rücklichter strahlten rot, als der deutsche Wachmann seinen Platz verließ, salutierte und in seine Baracke schlafen ging. Ich nahm seinen Platz ein.

Es war wohl drei Uhr fünfzehn, da fiel ein einzelner Stern vom Himmel. Aber ich wagte es nicht, mir etwas zu wünschen.

Das kann sich dieses Land nicht mehr leisten.

Dieses Land ist ein verlorenes Land.

ENONTEKIÖ, 1947

Es war Viertel vor elf, als Inkeri vor dem ochsenblutroten Haus hielt. Die Mitternachtssonne stand auf der Höhe der Fjells. Sie warfen Schatten auf den See, der hinter dem Haus glitzerte. Eine Zufahrt gab es nicht, nur einen undefinierten Trampelpfad, daher musste Inkeri ihr Auto weit vor dem Haus parken. Sie betrachtete es durch die staubige Windschutzscheibe, ohne Details zu erkennen. In der Hand hielt sie das Foto, aufgrund dessen sie das Haus gekauft hatte, und nun versuchte sie, es mit dem zu vergleichen, was sie vor sich sah. Inkeri biss sich auf die Lippe und ließ das Bild sinken. Ihr Blick glitt vom Haus zu dem weißen Pelzquast mit dem leichten Goldschimmer, der am Rückspiegel hing. Sie streichelte ihn mit dem Zeigefinger. *Angekommen*, flüsterte sie ihm zu und lächelte ein trostloses Lächeln. Sie nahm die runde schwarze Sonnenbrille ab. Ihre Augen schmerzten. Brannten. Sie wünschte sich, woanders zu sein.

Die Fahrt aus Helsinki war lang gewesen. Sie hatte nicht nur mehrere Tage gedauert, Inkeri hatte zudem oft anhalten müssen, um wieder zu Atem zu kommen. Die Straßen waren schlecht, an einigen Stellen sogar lebensgefährlich. Die Autos rasten in alle Richtungen, und die Fahrer kümmerte es nicht, in welchem Zustand sie sich ans Steuer setzten. Auch wenn es unbedeutend schien: Das Unangenehmste war der Sandstaub. In Afrika waren Inkeri große Mengen Sand begegnet. Sie hatte dort Trockenheit und starken Wind erlebt. Sie hatte riesige Sandstürme ausgestanden, einem waren im Frühjahr 1932 mehrere ihrer Plantagenarbeiter zum Opfer gefallen. Inkeri hatte gelernt, dass Sand gefährlich war. Sie wusste, dass die fein zermahlenen Körnchen in Nase und Ohren dringen konnten, die Augen austrockneten und im schlimmsten Fall dazu führten, dass später lebenslang das Gefühl zurückblieb, etwas im Auge zu haben. Aber Inkeri hatte nicht damit gerechnet, dass es auch hier so sein würde. Überall war sie von einem unsichtbaren Staub umgeben, der heftige Hustenanfälle auslöste. Selbst die aus Schweden mitgebrachten Apfelsinen waren in Lappland innerhalb weniger Stunden vollkommen grau geworden. Erst später kam Inkeri in den Sinn, dass der Staub vielleicht Asche war.

Sie rieb sich die Augen und fokussierte ihren Blick auf das Haus. Zu ihrer Überraschung lehnte an der Wand ein alter Schweinetrog, der mit bunten Blumen bepflanzt war. Sie traute ihren Augen kaum. Auf dem Weg hierher hatte sie nirgends Blumen gesehen. Nicht mal Löwenzahn. Sie versuchte, die staubige Windschutzscheibe sauber zu wischen, doch ohne Erfolg. Sie öffnete die Tür und nahm die Kamera vom Beifahrersitz.

Es war still.

Die kleinen Blätter der Stiefmütterchen, Geranien und anderen Blumen bewegten sich im Sommerwind. Die Blüten waren so schön, dass Inkeri einen Moment lang vergaß, wo sie war und warum, aber dann drang ihr der Geruch nach verbranntem Kerosin in die Nase. Sie legte die Kamera zurück auf den Beifahrersitz, nahm eine Zigarette aus ihrer Brusttasche und holte aus dem Handschuhfach einen Flachmann. Sie stieg aus, nahm einen Schluck und zündete sich die Zigarette an. Irgendwo rief ein Vogel. Ein Kuckuck. Sein Gesang trug weit über den klaren, spiegelglatten See. Eine Stunde bis Mitternacht.

»Was stehst du da rum und lässt dich von den Mücken auffressen?«

Inkeri schreckte zusammen, als sie die schnarrende Stimme hinter sich hörte.

»Entschuldigung, ich wollte dich nicht erschrecken.«

Die Stimme lachte auf, und Inkeri drehte sich um. Vor ihr stand ein etwa siebzigjähriger Mann. Inkeri hatte sein Alter im Kaufvertrag nachgelesen. Sie zupfte ihr Hemd zurecht und stellte fest, dass ihre maßgeschneiderte schwedische Reisekleidung nach Schweiß roch.

»Hallo. Ich bin Inkeri. Inkeri Lindqvist.« Sie streckte die Hand aus.

»Ah. Du bist also die Frau Lindqvist. Die neue Hausbesitzerin.« Der Mann ergriff ihre Hand. Er trug eine blaue Sámi-Mütze mit vier Spitzen, die in alle Himmelsrichtungen zeigten. Inkeri kannte sie von Postkarten für Touristen.

»Ich bin Piera. Ich wollte eigentlich nur am Brunnen Wasser holen.« Er zeigte mit dem Kopf nach hinten, wo Inkeri vor einem alten Stall und dem Klohäuschen einen Brunnen erkennen konnte. Als sie den rostfarbenen Baum neben dem Brunnen sah, hob sie fragend die Augenbrauen. Der Mann warf einen kurzen Blick nach hinten.

»Man erzählt sich hier, der Baum wächst auf einer Wasserader und ist deswegen so krumm gewachsen. Auch das Haus steht anscheinend zur Hälfte auf der Ader. Also wenn man an so was glaubt, sollte man sich eine Kupferplatte unters Bett legen.«

»Ich glaube nicht an so was.« Inkeri hob das Kinn.

»Gut. Ich auch nicht«, sagte Piera fröhlich und blickte voller Neugier auf den Flachmann. »Ist das etwa richtiger, echter Schnaps?«

»Ja. Das ist Schnaps«, sagte Inkeri. Sie sah den Mann an und dann die Flasche. »Mal probieren?«

»Einen Schluck könnt ich schon vertragen. Immerhin ist es Jahre her, dass man das Zeug hier in der Gegend zuletzt bekommen hat«, sagte Piera und griff nach der Flasche. »Und? Wie war die Fahrt? Lagen an der Strecke viele Leichen?«

Er hielt Inkeri den Flachmann wieder hin. Sie nahm einen Schluck und hüstelte. Sie nickte. Auf der Route hatten viele Kreuze gestanden, die am Straßenrand für die Toten errichtet waren, für Menschen und für Tiere. Auf dem Weg von Rovaniemi nach Muonio hatte Inkeri mindestens drei Leichen an der Straße liegen sehen, dazu einige Rentiere, von denen eins halb aufgefressen war, die anderen fast komplett. Sie waren überall. Minen und Leichen.

Inkeri hörte, wie die Haustür geöffnet wurde. Aus dem dämmerigen Licht trat ein noch junger Mann, der auf der obersten Treppenstufe stehen blieb. Er steckte die Hände in die Hosentaschen und sah sie prüfend an. Inkeri warf einen Blick auf Piera. Er hatte einen Eimer in die Hand genommen und wollte schon an ihr vorbeigehen. Erst jetzt fiel Inkeri auf, dass Piera an der linken Hand drei Finger fehlten. Der Rest der Hand sah verbrannt aus. Piera sah Inkeris Blick.

»Bin mal vom Blitz getroffen worden«, sagte er augenzwinkernd und steckte sich eine Pfeife in den Mund. Inkeri wandte ihren Blick dem jungen Mann zu.

»Und du bist Olavi? Olavi Heiskanen?«

»Ich wollte gerade ins Bett, da hab ich Stimmen gehört«, brummelte er und kam heran, um Inkeri die Hand zu geben.

»Habe ich das richtig verstanden, dass du hier wohnen bleiben willst, als Mieter, obwohl ich selbst hier einziehe? Dann bin ich jetzt wohl deine Vermieterin.«

»Jawohl, meine Dame. Wenn es irgendwie geht«, sagte der Mann. Sie sahen sich an. Olavi nahm eine Zigarette aus der Tasche, steckte sie sich zwischen die Lippen und zündete sie mit einem silbernen Feuerzeug an. Inkeri sagte nichts.

»Hier herrscht überall Wohnungsnot. Nichts ist fertig. Der Krieg hat alles zerstört. Es gibt kaum Wohnraum, für niemanden. Die Quäker, die für den Sommer aus Amerika hergekommen sind, schlafen in Zelten. Piera zieht zu seinem Sohn, der zwanzig Kilometer weiter weg wohnt. Sie haben dort ein Haus gebaut.«

»Ja. Heute Nacht bin ich nur hier, weil ich auf der Kirchenbaustelle helfe«, lächelte Piera mit der Pfeife im Mund. Inkeri legte sich die Hand zum Schutz vor der mitternächtlichen Sonne wie einen Schirm über die Augen und betrachtete beide. Den jungen Mann musterte sie lange von Kopf bis Fuß.

»Das wird gehen. Du zahlst dasselbe wie an Piera«, sagte Inkeri. »Aber mehr Bewohner möchte ich im Haus nicht haben. Ich will meine Ruhe. Und wenn es irgendwelche Probleme beim Zusammenwohnen gibt, besprechen wir sie und einigen uns. Nicht wahr?«

Olavi sah nach unten, Inkeri meinte, ein kleines Lächeln zu bemerken. Dann nickte der Mann.

»Alles klar.«

Inkeri warf einen Blick auf den Schweinetrog und war kurz davor, etwas über die Blumen zu sagen, doch stattdessen zündete sie sich eine Zigarette an. Wenn in diesem Land der Zwergbirken früher irgendetwas gewachsen war, dann sah man jetzt nichts mehr davon. Das Land war aufgerieben, zerstört, verbrannt. Die meisten Bäume hatte man im Krieg gefällt, und die, die man nicht gefällt hatte, waren ebenfalls verbrannt. Immer wieder begegnete man an den Straßenrändern toten Bäumen. Gespenstisch ragten ihre gezackten Zweige in den Himmel, kohlschwarz und zersplittert. Sie sahen aus wie Schwerter oder Bajonette. Dazwischen erhoben sich Kamine, wo früher Häuser gestanden hatten. Auch diese merkwürdigen Gebilde wuchsen aus dem Boden wie Trugbilder. Inkeri hatte gehört, dass die Sámi sich nicht an die modernen finnischen Öfen gewöhnen konnten und deshalb immer noch zu ihren alten Kaminen pilgerten. Wie auf einer Wallfahrt.

»Darf ich fragen, was Sie hier machen wollen, meine Dame?«, fragte Olavi.

»Ich habe von einer Zeitung den Auftrag, Artikel über den Wiederaufbau Lapplands zu schreiben. Hier wird bald alles ganz modern. Der Staat investiert reichlich in die Gegend«, sagte Inkeri. »Ich will noch diese Woche auf die Fjells, wenn das Wetter es zulässt.«

»Auf die Fjells?«, fragte Piera.

Inkeri nickte. »Ich brauche jemanden, der mich führt. Mir die kleinen lappländischen Dörfer zeigt, die es dort noch gibt. Könntest du das machen?«

Piera hob die Augenbrauen.

»Geschichten über das modernisierte Lappland und die schwindende Sámi-Kultur, oder wie?« Olavi schmunzelte mit der Zigarette zwischen den Lippen. »Und dafür hat die Zeitung ein ganzes Haus für Sie gekauft?« Es entstand eine peinliche Stille, in der Piera seine Stiefel im Gras hin- und herschob.

»Und du, Olavi? Kommst du von hier?«

»Ich?« Olavi sah Inkeri amüsiert an. »Nein. Ich komme nicht von hier.«

»Er kommt aus dem Süden«, lachte Piera. »Ovllà kam im Fortsetzungskrieg her und ist hier hängengeblieben.«

»Ich baue an der Kirche mit«, sagte Olavi rasch.

»Ach, die Baustelle, an der ich vorbeigekommen bin? Ungefähr einen Kilometer von hier? Es war nicht ganz leicht, sich ein Bild zu machen, aber ich habe mir schon gedacht, dass es eine Kirche wird.«

»Ja.«

»Und es waren sogar Bauarbeiter dort. Um diese Zeit – mitten in der Nacht«, sagte Inkeri und dachte an den qualmenden Hügel. Auf dem Kirchhof hatte ein Feuer gebrannt. Vielleicht betrieben die Bauarbeiter dort Kohlenmeiler oder was auch immer. Inkeri war aufgefallen, dass manche Männer Lumpen an den Füßen trugen. Und plötzlich, einfach so, schoss ihr Kaarlo durch den Kopf. Der Gedanke tauchte auf wie ein Platzregen oder ein Blitz, so wie immer. Aus einem leeren, schönen, sorglosen Himmel. Und er veränderte alles.

Inkeri sah sich um. Hier war der letzte Ort, an dem er gesehen worden war, bevor er verschwand. Inkeri schluckte und versuchte, an etwas anderes zu denken. Die Männer fragten, ob sie jetzt hineingehen wolle. Inkeri lächelte gequält.

»Ja. Helft ihr mir mit dem Gepäck?«, presste sie hervor. Beide Männer nahmen drei Koffer in die Hand, Inkeri ihre Kamera.

Als sie über die Schwelle trat, konnte sie nicht anders, als an die Männer zu denken, die an der Kirche arbeiteten. Die Männer, die nasse Schuhe aus Birkenrinde an den Füßen hatten, damit sie durchs Feuer gehen konnten. Inkeri hatte das Gefühl, dass genau dasselbe auf sie zukam.

INARI
Febr. 44

Anders als in den anderen Lagern haben wir Dolmetscher hier keine eigenen Unterkünfte, wir wohnen mit den anderen Wachleuten und Soldaten zusammen in einer Baracke. In den vorherigen Lagern konnte ich für mich sein, Tagebuch schreiben, lesen und mich mit den Leuten unterhalten, die ich mir selbst ausgesucht hatte. Wir haben auch Schach und Dame gespielt. Hier essen sogar alle zur selben Zeit.

Insgesamt ist die Unterbringung unerträglich, und ich schlafe schlecht. Viele Männer stinken furchtbar. Die Drahtgeflechte unter den Matratzen quietschen bei jeder Bewegung. Wenn ich nur darüber nachdenke, wie dreckig es hier ist, ekelt es mich. Filzläuse gibt es hier zum Glück nicht, aber für alle Fälle rasiere ich mir jeden Morgen die Schamhaare, und am Kopf darf es auch nicht zu lang werden. Der Deutsche im Bett nebenan sagt, er würde Kerzenwachs schmelzen und sich damit überall enthaaren. Überall. Ich weiß nicht, ob er die Wahrheit sagt, aber ich will es auch nicht nachprüfen.

Ich habe für die Vernehmungen ein neues Heft bekommen, mit einem blauen Umschlag. Wenn ich mit der Befragung anfange, lege ich es auf den Tisch, rechts von mir, daneben zwei Bleistifte und einen Radiergummi. Ich weiß nicht, warum, aber als Letztes werden immer die Frauen vernommen. Vielleicht, weil einige von ihnen in die Küche und in die Lazarette geschickt werden, manche sogar zur Arbeit beim Arzt im Ort.

Nach den Befragungen radiere ich aus dem Heft alles heraus, was in den Vorschriften als unerheblich definiert ist. Manchmal ist es das Einfachste, die Seiten einfach zu verbrennen.

Heute war ein harter Tag. Zehn Stunden am Stück Vernehmungen und nur eine Pause, und die ging fürs Rauchen drauf.

Febr. 44

Heute Vorstellung bei Felde. Er ist der Kommandant hier, und ich bin sein Untergebener. Er hatte die Füße auf dem Tisch und blätterte durch meine Papiere. Ich sagte ihm, wer ich bin und zählte meine Abschlüsse auf. Erstaunlich: Der Mann spricht Finnisch. Ob er das von irgendeiner Dorfhure gelernt hat? Davon gibt es hier reichlich. Junge Mädchen, manchmal erst zwölf oder dreizehn, kommen mit den Versorgungszügen aus dem Süden, um sich herzuschenken, und sie gehen nie mehr zurück. Sie bleiben einfach hier im Norden, vollgepumpt mit Alkohol und Medikamenten irren sie durch die Straßen, und wenn sie nicht gewaltsam umkommen, verschlägt es sie irgendwo in ein finnisches Arbeitslager. Dann sterben sie ebendort.

Kommandant Felde ist ganz sicher ein Mann, unter dem die eine oder andere Hure zu liegen kommt. Für meinen Titel hatte er nur ein einfältiges, überhebliches Lachen übrig. »Militärbeamter also.« Diese Bezeichnung hatte man sich innerhalb von fünf Minuten ausgedacht, als der Befehl kam, Finnen als Dolmetscher und Polizisten fürs Vaterland in die Lager der Deutschen zu schicken. Der Titel wurde später weder konkretisiert noch geändert. Vielleicht, weil es uns offiziell gar nicht gibt. Felde fragte, wie es mir ginge, und interessierte sich besonders für meine Arbeit bei der Todeseinheit *Einsatzkommando Finnland* und im Lager Stalag 309.

»Sie glauben also an ein Groß-Finnland und an die finnische Rasse?«

»Jawohl, Herr Kommandant! Wir müssen die feindliche Gesinnung aus den finnischen Stämmen hinter der Grenze ausmerzen und sie zu ehrenhaften Bürgern Groß-Finnlands erziehen!«, rief ich geradezu mit Schaum vor dem Mund und so geradem Rücken, dass es wehtat. Felde betrachtete mich müde unter zusammengezogenen Augenbrauen. Ich sah ihm an, dass er mir misstraute. Das ist sowieso klar. Man kann niemandem trauen. Weder hier noch woanders. Vor allem nicht woanders.

Der Kommandant zählte mir meine Aufgaben auf, dazu die Dienstvorschriften und Gepflogenheiten im Lager. Er betonte besonders, dass ich hier in erster Linie für die Gestapo arbeite, nicht für den finnischen Staat, und wenn ich doch mal Kontakt mit der Valpo, der finnischen Staatspolizei, aufnehmen muss, dann habe ich ihm die Nachrichten vorher zu zeigen. »Ich kann hier keinen finnischen Spion gebrauchen«, sagte er langsam und fixierte mich mit seinem Blick. Er erinnerte mich daran, dass ich – wie jeder hier – auch die anderen Wachleute im Auge zu behalten habe. Manche sollen angefangen haben, sich den Gefangenen gegenüber zu lasch zu verhalten. Sie würden Haltung und Prinzipien vermissen lassen.

»Die Männer wollen inzwischen einfach nur nach Hause«, sagte er. »Zurück nach Deutschland, zu ihren Frauen und Familien.« Sollte mir irgendwas verdächtig vorkommen, dann hätte ich ihn unverzüglich zu kontaktieren.

Ich fragte ihn nach dem anderen Finnen im Lager. Felde nickte erfreut und fing an, von dem Mann zu erzählen. Dass er Theologiestudent sei. Mitglied der Karelien-Gesellschaft.

Ich wunderte mich, dass er in diesem Ton über einen Häftling sprach. Ich fragte ihn, wen er meinte.

»Na, diesen anderen Wachmann«, sagte er. »Den finnischen Wachmann.«

Ich fragte erstaunt, ob es noch einen finnischen Wachmann gäbe. Ja.

Er heißt Olavi Heiskanen.

ENONTEKIÖ, 1947

Inkeri saß am grün gestrichenen Tisch in der Stube und rauchte mit einer kleinen Zange eine Zigarette aus Zeitungspapier. Überall duftete der Sommer, außer an ihr. Von der Recherche auf den Fjells hatte sie einen Muff nach Moos und Koten, den traditionellen Behausungen der Sámi, zurückbehalten. Ihre Hände waren mit Tinte und Öl beschmiert, und der Dreck ließ sich nicht richtig abwaschen. In den Achselhaaren hatte sich ein unangenehmer Geruch festgesetzt, und ihr Hemd hatte noch immer gelbliche Schweißränder, obwohl sie es schon zweimal in der hutzeligen Außensauna gewaschen hatte, in die sie in ihrem früheren Leben ganz sicher niemals auch nur einen Fuß gesetzt hätte.

Inkeri nahm sich vor, eine Dunkelkammer einzurichten, und zwar in dem Zimmerchen, das vom Hausflur abging und früher wahrscheinlich als Kühlraum diente. Es wäre nicht perfekt, aber es würde reichen. Und im Übrigen war es der einzige Raum im Haus, der sich als Dunkelkammer eignete. Er hatte kein Fenster, allerdings drang durch die Ritzen in den Wänden Licht herein. Dagegen musste sie etwas tun. Inkeri war schon ungeduldig, ihr fehlten der Geruch der Entwicklungsflüssigkeit und das kühle Gefühl des Wassers zwischen den Fingern. Das Auswählen der Papiere. Und wie auf dem Bogen nach und nach ein Bild erschien. Ein *Bild*. Dieser unbegreifliche, schöne und wundersame Vorgang. Auch nach all den Jahren war sie davon immer noch fasziniert.

Inkeri blickte auf. Olavi saß auf dem Sofa, das dort stand, seit der Fahrer der Spedition Eskelinen es in die Stube geschleppt hatte, und aß einen Hefewecken. Dabei schlürfte er Kaffee und blätterte gedankenversunken in einer alten Zeitung. Beide schwiegen. Inkeri korrigierte die Haltung der Zange in ihrer Hand. Es war höchste Zeit für richtige Filter und Zigarettenpapier. Sie war dafür einfach zu alt. Aber nicht nur zum Rauchen, auch für die Einrichtung der Dunkelkammer musste sie Material besorgen. Auf dem Tisch häufte sich allerdings schon einiges: ein Vergrößerungsgerät, stapelweise Papiere, Behälter, die als Schalen für die Chemikalien gedacht waren, und Kleinigkeiten wie Wäscheklammern, Pinzetten und eine Schutzbrille. Kameras.

»Ganz schön viel Zeug. Aber wenigstens wird es so ein bisschen wohnlicher.« Olavi unterbrach Inkeris Überlegungen. Er hatte ihr nachdenkliches Gesicht bemerkt.

»Hast du selber denn nichts hierher mitgebracht?«

Olavi hob die Schultern.

»Gar nichts?« Verblüfft ließ Inkeri die Zigarette sinken.

»Ich kam direkt aus dem Krieg. Ich hatte das, was ich am Leib trug, und eine Uhr. Zigaretten vielleicht noch.«

»Und was ist das dann?«, fragte Inkeri und zeigte auf eine Mappe, die auf einem kleinen Regal lag. Olavi streifte es mit seinem Blick.

»Ein Briefmarkenalbum?«

»Ich weiß, was das ist«, schnappte Inkeri. Sie hatte schon das eine oder andere Mal darin geblättert, seit sie ins Haus gekommen war. »Gehört es denn nicht dir?«

»Nein. Es gehört Piera.«

»Piera?« Inkeri runzelte die Brauen.

»Ja.«

»Aber es sind viele schöne Briefmarken drin, manche sind sogar richtig wertvoll. Alte Marken, aus Kanada, aus Alaska. Wie soll Piera denn an die gekommen sein?« Piera wirkte nicht gerade wie ein Briefmarkensammler. Tatsächlich hatte Inkeri Piera dazu überreden können, sie auf die Fjells zu führen, und er hatte schließlich auch einem Interview zugestimmt. Inkeri hatte den Ausflug allerdings nicht besonders genossen. Der Umgang mit Piera war hölzern, die Kälte zwischen ihnen mit Händen zu greifen gewesen. Obwohl es Hochsommer war, hatten manche Bäume auf den Fjells noch nicht einmal richtige Knospen. Zähe kleine Blumen hoben sich kaum vom Boden ab.

»Na, jedenfalls ...«, Inkeri räusperte sich. »Bist du bereit?«

Olavi nickte.

Inkeri sammelte einige Gegenstände vom Tisch zusammen und wog die Contax-Kamera in der Hand. Sie wollte einen bebilderten Artikel über die Grundsteinlegung der Kirche schreiben und überlegte, welcher Apparat am besten für die Aufnahmen geeignet war. Für diesen Tag. Dieses Licht.

»Ach ja!«, rief Inkeri plötzlich. Sie öffnete den Schrank unter dem Spültisch und nahm eine durchsichtige Glasflasche heraus, die sie einladend vor Olavi hin- und herschwenkte.

»Ist das Schnaps oder Fusel?«

»Das ist echter Schnaps«, sagte Inkeri und grinste. Olavis Miene hellte sich im Handumdrehen auf.

Die Gläser waren allzu schnell leer. Beide schmatzten genüsslich mit den Lippen und starrten auf den Dielenfußboden. Inkeri dachte an nichts Bestimmtes.

»Lass uns gehen«, sagte sie schließlich, ohne Olavi anzusehen.

»Lass uns gehen.«

Olavi zog sich eine Mütze über und nahm einen stoffumwickelten Gegenstand mit. Inkeri setzte die Sonnenbrille auf, noch bevor sie die Tür öffnete. Die Kirchenbaustelle war einen Kilometer entfernt. Inkeri und Olavi gingen die Strecke, ohne ein Wort zu sagen. Das Licht strahlte aus den Wolken in alle Richtungen. Olavi sah Piera schon von Weitem und ging mit Inkeri im Schlepptau auf ihn zu. Piera fiel auf, denn er war bunt gekleidet. Die Verzierung der Stoffbänder am Rücken glitzerte in der Sonne, und die silberne Schließe an seinem Gürtel glänzte. An den Beinen trug er allerdings dieselbe braun gegerbte Hose aus Rentierleder, die er auch auf ihrer Tour durch die Fjells angehabt hatte. Piera hatte Inkeri auf den alten Pfaden entlanggeführt und ihr auf ihren Wunsch auch die *Siida*, das Sommerdorf seiner Familie, gezeigt. In der Ansiedlung wohnten weniger als zehn Personen. Die Koten lagen hier und da verteilt. Die Frauen waren dabei gewesen, Gras zum Ausstopfen der Stiefel weichzuklopfen, die Männer fischten. Die Kinder spielten. Es roch nach Rauch. Das war wie eine Erinnerung an frühere Zeiten. Inkeri hatte einen Artikel angefangen, der noch nicht fertig war, aber den sie später, im Herbst, groß auf einer Doppelseite herausbringen wollte.

»… wir haben Rentierscheidung und Lassowerfen gespielt …«, hörte Inkeri ein Mädchen mit einer knallroten Mütze zu Piera sagen. Es hatte ein merkwürdig geformtes Stück Holz in der Hand.

»Was ist das denn?«, sagte Inkeri und zeigte darauf. Das Mädchen lächelte, sodass seine Zähne zu sehen waren. Zwischen den Vorderzähnen war eine kleine Lücke.

»Eine *Àldu*«, sagte das Mädchen. »Auf Finnisch auch *Vaami*. Ich bin Bigga-Marja.«

»Vaami?«

»Ja, weißt du denn nicht, was eine Rentierkuh ist?«, sagte sie und betrachtete interessiert Inkeris Kamera. »Und das hier?«

»Das ist eine Kamera. Weißt du etwa nicht, was eine Kamera ist?«, gab Inkeri schnippisch zurück. »Ich schreibe für die Zeitung. Ich bin Journalistin«, erklärte sie und nahm ihre Sonnenbrille ab. Sie schloss kurz die Augen. »Vielleicht könnte ich dich interviewen?« Inkeri sah Biggas zweifelnden Gesichtsausdruck. Dann nickte das Mädchen. Es antwortete überlegt, aber bereitwillig auf Inkeris Fragen. Inkeri notierte in ihrer schnellen, unordentlichen Schrift in einen Block, dass Bigga die neue Kirche gut fand, denn die Behelfskirche sei schäbig gewesen. »Aber nicht so schäbig wie die provisorischen Schulen und Wohnheime«, murmelte sie, senkte den Blick und versteckte sich hinter Piera. Sie lächelte scheu mit den Vorderzähnen auf der Unterlippe. Inkeri hob den Blick.

»Wohnheime?«

»Ja. Ich wohne im Wohnheim«, sagte Bigga und wandte den Kopf zur Schule, neben der ein Internatsgebäude stand. Alle betrachteten es einen Moment lang schweigend. Dann sah Inkeri wieder das Mädchen an. Es hatte lange blonde Haare und dunkle, tiefliegende Augen. An seinem Gürtel hing eine silbrig schimmernde Kugel.

»Wie kommt es, dass du so gut Finnisch kannst?« Auf ihrer Recherchetour war Inkeri außer Piera niemandem begegnet, der Finnisch sprach, jedenfalls nicht mit ihr.

»Natürlich kann ich Finnisch. Ich bin ja schon elf«, sagte Bigga und hob das Kinn.

»Bigga-Marja wurde, wie so viele Menschen, im Krieg nach Schweden evakuiert«, schaltete sich Piera ein. »Biggas Mutter ist dort an der Schwindsucht gestorben. Ihr Vater, mein Sohn, starb im Krieg. Bigga war drüben in Vittangi, aber auch da konnte man einiges lernen. Zum Beispiel Finnisch.« Pieras Tonfall nach zu urteilen war das Gespräch damit beendet.

»Ah ja.« Inkeri klappte ihren Block zu und steckte den Stift weg. Sie hob fragend die Kamera, und da die beiden nicht widersprachen, fing sie an, zu fotografieren.

»Das ist keine typische samische Tracht, oder?«, fragte Inkeri, betrachtete zuerst Bigga-Marjas Kleid und dann Pieras Gewand, an dem der bunte Walkstoff und die glänzenden Bänder sich bis an die Mütze fortsetzten. »Hast du denn eine samische Tracht? Den Lesern würde das gefallen.«

»Keine, die mir passt.«

»Aha?«, sagte Piera. »Oder ist es vielleicht so, dass du sie nicht anziehen willst?« Piera sprach bedächtig wie die meisten Leute hier. Auch sonst war Inkeri aufgefallen, dass sich auf der Kirchenbaustelle verschiedene Dialekte und Sprachen mischten. Man hörte das amerikanische Englisch der Quäker aus den verschiedenen Bundesstaaten, man hörte verschiedene samische Sprachen, deren Unterschiede Inkeri bis jetzt nicht im Geringsten klar gewesen waren, man hörte Norwegisch, Schwedisch und natürlich Finnisch, und auch davon Dialekte aus allen Ecken des Landes.

Piera und Bigga rückten etwas widerwillig zum gemeinsamen Foto zusammen. Inkeri stellte scharf, korrigierte die Verschlusszeit und drückte auf den Auslöser. Der Blitz war unnatürlich hell, aber darauf verzichten können hätte sie auch nicht. »Ich hätte die Mütze auch noch abnehmen sollen«, hörte sie Bigga murren. Inkeri bedankte sich, nickte und ging.

Weiter entfernt am Fundament der Kirche hielt jemand eine Rede, und alle wandten ihre Aufmerksamkeit dorthin. Alle bis auf Inkeri. In solchen Momenten konnte sie sich vollkommen unbemerkt durch eine Menschenmenge bewegen. Es war ein merkwürdiges Gefühl. Als seien die Menschen an Ort und Stelle erstarrt, als sei Inkeri gar nicht da.

Sie ging weiter und befand sich bald in der Mitte des Menschenmeeres. Alle, wirklich alle, waren zur Kirchenbaustelle gekommen. Die Sámi aus Norwegen und Schweden erkannte man an ihren Trachten, den *gáktis*. Die Kragen waren mit fremden Stickereien verziert, die Kopfbedeckungen hatten eine Inkeri unbekannte Form und sie wurden anders getragen, als sie es aus Finnland kannte. Auch die Bommel an den Mützen sahen anders aus. Bei jedem Schritt klimperte und klingelte der Silberschmuck, die Schließen, Broschen und Sonnenscheiben.

Inkeri versank im Fotografieren. Es bedeutete ihr alles. Wenn sie die Welt durch die Linse betrachtete, hatte sie das Gefühl, jedes Mal an ein und demselben Ort zu sein. Ganz egal, wo auf der Welt sie sich gerade befand, ob sie einen Herzog ablichtete oder einen Plantagenarbeiter – in ihrem Innersten war sie immer am selben Punkt. Nichts anderes spielte mehr eine Rolle. Sie hatte sich schon als Kind in die Fotografie verliebt, als sie das erste Mal die alte hölzerne Kamera der Familie angefasst und in dem schweren Fotoalbum ihrer Verwandten geblättert hatte. Atelierportraits, Schnappschüsse vom Kaffeetrinken im Garten des Fabrikanten Sinebrychoff. Bilder von hohen Räumen mit Fenstern, durch die das Sonnenlicht hereinfiel, Zimmerpflanzen, die bis zur Decke reichten. Sie hatte dort Menschen, Räume und Situationen gesehen, über die sie mehr wissen wollte. Über die sie selbst berichten wollte.

Und als Inkeri später Lehrling in einem Atelier wurde, erlaubte sie sich endlich, davon zu träumen, dass sie ihren Lebensunterhalt tatsächlich mit dem Fotografieren verdienen könnte. Sie war dem Finnischen Fotografenverband beigetreten. Trotz des vielversprechenden Anfangs stellte sie allerdings im Laufe der Jahre fest, dass die Möglichkeiten für Fotografinnen dünn gesät waren. Sie hätte Atelierfotografin bleiben müssen: Portraits aufnehmen, inszenierte Situationen in Innenräumen, obwohl das genau das Gegenteil von dem war, was sie wollte.

Die Sonne kam zwischen den Wolken hervor. Sofort zuckte Inkeri ein Schmerz durch den Kopf. Unbemerkt hatte sie sich weit von den anderen entfernt. Die neuen Lichtverhältnisse machten eine Korrektur der Belichtungszeit nötig. Sie hob die Kamera vor die Augen und stellte scharf, und in dem verschwommenen Bild erschien Olavi, der neben dem Kirchenfundament stand. Inkeri ließ die Kamera sinken, blickte sich um und hob sie wieder. Sie fokussierte mit der Kamera auf Olavi und sah, dass er den stoffumwickelten Gegenstand auspackte.

Er glänzte in seiner Hand.

Inkeri verfolgte, wie Olavi das Objekt in das Fundament legte, wo es für alle Zeiten eingemauert werden würde. Dann verschwand er in der Menschenmenge. Inkeri wartete kurz und ging dann zielstrebig zum Kirchenfundament. Zu der Stelle, an der Olavi gerade gestanden hatte. Inkeri hatte richtig geraten. Es war ein Foto. Sie hob das Bild auf und wurde blass. Kurz darauf nahm sie eine Zigarette aus der Brusttasche und rauchte sie nachdenklich.

In der Savanne hatte Inkeri gelernt, dass es kaum Momente gab, in denen die Tiere friedlich waren. Nur am Anfang der

Regenzeit, wenn sie nach der langen, ermüdenden Hitze endlich wieder genug zu trinken hatten, geschah dieses Wunder. Löwen, Flamingos, Gabelracken, Affen und Büffel tranken Seite an Seite an derselben Flussbiegung. Die Vögel hockten dabei auf dem Rücken der Löwen, Giraffen und Nashörner und sangen sorglos ihre Lieder.

Inkeri blickte um sich. Zwei Monate vorher hatte sie gehört, dass es im Krieg irgendwo hier ein Gefangenenlager gegeben hatte. Sie warf noch einmal einen Blick auf das Foto, trat die Zigarette aus, blickte sich um und steckte den Rahmen rasch unter den Arm. Erlebte man auch in der Savanne wenige friedliche Augenblicke, so waren sie woanders auf der Welt noch seltener.

INARI
Febr. 44

Heute habe ich zum ersten Mal Olavi Heiskanen gesehen. Er kam mit einer kleinen Gruppe von Häftlingen von der Straßenbaustelle zurück. Die meisten Gefangenen sind auf Arbeitslager und andere Orte verteilt, auf Baustellen, manche sogar hinter der alten Grenze. Olavi Heiskanen kam auf mich zu und stellte sich per Handschlag vor. Er macht einen aufgeweckten Eindruck, und er ist jung, ungefähr in meinem Alter. Er fungiert hier als Wachmann und Militärpfarrer. Hellbraune Haare, kein Bart. Große blaue Augen. Dieser finnische Häftling oder Handlanger, von dem ich reden gehört habe, war auch dabei. Später bekam ich mit, dass die beiden immer zusammen unterwegs sind. Wenn der eine irgendwo zu tun hat, ist der andere nicht weit. Der finnische Häftling ist nichtssagend, er geht ein bisschen gekrümmt, hat einen Bart, ist schlank und ca. vierzig bis fünfzig Jahre alt. Er redet nicht mit mir, und ich spreche ihn auch nicht an.

Heiskanen erzählte, dass der Gefangene von allen hier kameradschaftlich Kalle genannt wird. Allerdings bekam ich nicht heraus, warum er überhaupt im Lager ist. Vielleicht war er im Bürgerkrieg als Kommunist nach Sowjetrussland geflohen und gab sich jetzt wieder als Finne aus. Wer weiß schon, was im Kopf von so einem vorgeht. Immerhin hörte ich, dass er im Zelt für die Funktionshäftlinge untergebracht ist.

Eins ist allerdings seltsam: Kalle darf sich ziemlich frei bewegen, er summte vorhin sogar zu einem Kriegsschlager auf dem *Lapplandsender*, und er ging, ohne um Erlaubnis zu fragen, in den Stall und versorgte die Tiere. Niemand hielt ihn davon ab. Selbst Felde ging vorbei, ohne sich dazu zu äußern.

Beim Abendessen sah ich außerdem, dass der Mann eine zusätzliche Kartoffel auf dem Teller hatte.

Febr. 44

Heiskanen hilft mir beim Dolmetschen und auch bei den Messungen. Wenn neue Gefangene ankommen, stellen wir zuerst Herkunft und Rasse fest, dann sortieren wir nicht erwünschtes Material aus und eliminieren es bei Bedarf, außerdem selektieren wir aus den Ankömmlingen die Häftlinge, die für die Aufklärung wertvoll sein könnten.

Kalle spricht viele Sprachen, zum Beispiel Polnisch, Englisch und Französisch, dazu irgendwelche seltenen afrikanischen Bantusprachen. Bei Bedarf holen wir ihn zu Hilfe, das geht schnell und ist praktisch. Manchmal gibt es nichts zu tun, dann spielt Kalle mit der Katze. Auf jeden Fall ist er uns sehr nützlich. Und er hilft auch bei den Messungen mit. Wenn der Arzt mit seiner Assistentin hier ist, nehmen sie die Messungen vor, aber sonst sind wir auch dafür noch zuständig. So eine Arbeit habe ich vorher noch nie gemacht, und ich ekele mich davor. Die Iwans riechen abscheulich, selbst wenn sie von Kopf bis Fuß geschrubbt sind. Wir messen den Kopfumfang, untersuchen die Geschlechtsorgane und überprüfen, ob eine Vorhaut vorhanden ist. Heiskanen und ich tragen die Daten in die Stammkarten ein.

Ich habe Heiskanen gefragt, warum Kalle hier in einem deutschen Lager ist und nicht in einem finnischen, wie zum Beispiel in Nastola. Oder wenigstens in Parkkina, wo Udmurten, Ingermanländer und die sonstigen Finno-Ugrier und sogar Kommunisten zu den ordentlichen Staatsbürgern umerzogen werden, die im zukünftigen Groß-Finnland unsere Bevölkerung und Arbeitskraft stellen werden. Kalle ist ganz eindeutig gebildet, er hat etwas Aristokratisches an sich, eine klare Aussprache und gute Manieren.

»Für was für eine Art von Zukunft leben wir denn?« Heiskanen klang amüsiert. Ich wiederholte natürlich das, was ich vor langer Zeit in der Zeitschrift der Akademischen Karelien-Gesellschaft auf Seite 7 gelesen hatte. Diese Seite hatte ich in unserem Plumpsklo an die Wand geklebt. Darauf sagte Heiskanen nichts mehr, und seitdem hat er von sich aus nicht mehr so richtig mit mir gesprochen.

Febr. 44

Heute Morgen habe ich den Arzt zum ersten Mal leibhaftig zu Gesicht bekommen, und dann nochmal in der Zigarettenpause. Er stand mit gesenktem Kopf vor der Medizinbaracke. Als er mich sah, musterte er mich lange und hob erst dann die Hand. Wahrscheinlich, weil ich keine Totenköpfe oder SS-Abzeichen an der Uniform habe. Heiskanen sagt auf meine Nachfrage, der Arzt wird aus dem Kirchdorf von Inari wochenweise an uns ausgeliehen. Einmal im Monat kommt er und verteilt Kondome mit Gummispitze an die Soldaten und kontrolliert sie auf Geschlechtskrankheiten. Außerdem führt er allerhand Untersuchungen und Tests an den Gefangenen durch. Einige Neuankömmlinge müssen wir sofort zu ihm bringen.

Heute Nachmittag hielt der Arzt für alle Wachleute im großen Saal einen Vortrag über Krankheiten. Er erklärte, wie man seine Harnröhre säubert und dass persönliche Hygiene sehr wichtig ist. Und er erinnerte uns daran, dass die Medikamente umsonst sind, falls wir uns irgendwelche Krankheiten zuziehen. Er hatte ein ungefähr zwanzig Zentimeter langes Stäbchen dabei, das er in die Höhe hielt, und sagte, bei Verdacht auf Tripper kriegt man dieses Ding in sein Glied gesteckt. Das war sicher als Warnung gedacht, aber irgendjemand riss natürlich einen unanständigen Witz, und alle brachen in Gelächter aus. Alle außer dem Arzt. Ich habe ihn bisher nicht einmal lächeln sehen.

Zusammen mit dem Arzt ist auch eine Frau ins Lager gekommen. Angeblich soll sie eine samische Heilerin sein. Eine Hexe. Eine *Noaidi*. Aber aus irgendeinem Grund arbeitet sie jetzt hier als Krankenschwester. Sie sprach kein Wort mit uns, sondern ging sofort an die Arbeit. Trotzdem sind mir ihre Augen aufgefallen. Diese besondere Farbe. Ich habe so was noch nie gesehen. Mir wurde angst und bange, als ich ihr in die Augen sah, aber ich konnte nicht anders. Die Farbe war wie eine schimmernde, pralle Blaubeere im Morgentau oder wie ein frisch aufgeblühtes Hundsveilchen. Nicht blau. Etwas völlig anderes.

Diese Farbe reflektiert nicht nur das einfallende Licht, sondern das ganze Weltall.

ENONTEKIÖ, 1947

Der Schlüssel zur neuen Schule baumelte an einem Anhänger aus Rentiergeweih. Es war eine Linie hineingeritzt, die irgendwas bedeuten konnte, aber in diesem Fall stand sie für die Nummer eins. »Die Eins ist das Zeichen für den Generalschlüssel«, erklärte Rektor Kuusela, während er die Eingangstür aufschloss. »Diesen Schlüssel trage ich immer bei mir«, fuhr er fort und hielt Inkeri die Tür auf, damit sie hineingehen konnte. Herr Kuusela trug ein bräunliches Jackett und eine Krawatte. Die Hose war gebügelt, sein Hut duftete nach Talkum.

Herr Kuusela war ein kleiner, rundlicher Mann. Als er den Hut abnahm, kam mitten auf seinem Kopf eine kahle Stelle zum Vorschein. Seine Brille mit den grünen Bügeln rutschte ihm ständig von der Nase. Er lächelte viel und strahlte eine Art von Wärme aus, um die Inkeri andere Menschen stets beneidet hatte. Sie selbst hatte kein Talent dazu. Es war ihr schon immer schwergefallen, anderen Leuten Mitgefühl entgegenzubringen.

Kuusela zeigte abwechselnd nach rechts und links in die Klassenräume. Seine Worte hallten in dem leeren Gebäude wider. Der Unterricht hatte in der vorigen Woche begonnen. Heute war Sonntag, und außer ihnen war niemand hier. Auf der Eröffnungsfeier der Schule hatte Inkeri sich mit Kuusela zum Interview verabredet. Sie hatte sich zwar ein paar Punkte aufgeschrieben, nach denen sie fragen wollte, aber keiner davon interessierte sie jetzt. Ihr ging das Foto nicht aus dem Sinn, das sie aus dem Fundament der Kirche mitgenommen hatte. Auf dem Bild waren zwei Soldaten, der eine hatte eine typisch finnische Soldatenmontur an, der andere trug eine Naziuniform. Seine Ausstrahlung und die Orden an seiner Brust ließen vermuten, dass er einen hohen Rang bekleidet hatte. Zwischen ihnen stand breit lächelnd eine etwas ältere Frau in einer samischen Tracht. Neben der Gruppe saß ein Arzt im weißen Kittel, auf einem Ast kauerte nach vorne gelehnt eine dunkelhaarige Frau. Ihr Alter war schwer zu schätzen, aber ganz jung war sie nicht.

Inkeri konnte nicht sagen, ob das Foto eine Momentaufnahme oder inszeniert war. Ihre Erfahrung sprach für die Inszenierung, aber der Blick der jüngeren Frau ließ sie zweifeln. Falls das Bild gestellt war, hatte die Frau jedenfalls große Schwierigkeiten, ihre Gefühle zu verbergen. Ihr Blick verblüffte Inkeri. Drückte er vielleicht Angst aus? Ekel? Jedenfalls war darin etwas so Tiefes, dass Inkeri kaum direkt hinsehen mochte. Doch er war das, was das Bild interessant und bedeutsam machte. Sie innehalten ließ.

Als sie im Atelier gearbeitet hatte, hatte Inkeri schon bald genug gehabt von den perfekten Portraits, und sie hatte angefangen, in ihren Bildern Zeichen unterzubringen, die unter Atelierfotografen als Fehler galten. Die Symmetrie durfte nicht durchbrochen werden, und falls es sich doch nicht vermeiden ließ, musste es irgendein Gegengewicht dazu geben, vielleicht einen Hut oder ein anderes Accessoire. Für Inkeri machten die Fehler jedoch den Kern des Bildes aus. Als sie aufgehört hatte, dort zu arbeiten, und mit Kaarlo nach Ostafrika in die britische Kolonie Kenia gegangen war, hatte sie endlich alltägliche Dinge und ganz normale Menschen fotografieren können. Zwar hatte sie von Kenia vorher noch nie etwas gehört, aber dass sie ihrer Heimat den Rücken kehren konnte, war einer der zentralen Gründe dafür gewesen, den Heiratsantrag von Kaarlo Lindqvist anzunehmen. Inkeri durfte ihre Freiheit behalten und mit dem weitermachen, was ihr auf der Welt am wichtigsten war: dem Fotografieren. In Kenia hatte Inkeri beobachtet, dass die Einheimischen glaubten, die Kamera würde ihre Seele einfangen. Obwohl das natürlich nicht sein konnte, musste Inkeri zugeben, dass sie diese Auffassung in gewisser Weise teilte. Letztlich war die Fotografie eine Art von Machtausübung, eine Form der Manipulation.

Doch weder der Nazioffizier noch die Frau auf dem Ast waren der Grund, warum Inkeri Olavis Foto an sich genommen hatte. Neben den anderen waren auch zwei Kriegsgefangene abgebildet. Daran konnte kein Zweifel bestehen. Die ausgezehrten Gesichter und die zerschlissene Kleidung verrieten sie. Warum hatte Olavi so ein Bild in seinem Besitz? Inkeri hatte überlegt, ob sie ihn nach dem Foto fragen oder die Sache auf sich beruhen lassen sollte. Sie hatte beschlossen, nichts zu tun. Vorerst war das die sicherste Entscheidung. Was wusste sie schon von Olavi?

»Die Kinder wurden in den letzten Jahren im provisorischen Rathaus unterrichtet. Die neue Schule ist da natürlich eine enorme Verbesserung. Wie Sie sehen, ist hier alles glänzend und sauber.« Kuusela räusperte sich. Inkeri roch frisch gesägtes Holz. Warum nur dufteten Holz und Gras gerade in der Sekunde besonders gut, in der sie zerschnitten wurden? Ihre Schritte hallten von den Wänden wider und kamen schließlich vor einem Klassenzimmer zum Stillstand. Kuusela steckte den Rentierbein-Schlüssel ins Schloss.

»Hier. Für eine Frau von Welt sieht das vielleicht nicht nach viel aus, aber es ist wirklich in jeder Hinsicht eine große Verbesserung.« Kuusela lachte auf, öffnete die Tür zum Klassenzimmer, trat über die Schwelle und setzte sich ans Lehrerpult. Inkeri setzte sich in eine der vorderen Bänke. »Die Schule wurde von denselben Architekturstudenten der Technischen Hochschule geplant wie das Hotel in Pallas.« Durch das Fenster drang helles Licht herein. Kein Staubkorn war zu sehen.

»Würden Sie mir sagen, was Sie vom neuen Schulsystem halten?«, fragte Inkeri. Ihre Worte hallten durch das leere Klassenzimmer.

»Nun ja. Aus meiner Sicht ist ein gutes Schulsystem der Maßstab einer zivilisierten Nation«, sagte der Mann und schob seine Brille mit dem Zeigefinger hoch. »Und jetzt kriegen die Leute hier oben – und auch die Sámi selbst – endlich eine ordentliche schulische Ausbildung. Bisher waren dafür ja zum Teil noch fahrende Lehrer zuständig. Jetzt haben wir hier zwei neue Lehrer, einer davon ist sogar Quäker.«

Inkeri sah aus dem Fenster.

»Inzwischen reisen die Lehrer nicht mehr durch die Dörfer. Dafür kommen die Kinder, die früher auf den Fjells gelebt haben, jetzt von Rechts wegen in den Genuss einer institutionalisierten Erziehung«, erläuterte Kuusela und sah Inkeri erwartungsvoll an, doch ihre Reaktion blieb verhalten.

»Eine gute Schulbildung ist die Grundlage für alles«, stimmte sie schließlich zu, den Blick noch immer zum gegenüberliegenden Kirchhof gerichtet.

»So ist es, Fräulein Lindqvist, so ist es! Vor allem die Ausbildung unserer Sámi hat uns viel Kopfzerbrechen bereitet.«

»Frau.«

»Bitte?«

»Frau Lindqvist«, wiederholte Inkeri und sah Kuusela in die Augen. Er schaute überrascht und ließ seinen Blick intuitiv zu Inkeris linkem Ringfinger wandern. Inkeri fühlte sich unbehaglich. Sie hätte den Ring nicht abnehmen sollen. Sie hätte ihn aufbewahren müssen.

»Ich bin … Nun ja, mein Mann gilt als vermisst. Vermutlich ist er tot«, sagte Inkeri und sah, wie Kuuselas Züge heruntersackten. Sie betrachtete ihn. Da war er wieder. Dieser Gesichtsausdruck. Als sei aus Inkeri ein zerbrechlicher Gegenstand geworden. Als Nächstes tat Kuusela etwas, das zugleich Trost und Unterstützung ausdrücken sollte. Er legte seine Hand auf Inkeris. Inkeri zog ihre zurück und legte sie in den Schoß. Sie hasste diese Gesten. Wie sollte man darauf reagieren? Sollte sie sagen, *Ach, das macht doch nichts*? Oder *Das wird schon*? Wer tröstete hier dann letzten Endes wen? Und wer sagte denn, dass sie überhaupt Trost brauchte?

»Darf ich fragen, wie Ihr Mann verschollen ist?«

»Im Krieg. Er ist im Krieg verschollen, Herr Kuusela«, sagte Inkeri zähneknirschend. Der Mann nickte verständnisvoll, senkte den Kopf und schwieg einen Moment.

»Nun, also …«, fuhr er fort. »Sorgen macht uns natürlich, dass die meisten Kinder hier gar kein Finnisch können, wenn sie in die Schule kommen. Wir müssen es ihnen erst beibringen. Manche lernen es schnell, aber andere … Da hilft es natürlich auch nicht, dass die Kinder untereinander Samisch sprechen. Viele wohnen kilometerweit weg und kommen aus sehr unerfreulichen Verhältnissen, das merkt man ihrem Benehmen an.« Kuusela nickte zu seinen Worten. Inkeri betrachtete seinen Kopf. Spärliche, schlecht geschnittene Haare.

»Erzählen Sie vom Internat.«

»Ja, viele wohnen dort in dem Wohnheim direkt neben-an …« Kuusela zeigte aus dem Fenster.

»Sind diese Kinder alle Waisen?«

»Nein. Keineswegs. Für manche ist nur der Schulweg einfach zu lang, zwanzig, dreißig Kilometer. Die Kinder wohnen hier wie daheim. Hier geht es ihnen gut. Vielen sogar bestimmt besser als zuhause. Sie bekommen zu essen, saubere Kleidung und eine ordentliche Unterkunft.«

Inkeri blätterte nachdenklich und immer noch etwas gereizt in ihrem Notizheft.

»Ich möchte ja einen möglichst breit angelegten Artikel zum Thema Schulbildung schreiben und habe deswegen auch Kontakt zur Gesellschaft für lappländische Kultur aufgenommen. Der Vorsitzende hat diese Wohnheime in einem Brief *bedenklich* genannt. Er findet es unnatürlich, dass die Kinder ihre Eltern nur zweimal im Jahr sehen. Und er hält es auch für problematisch, dass die Kinder sich von ihrer Familie und ihren eigenen Traditionen entfremden. Von ihrer eigenen Kultur.«

Der Rektor sah Inkeri an.

»Das ist seine Sicht auf die Dinge«, bemerkte Inkeri und überprüfte noch einmal ihre Notizen.

»Was meinen Sie?«

»Ich meine gar nichts«, sagte Inkeri mit fester Stimme und lächelte angestrengt. »Ich hätte gerne nur einen Kommentar von Ihnen. Was meinen Sie: Ist es aus Ihrer Sicht problematisch, dass die Kinder so lange von zuhause fort sind?«

»Es stimmt, Inkeri, ich darf doch du sagen …?« Inkeri runzelte die Stirn, aber der Mann fuhr fort: »… dass es gerade in der Anfangszeit sehr hart für viele Kinder ist. Andererseits ist es auch gut für sie, dass sie ins Wohnheim ziehen.

Das Internat ist für viele samische Kinder der beste Ort zum Wohnen.«

Inkeri schwieg. Sie lehnte sich in der Bank zurück und wartete. Manchmal erzeugte Stille mehr Druck als Worte. Manchmal war Stille subversiver als Geschrei. Aber Kuusela schien nicht zu verstehen, denn er fragte nur: »Stimmt es, dass Sie in Afrika unterrichtet haben?«

»In Kenia. Genau, einige Unterrichtsstunden, als ich noch jung war«, sagte Inkeri und dachte an das primitive Schulhaus der Kikuyukinder. Die Kinder, die in die Schule gehen durften, saßen auf dem Boden. Es gab weder Stifte noch Papier. Erst nach Jahren bekamen sie endlich Stühle und Bänke. Das Geld stammte meist aus den Kirchenfonds irgendeines Landes, manchmal auch von privaten Gebern. Zur Erntezeit konnten die Kinder nicht in die Schule kommen, und dann ging Inkeri über die Felder und fotografierte die Arbeiter, Frauen, Männer und Kinder, kunterbunt gekleidet, manche in Lendenschurzen, andere in Hemd und langer Hose, mit Tüchern auf dem Kopf, dahinter die gelbe Wüste und die Sonne, im Hintergrund der Mount Kenya.

»Es wäre eine Ehre, wenn du einmal bei uns unterrichten würdest. Vielleicht Finnisch, unsere schöne Muttersprache?«

Inkeri betrachtete ihn. »Danke. Ich denke darüber nach.«

»Warum warst du in Afrika?«, fragte Kuusela.

»Durch meinen Mann.«

»Ah ja?«

»Mein Mann hatte Anteile an einer Tabakfarm. Außerdem interessierte Kaarlo sich für den Schulbetrieb. Er wollte den Afrikanern beim Lernen helfen und war auch Rektor an einer Schule in der Nähe. Ich selber wollte dort als Fotografin arbeiten.«

»Und – hat es geklappt?«

Inkeri sah den Mann an, verzog den Mund und wandte den Blick zur Kirchenbaustelle.

»Wie lange wird wohl noch an der Kirche gebaut?«, fragte sie. Kuusela sah aus dem Fenster. Er zuckte die Achseln.

»Ich weiß es nicht. Es wird Jahre dauern. Die Kirche ist ja das Fundament für das alles hier. Und das Fundament muss solide sein.«

»Bist du im Krieg hier gewesen?«

»Nein.«

»Ich habe gehört, es soll hier ein Gefangenenlager gegeben haben. Weißt du etwas darüber? Vielleicht schreibe ich einen Artikel dazu«, erklärte Inkeri schnell.

»Nein, davon habe ich noch nie gehört«, sagte Kuusela ehrlich erstaunt. Inkeri nickte. Sie blätterte durch ihren Notizblock und dachte an Kaarlo. Einmal hatte er etwas zu ihr gesagt, was sie erst viel später verstanden hatte: *Lerne zu wissen, was du willst. Und dann lerne, es einzufordern.* Inkeri trommelte mit dem Bleistift auf dem Pult herum.

»An sich«, begann Inkeri und schob den Block beiseite, »könnte ich tatsächlich unterrichten.«

»Wunderbar!«, rief Kuusela. »Sie könnten mit Finnisch anfangen …«

»*Aber*«, unterbrach Inkeri ihn grob, »ich werde weder Finnisch noch Mathematik unterrichten. Und ich werde den Schülern auch nicht von Afrika erzählen oder wie es ist, eine berufstätige Frau zu sein.« Ihre Stimme hatte einen Tonfall, den sie gelernt hatte zu benützen, wenn sie etwas erreichen wollte.

»Was dann?«, fragte Kuusela verdutzt. Inkeri dachte an den Duft nach Atelier und Farben. An das Verlaufen der Aquarellfarbe auf dem Papier. Sie dachte an die Oberfläche der Farbschichten und wie es sich anfühlte, mit einem Palettmesser über die fast trockene Farbe zu schaben. Sie dachte an den Geruch von Terpentin. Frische Luft, knackigen Frost. Wie die Finger und die Farben vor Kälte klamm waren.

»Ich möchte Kunst unterrichten. Und damit meine ich keine bloßen Zeichenstunden«, flüsterte Inkeri. Das Licht reflektierte hell vom Fenster her, und sie schloss die Augen.

Kunst.

INARI
März 44

Heiskanen und Kalle folgen mir auf Schritt und Tritt. Ich bin mir nicht sicher, aber ich habe den Eindruck, dass sie mich beobachten. Wir haben dieselben Aufgaben. Heiskanen redet viel. Dazwischen stellt er immer wieder Fragen, auf die ich erst mal nicht antworte. Von seinen eigenen Erfahrungen erzählt er ganz offen, ohne sich darum zu scheren, dass jedes Wort Felde zu Ohren kommen könnte. Vielleicht will er mich prüfen. Vielleicht steckt er mit Felde unter einer Decke. Ich muss daran denken, was der Kommandant gesagt hat: Hier bewachen auch die Bewacher einander.

Trotzdem habe ich erzählt, dass ich nach dem Ende des *Einsatzkommandos Finnland* in derselben Gegend von der Gestapo zur Aufklärung eingesetzt war. Heiskanen wollte wissen, was dabei meine Aufgaben waren. Ich sagte, dasselbe wie hier. »Ewig Berichte schreiben«, sagte ich grinsend. Alles musste in doppelter Ausfertigung erstellt werden, für die Gestapo und für die finnische Staatspolizei Valpo. »Von hier geht nichts an die Valpo. Die Dokumente werden zwar ausgestellt, aber anschließend werden sie vernichtet. Und wenn wir das nicht tun, dann tut es die Valpo«, sagte Heiskanen und schnalzte mit der Zunge. Ich lachte, Heiskanen lachte auch. Dann klopfte er mir auf den Rücken und sagte, dass er wirklich froh sei, noch einen Finnen hier zu haben. »Die deutschen Wachleute ertragen die Stille nicht, manche halten das Licht nicht aus, andere wiederum die Dunkelheit. Vier Jahre nichts als Durchhalten«, sagte er. Es ist das Licht. Sechs Monate im Jahr haben wir zu viel davon. Die andere Hälfte des Jahres gibt es gar kein normales Licht, und der Himmel ist voller seltsamer Lichterscheinungen, sodass man glatt anfangen könnte, an heidnische Götter zu glauben, an den Teufel, an alles Mögliche.

»Die Fritzen halten das im Kopf nicht aus«, meinte Heiskanen. Obwohl die Beziehungen zu Anfang wohl gut waren, werden hier jetzt immer mehr finnische Hilfstruppen eingesetzt, um »Missverständnisse durch kulturelle Unterschiede« aufzuklären.

März 44

Gestern ist wieder eine ganze Ladung mit Gefangenen angekommen. Sie sind in Danzig abgefahren, mit dem Schiff nach Helsinki, wo sie in den Zug nach Rovaniemi gequetscht wurden. Von Rovaniemi ging es mit dem Lastwagen hierher. Durch Orte, von denen ich noch nie gehört habe. Dann kommen sie hier an. Am äußersten Rand der Welt. Um hier zu sterben.

Im gestrigen Transport waren viele Verletzte und Versehrte. Ich war bei der Rassenbestimmung dabei und habe alles protokolliert. Ist doch merkwürdig, dass man die verschiedenen Rassen schon von Weitem erkennt. Es ist nicht bloß das Aussehen, sondern noch etwas anderes. Die Ausstrahlung. Der Gang. Manche wurden auf dem Lagergelände direkt hingerichtet. Das wurde nirgends vermerkt. Die Häftlinge, die schnell behandelt werden müssen, z. B. operiert oder amputiert, oder denen eine Kugel entfernt werden muss, müssen warten, bis der Arzt oder diese samische Handauflegerin kommt.

Unter den Gefangenen waren auch ein paar aus dem sowjetischen Staatsgebiet, u. a. zwei Karelier und ein russischer Skolte. Diese armen Leute haben unter dem Iwan viel aushalten müssen. Ich werde Kommandant Felde vorschlagen, sie in ein finnisches Lager zu verlegen.

März 44

Ein paar Gefangene haben sich zu einer Theatertruppe zusammengefunden. Zweimal im Monat gibt es eine Aufführung für die Offiziere. Heute ist Probe, und ich bin den restlichen Abend über zum Wachdienst eingeteilt.

Vorhin sah ich, wie die Handauflegerin mit langen Schritten über den Hof ging, ohne Kopfbedeckung, und aus ihren Haaren eine Haarnadel auf die Erde fiel. Ich konnte sie sehen, denn in dem Moment schien tatsächlich die Sonne und brachte sie zum Glitzern. Ich bin hingegangen und habe sie im Schnee gesucht, aber ich konnte sie nirgends finden.

März 44

Die Proben laufen gut. Die Theatergruppe besteht aus zehn Leuten, und nicht nur aus Funktionshäftlingen. Sobald die Türen sich schließen, hat man nicht mehr das Gefühl, in einem Lager zu sein. Man merkt der Gruppe an, dass auch unter den Gefangenen eine eigene Ordnung herrscht. Gestern stritten sich zwei Leute um die Hauptrolle. Der eigentliche Hauptdarsteller ist vorletzte Nacht an einer Lungenkrankheit gestorben, und nun musste die Rolle neu vergeben werden, aber niemand war gut genug. Nächste Woche ist Premiere. Am Ende entschied man sich für einen etwas älteren Mann mit einem nur noch leidlich geraden Rücken. Keine Ahnung, wie er überhaupt an die Front gekommen ist. Kann sein, dass er Jude ist, das heißt, wir müssen ihn besonders im Auge behalten.

Wenn er stirbt, wird sein Leichnam zu Untersuchungen nach Deutschland geschickt. Und nach allgemeinem Ermessen ist das nicht mehr lange hin.

März 44

Ich habe mir Kalles Stammkarte angesehen. Mit vollem Namen heißt er Kaarlo Lindqvist. Er ist Finnland-Schwede. Ansonsten ist die Karte leer. Keine einzige Eintragung. Nicht mal das Datum seiner Festsetzung ist vermerkt. Auch nichts zu Gesundheitszustand oder Rasse. Als wäre er gar kein Häftling.

Kalle wird ja außerdem besser behandelt als die anderen, und das zeigt sich nicht nur an der zusätzlichen Kartoffel. Gestern wurden z.B. zwei Gefangene von den Wachleuten erschossen, dabei waren sie anscheinend einfach nur auf dem Weg vom Waschplatz zur Baracke gewesen. Später hörte ich, dass sie sich nicht waschen wollten, weil es zu kalt war. Und das stimmt, wir haben fast vierzig Grad unter null. Trotzdem müssen die Gefangenen sich mit freiem Oberkörper draußen waschen. Alle außer Kaarlo Lindqvist.

ENONTEKIÖ, 1947

Als Olavi an einem klaren Herbstmorgen zur Arbeit an der Kirchenbaustelle kam, fielen ihm zwei Dinge auf: ein pelziges Wesen, das kreuz und quer über das Gelände schnoberte, und eine Horde Kinder, die vor der Kirche Ball spielten. Von Weitem erkannte Olavi Bigga. Er winkte, und sie kam mit dem Ball in der Hand auf ihn zugelaufen. »Ovllà, spiel doch mit!«, rief sie und ließ den braunen Lederball auf und ab springen. Überall waren die Geräusche von Hämmern und Sägen zu hören. Pferde schnaubten. Die Luft roch klar. Frisch.

»Was spielt ihr?«

»*Spábbadoaškuma*«, rief Bigga.

»Volleyball?«, fragte Olavi erstaunt.

Bigga lachte und schnitt eine Grimasse. »Als wir evakuiert waren, haben wir Fußball gespielt, aber das hier macht richtig Spaß!«

»So so, Fußball …« Olavi betrachtete Bigga. Ihr blondes Haar stand elektrisiert nach allen Seiten ab. Genauso wie im Herbst 1944, kurz vor Kriegsende, als Olavi sie zum ersten Mal gesehen hatte. Er war müde und fiebrig aus dem Auto gekrochen und hatte Bigga vor dem Haus ihres Großvaters stehen sehen. Sie trug abgenutzte Rentierfellschuhe und eine blaue Sámi-Tracht, die Olavi später nie wieder an ihr gesehen hatte. Hinter ihr Feuer und Rauch. An mehr konnte Olavi sich nicht erinnern. Diese Stelle war ein Loch. Aber eigentlich war *Loch* das falsche Wort für das, was er empfand. Er spürte

Leere. Rauch und Ruß. Schwärze. Sah Vögel, die zu Boden
gestürzt waren. Mitten im Flug. Einfach so. Sie hatten kohlschwarz auf dem Boden gelegen, versengt. Leblos.

Bigga und er hatten nie über diese Zeit gesprochen. Aber
sie schwebte ständig über ihnen, wenn sie sich trafen. Er
wusste es. Bigga wusste es.

Der Krieg war an jenem Tag zu Ende gegangen, als Olavi
in Enontekiö ankam. Im ganzen Land hatte man begonnen,
die Gefangenenlager zu räumen. Er wollte eigentlich weiter,
er wollte nicht hierbleiben, aber irgendwie war es anders gekommen.

Olavi schreckte aus seinen Gedanken auf, als plötzlich das
Schwein angelaufen kam. Bigga hockte sich hin, um es zu
streicheln. Das Tier hatte ein Wollkleid, war fast so groß wie
ein Schaf und sah auch so aus. Piera hatte es auf den Namen
Matilda getauft, nachdem er in einer Illustrierten von einer
Engländerin namens Matilda gelesen hatte, die allein in den
entlegensten Ecken der Welt herumgereist war. *So wie dieses Schwein hier*, hatte Piera Olavi erklärt. Piera fand, davor
müsse man den Hut ziehen. Daher dieser Ehrentitel für das
Schwein. Olavi lehnte sich vor, um das Tier zu kraulen. Es
wedelte mit seinem kurzen Schwanz wie ein Hund. Wenn
Matilda hier war, hieß das, dass auch Piera auf der Baustelle
sein musste. Olavi fand das ungewöhnlich. Mit seinem Haus
hatte Piera auch seine Schmiedewerkstatt aufgegeben, sodass
er eigentlich keine Arbeit mehr hatte. Und Matilda zwanzig
Kilometer weit zur Kirchenbaustelle zu befördern, war auch
merkwürdig, obwohl das Schwein ab und zu bei der Suche
nach Minen oder Leichen eingesetzt wurde. Während des
Krieges und auch danach hatte es außerdem bei der Fahndung nach Vermissten geholfen.

»Wo hast du deine Mütze gelassen?«, fragte Olavi. Bigga strich sich die unordentlichen Strähnen hinter die Ohren.

»Irgendwo …«, sagte sie und drehte dabei den kleinen silbrigen Anhänger, der an ihrem Gürtel hing. Ein Wiegenamulett.

»Ich muss jetzt arbeiten. Die *großartige neue Kirche* weiterbauen …« Olavi zwinkerte Bigga zu. »Hast du die Zeitung schon gelesen? Du bist auch abgebildet.«

»Nein! Wo kann ich die kriegen?«

Olavi nahm die Zeitung aus der Gesäßtasche und schlug die Seite auf. Bigga kam näher. Der Artikel war lang, ein Bericht darüber, dass die Kirche die prachtvollste im ganzen Land werden würde und dass sogar aus Amerika Hilfe dafür gekommen sei. Die Orgelpfeifen würden in Westdeutschland hergestellt. Der Text war äußerst wohlwollend, allerdings hatte Inkeri später Olavi gegenüber laut darüber nachgedacht, wie es sein konnte, dass auch diese Leute, die über die Fjells wanderten und so weit weg von allem wohnten, wie man es sich überhaupt nur vorstellen konnte, dass also auch sie an denselben Gott glaubten und dass nun für sie die schönste Kirche gebaut werden sollte, die man je gesehen hatte. Inkeri hatte auch gesagt, dass sich tausend Kilometer südlich, in Helsinki, der Dom wie eine weiße Taube gegen den dunkelnden Himmel erhob, und wenn man ihn betrachtete, sah man ein Leuchten.

Inkeri hatte es selbst erlebt.

Für Olavi war die Kirche nur ein Gebäude. Ein großer Raum. Nichts weiter.

Bigga betrachtete die Zeitung schweigend.

»Na?«

»So sehe ich aus?«, fragte das Mädchen neugierig.

»Ungefähr so. Das ist nur ein Bild. Natürlich siehst du aus verschiedenen Richtungen verschieden aus.«

»Ich würde auch gerne mal fotografieren«, sagte Bigga schnell. »Das macht bestimmt Spaß.«

Olavi rückte seinen Hut zurecht und schlug die Zeitung zu. Er zündete sich eine Zigarette an, aber das Mädchen machte keine Anstalten, wegzugehen. Sie sah zum Verpflegungsstützpunkt hinüber. Einige Quäker hatten ein Komitee gegründet, das sich um die Kinder kümmerte und Brei kochte. Als Notversorgung für die Familien, die es sich nicht leisten konnten, ihre große Kinderschar durchzubringen. Eine andere Gruppe organisierte Spiele. Und es waren auch viele Kinder da. Manche sahen abgezehrt aus, einem oder zweien fehlte ein Bein, ein drittes trug eine Augenklappe. Alle waren entweder Waisen oder kamen aus Familien, die ihre Kinder nicht selbst versorgen konnten. Olavi warf einen Blick auf Bigga, die die Breiköchinnen beobachtete.

»Hat Inkeri wirklich unter Schwarzen gelebt?«, fragte sie neugierig. Olavi steckte sein Feuerzeug in die Brusttasche und ließ den Blick auf einer schwarzen Frau ruhen, die Mühe hatte, ihre Locken mit einem Tuch zu bändigen. »Kommt die aus Afrika? Von der Elfenbeinküste?«, fuhr Bigga nun flüsternd fort.

»Was weißt du von der Elfenbeinküste?«, fragte Olavi lachend. Der Duft nach Brei wehte herüber. Als die ausländischen Helfer nach Lappland gekommen waren, hatten die neugierigen Fragen nach Olavis Herkunft aufgehört. Das war eine Erleichterung gewesen. Für alle war es das erste Mal, dass sie schwarze Menschen sahen. Als Objekt neugieriger Blicke kam man gegen diese Degenerierten nicht an. So hätte man es vor dem Krieg und auch im Krieg formuliert, und diese Ideen waren keineswegs verschwunden, obwohl man so natürlich nicht mehr denken durfte. *Jetzt hab ich wirklich alles gesehen*, hatte jemand sich lustig gemacht. *Das soll also Groß-Finnland sein?*, hatte sich der Witzbold mokiert. *Wir wollten doch nach Osten gehen, aber irgendwie haben wir uns wohl nach Süden verirrt.*

»An der Skelettküste gibt es viel Elfenbein. Es wird in Schiffe verladen und nach Amerika gebracht. Ist Inkeri dort gewesen?«

»Ja, Inkeri war in Afrika«, sagte Olavi.

»Hast du gehört, dass Inkeri bald bei uns Kunst unterrichtet?«, fragte Bigga. »Hat sie deswegen Áddjá das Haus abgekauft?«

Olavi betrachtete das Mädchen und überlegte, was er sagen sollte.

»Angeblich hat sie dort ein *sevdnjes lanja* gebaut, ein dunkles Zimmer. Was ist das?«, fragte Bigga.

»Ein dunkles Zimmer …«, begann Olavi. »Ja. Eine Dunkelkammer. Dort werden Fotos hergestellt.« Olavi war bisher nicht in Inkeris Dunkelkammer gewesen, aber er vermutete, dass dort eine rote Lampe vor sich hin glühte und es ansonsten völlig dunkel war. Mehr konnte er dazu nicht sagen. Außer, dass Inkeri auf seinem Blumenbeet herumgetrampelt war, als sie die Ritzen in der Außenwand gestopft hatte. Olavi hatte sich tagelang darüber aufgeregt. Er tat es immer noch.

»Kann ich mal kommen und mir das ansehen?«, fragte Bigga. Olavi warf die Kippe auf die Erde.

»Setz dir die Mütze auf, damit du nicht erfrierst«, brummte er. Bigga grinste. Sie nahm ihren Ball, drehte sich um und rannte über den Kirchhof. Das Wiegenamulett an ihrem Gürtel sprang dabei an ihrem Oberschenkel auf und ab. Aber noch bevor sie außer Hörweite war, drehte sie sich um und rief: »Ach ja! Dahinten haben sie was ausgegraben!«

»Was denn?«, fragte Olavi.

»Áddjá ist ganz aufgeregt!«

»Was hat man denn da ausgegraben?«, wiederholte Olavi. Bigga hörte auf, den Ball springen zu lassen und sah sich zu beiden Seiten um. Irgendetwas in ihrer Gestik ließ Olavi wachsam werden, noch bevor sie es aussprach. Vielleicht, weil Bigga etwas nervös wirkte, obwohl sie es überspielen wollte, indem sie sich besonders lebhaft gab und den Ball hüpfen ließ. Natürlich wusste Olavi, warum.

»Na, dieses Gefangenenlager«, rief Bigga schnell, mit unnatürlich hoher Stimme. »Deswegen ist Áddjá mit seinem Schwein hier.«

Bigga und Olavi sahen einander an. Olavi antwortete nicht, und auch Bigga sagte nichts mehr. Er wusste, dass sie eine Entgegnung von ihm erwartete, aber was hatte er dazu zu sagen?

Nichts.

Schließlich drehte Bigga sich um und rannte wieder zum Spielfeld, ihr Wiegenamulett glitzerte in der Sonne. Olavi blieb in seiner einsamen Stille zurück.

INARI

März 44

Heute haben Kalle, Heiskanen und ich die Zelte saubergemacht. Eigentlich ist das Aufgabe der Häftlinge, aber wir müssen überprüfen, dass niemand im Lager verdächtige Gegenstände versteckt.

Ich hatte diese finnischen Sperrholzzelte noch nie mit eigenen Augen gesehen, obwohl sie den ganzen Krieg über mit patriotischem Stolz auf allen möglichen Flugblättern angepriesen wurden. Der Grundriss der Zelte ist rund, und sie sind so hoch, dass ein Mann darin stehen kann. Auf dem Boden können mehr als ein Dutzend Männer nebeneinander schlafen, in Stockbetten entsprechend mehr.

Auf jeden Fall sind sie besser als die deutschen Zelte und sicher auch besser als die sowjetischen. Die deutschen Bruchbuden wackeln schon, wenn man sie nur antippt. Und sie halten nicht besonders viele Winter, manche nicht mal einen. Spätestens im Frühjahr begräbt der nasse Schnee sie unter sich. In Rovaniemi sollen vor ein oder zwei Wochen nach einem Schneegestöber 50 Gefangene umgekommen sein. Oder vielleicht ist es auch schon vier oder fünf Wochen her. Zeit ist hier eine Größe, die irgendwie nicht existiert. Nicht wie vorher. Jedenfalls mussten sie nach dem Zusammenbruch des Zeltes die Leichen unter dem Schnee ausbuddeln. Das war wohl eine unerfreuliche Arbeit, denn man musste aufpassen, dass man nicht mit der Schaufel auf die Schädel trifft.

Beim Aufräumen fiel mir auf, dass an vielen Stellen in das Sperrholz Initialen geritzt waren, Geburtsorte, Nazizeichen und was den Leuten sonst noch so eingefallen war. Jemand hatte nach dem Wort *Gott* für jeden Tag, den er dort verbracht hatte, ein Ausrufezeichen eingeritzt. Zweiunddreißig Tage.

Kurz bevor wir fertig waren, fanden wir, in einer Ecke zusammengetragen, die Knochen von irgendeinem kleinen Tier, einem Vogel oder einem Lemming vielleicht. Keiner von uns räumte sie weg.

März 44

Die klare Luft ist herrlich, aber auch eisig. Die Gefangenen haben nicht genug anzuziehen. Jeden Morgen finden wir steifgefrorene Tote. Einer von den beiden Kareliern ist auch gestorben, er wurde zu den anderen in die offene Grube gelegt.

Die Vögel singen jetzt schon deutlich mehr. Wir sehen zu, dass wir aus dem Futter für die Pferde Garben für sie abzweigen können. Später im Frühling können wir die Spatzen und Meisen vielleicht essen. Als Heiskanen und ich heute Besorgungen gemacht haben, erzählte er mir, dass Kalle und er letztes Jahr zwischen dem Stall und der Medizinbaracke einen Gemüsegarten angelegt hatten und dass er die Erlaubnis einholen wollte, das auch dieses Jahr wieder zu tun. Er war ganz Feuer und Flamme und sagte, er hätte vorher in einer Gärtnerei gearbeitet und würde sich deswegen mit der Zucht von Nutzpflanzen auskennen.

Als ich Felde die Nachschubbestellung für den Rest des Monats bringen wollte, sah ich neben einem winzigen Baum einen erfrorenen Häftling sitzen. Der Mann war splitternackt.

In seinem Schritt waren Zweige und ein paar größere Äste festgefroren, seine knochigen Finger hatten sich darum herum gekrampft. Er saß dort als Warnung für alle anderen. Er hatte die Zweige keinen Augenblick losgelassen.

März 44

Ich hatte den Befehl, einige der neu angekommenen Häftlinge zur ärztlichen Untersuchung zu bringen. Das Wartezimmer platzte aus allen Nähten. Ein Mann prahlte herum und zeigte auf seine Hose, die am Knie einen schuppig-trockenen Fleck hatte. »Lustnektar von einer Finnin«, lachte er und erzählte, wie er der Frau ein Bein zwischen die Schenkel geschoben und nur ein bisschen gerubbelt hatte, und mehr hätte es nicht gebraucht, und die Frau hatte gewinselt wie eine läufige Hündin und ihn angefleht, in sie einzudringen, einfach mitten am Tag hinter dem Haus, vor aller Augen. Der Mann tönte herum, er würde sich den Fleck aus der Hose ausschneiden und unter sein Kissen legen. Dann würde er jeden Abend daran riechen und dann gleich wieder am nächsten Morgen. Gegen Bezahlung würde er auch andere mal schnuppern lassen.

Wir lachten alle. Natürlich musste im selben Moment diese verdammte Handauflegerin im Wartezimmer auftauchen. Als ich die Papiere abgab und ihr die Häftlinge überließ, warf sie mir im Vorbeigehen nur einen kurzen Blick zu. Ihre Haare waren offen, ohne jede Haarnadel. Ich setzte dazu an, mich für die Ausdrucksweise des Mannes vorher zu entschuldigen. Sie sagte nichts. Sie sah mich nicht mal an. Nur ein elektrisches Violett sah ich in ihren Augen aufblitzen.

Über eine Sache wunderte ich mich erst, als ich die Baracke verließ. Als die Handauflegerin aus dem Behandlungsraum kam, ließ sie die Tür hinter sich offen. Auf dem Tisch lag der andere Karelier, eindeutig leblos. Ich hatte nicht gewusst, dass er auch tot war.

Noch in derselben Nacht bekam ich mit, dass der Leichnam aus dem Lager gebracht wurde. Ich sah, wie Heiskanen und Kalle ihn auf einen Lastwagen hievten.

März 44

Was ich beim Arzt und in der Nacht gesehen habe, beschäftigt mich. Außerdem habe ich mich nach der Handauflegerin erkundigt. Einer sagte, sie würde vom Varangerfjord oder sogar von noch weiter weg stammen, oder sie wäre irgendein Überbleibsel aus alten Zeiten, verwandt mit den Ainu und den Kongolesen. Jemand anders wiederum wollte gehört haben, dass sie auf keinen Fall vom Varangerfjord kommt. Angeblich ist sie eine Samin aus Inari oder Utsjoki oder vielleicht eine Skoltsamin aus Petsamo oder vielleicht auch eine Finnin von der Halbinsel Kola. Ein Dritter behauptete, sie wäre angeblich eine Kvenin aus der Finnmark. Oder eine Mischung aus alldem. Auf jeden Fall von minderwertiger Rasse, das war die einhellige Meinung. »Ist sie denn eine Gefangene?«, fragte ich, aber niemand konnte mir das mit Bestimmtheit sagen. Sie ist länger hier, als man sich erinnern kann.

Seit Anbeginn.

ENONTEKIÖ, 1947

Inkeri stand in ihrer eiskalten Dunkelkammer und dachte über die Isolierung des Hauses nach. Sie legte ein großes Blatt Fotopapier in die Entwicklerflüssigkeit und achtete darauf, dass es schnell und vollständig eintauchte. Dann nahm sie eine Wäscheklammer, drückte das Foto tiefer in die Lösung und schwenkte es in der Wanne. Dies war der kritischste Moment im gesamten Vergrößerungsprozess.

Inkeri hatte ganz normale Bilder von den Orten gemacht, durch die sie gekommen war. Nichts Außergewöhnliches. Einfach nur Landschaftsaufnahmen, wie sie sich selbst versicherte. Den ganzen Sommer und Herbst hindurch hatte sie sich bei den Menschen – meistens denen, die sie gerade für irgendeinen Artikel interviewt hatte – erkundigt, ob sie wussten, was hier im Krieg vor sich gegangen war. Ob sie von Orten wussten, wo Soldaten oder Lager waren oder was auch immer. Gefangene. Jedes Mal, wenn jemand einen möglichen Ort ausgewiesen hatte, machte Inkeri ein Bild davon und hoffte, dass die Fotos später irgendetwas preisgeben würden. Aber das war nie geschehen.

Inkeri angelte das Fotopapier mit der Wäscheklammer aus der Flüssigkeit. Jetzt war es da. Das Bild. Ein Stück Land mit einem Fjell im Hintergrund, von dem jemand behauptet hatte, dass dort irgendwann einmal eine Baracke oder ein Zelt gestanden hatte. Schnell legte Inkeri das Blatt in die nächste Flüssigkeit. Deren Aufgabe war es, die Entwicklung, die in der ersten Wanne begonnen hatte, zu unterbrechen. Inkeri nahm den starken Geschmack nach Chemikalien wahr und leckte sich über die Lippen. Sie meinte, an den Rändern der Wanne kleine Bläschen zu erkennen. Schließlich nahm sie das Foto mithilfe der Wäscheklammer wieder auf, ließ es ins Fixierbad gleiten und seufzte. Ohne es zu merken, hatte sie den Atem angehalten. Manchmal hatte sie beim Entwickeln das Gefühl, einen Wettlauf zu absolvieren. Am Ende legte sie alle Bilder in eine Wanne mit klarem Wasser. Es strahlte Kälte aus. Inkeris Finger waren klamm. Sie hängte die fertigen Bilder zum Trocknen an die Wäscheleine.

Dann schaltete sie das Licht an.

Inkeri bewegte die Finger und blies in ihre Handflächen. Die ständige, betörende Kälte. Der Schmerz. Inkeri sah auf ihre Armbanduhr. Sie musste zur Arbeit.

Sie nahm ihre Aktentasche und stürmte in die kalte, schon fast eisige Luft. Der Frost hatte Perlen am Türrahmen hinterlassen. Die Laubfärbung war beachtlich gewesen, doch von dieser Pracht zeugten jetzt nur noch die toten Blätter auf den Wegen. Inkeri hatte einen Monat vorher als Kunstlehrerin angefangen. Als sie gesagt hatte, sie wolle Kunst unterrichten, hatte der Rektor gelacht und darauf reagiert wie auf den Wunsch eines Kleinkindes. Dennoch hatte er zugestimmt, unter der Bedingung, dass Inkeri die Materialien für alle Schüler besorgte. Die Schule könnte es sich jedenfalls nicht leisten. Zwei Wochen später war Inkeri zurückgekommen und hatte ihm die Liste der Materialien gezeigt, die sie mithilfe ihrer Kontakte besorgen konnte. *Wasserfarben. Für alle?*, hatte sich der Rektor gewundert. Wasserfarben, Kohlestifte, Papier. Alles Mögliche.

Tatsächlich war die Stunde, die Inkeri hielt, keine echte

Schulstunde. Es war ein zusätzliches Angebot nach dem eigentlichen Unterricht, aber viele Kinder nahmen daran teil. In der ersten Stunde war der Klassenraum voller Menschen gewesen, Kinder und Lehrer, viele davon aus reiner Neugier. Jetzt hatten sich die meisten verkrümelt. Die erste Stunde hatte Inkeri mit einer Frage begonnen, von der sie annahm, dass sie die samischen Kinder mit den finnischen verbinden würde: »Also! Was heißt Kunst auf Samisch?« Die Schüler saßen vor ihr in den Bänken. Diejenigen, die keine Bank abbekommen hatten, hockten auf dem Boden.

»Wir haben kein Wort dafür«, murmelte jemand kurz darauf, und einige finnische Kinder lachten. Ein samisches Kind warf ihnen einen bösen Blick zu und streckte ihnen die Zunge heraus.

»Kunst? *Ihr habt kein Wort dafür*?«, hatte Inkeri ungläubig gefragt. Kunst gehörte doch seit Jahrhunderten zur Kultur aller zivilisierten Nationen, und hier hatten sie noch nicht einmal ein *Wort* dafür. Wie weit entfernt von allem war sie hier eigentlich? Sie war an die Stunde mit einer Methode herangegangen, die sich als nicht sonderlich brauchbar herausgestellt hatte. Schließlich hatte Bigga die Hand gehoben.

»*Dáidu* könnte passen.«

»Gut. Was bedeutet das?«

»Können. Verständnis.«

»Perfekt! Genau das ist Kunst doch! Verständnis und Können«, hatte Inkeri erleichtert gesagt und war mit der Stunde fortgefahren. Aber jedes Mal, wenn Inkeri auf dem Weg in die Schule war, dachte sie an diese Szene und an das unangenehme Gefühl, das sie erfasst hatte. Sie war wirklich weit weg. Wenn Kenia die Peripherie der Welt gewesen war, so war dies ihr äußerster Saum.

Inkeri öffnete die Tür zum Klassenzimmer, das schon voller Kinder war. Sie hatten ihre Malutensilien herausgenommen und dort weitergemacht, wo sie beim letzten Mal aufgehört hatten. Inkeri hatte das erlaubt.

»Ach, schön, ihr habt schon angefangen«, sagte sie und zog sich den Mantel aus. Irgendwo in der Klasse gab es Streit, und Inkeri hob den Kopf. Ein Junge hatte einen anderen im Gesicht mit Wasserfarben angemalt.

»So! Ruhe!«, rief Inkeri und klatschte in die Hände. Die Kinder unterbrachen ihre Arbeit sofort und setzten sich auf ihre Plätze. Inkeri fuhr erst fort, als es ganz still war. »Heute sprechen wir über Farbwerte!«, sagte sie laut, nahm ein Stück Kreide in die Hand und fing an, etwas an die Tafel zu zeichnen. Einen Kreis, in den sie die Komplementärfarben eintrug.

»Farben! So etwas Herrliches! Ihre Eigenschaften und ihr Naturell sind unterschiedlich, so wie bei uns Menschen. Sie können kalt, rein, gebrochen oder warm sein, und ihre Leuchtkraft und Abstufung wechselt. Zum Beispiel hat Gelb eine große Leuchtkraft. Seine Komplementärfarbe Violett nicht«, erklärte Inkeri, fragte die Kinder dann nach den Komplementärfarben und schrieb sie an die Tafel. Wie Farben sich zueinander verhalten. Wie Indigoblau neben einem kalten Gelb wirkt. Oder neben Ultramarin. Die Dinge waren nicht von ihrem Hintergrund zu trennen und konnten losgelöst davon ganz anders aussehen.

Inkeri merkte, dass sie angefangen hatte, von neuesten Forschungen zu sprechen: von der Entstehung der Farben, von Lichtwellen, davon, dass um sie herum unsichtbare Strahlen verliefen. Sie schreckte erst aus ihren Ausführungen auf, als sie merkte, dass sie bei Alfred Einstein angekommen war. Sie drehte sich zur Klasse um und fragte etwas amüsiert:

»Begreift ihr eigentlich etwas davon, was ich hier erzähle?«

Die Schüler lachten, schüttelten den Kopf, und Inkeri legte lächelnd die Kreide beiseite.

»Entschuldigt bitte. Ich habe zuhause gerade Fotos abgezogen. Und immer, wenn ich das tue, gerate ich in einen bestimmten … *Zustand*«, erklärte Inkeri. »Ich tauche dann so tief in die Sache ein, dass ich nichts mehr um mich herum wahrnehme.« Die Kinder lachten erneut.

»Also gut. Dann malt bitte ein Bild mit Wasserfarben und benutzt dabei Komplementärfarben. Ich gebe euch ein Beispiel«, sagte Inkeri und nahm den Pelzquast aus ihrer Tasche.

»Das ist Fell von einem echten Löwen!« Inkeri trug ihn schon seit Jahren bei sich, genau genommen seit dem Ausbruch des Zweiten Weltkriegs. »Ich lasse ihn herumgehen. Und eure Aufgabe ist: Malt einen Löwen und nutzt dabei Komplementärfarben und das, was ihr gerade gelernt habt!«

Und wie Inkeri vermutet hatte, waren die Kinder ganz wild auf den Pelzquast. Niemand wollte warten, bis er oder sie dran war, sondern alle stürmten dorthin, wo der Quast sich gerade befand. Inkeri sah dem Treiben zufrieden zu. Die Kinder wussten wohl kaum, wie selten der Gegenstand war, der da von Hand zu Hand wanderte. Fell von einem weißen Löwen. Zuerst hatte Inkeri gedacht, weiße Löwen seien nur ein Hirngespinst. Wie Einhörner von vorne bis hinten erstunken und erlogen. Geschichten über Sichtungen von weißen Löwen gab es überall in Afrika. Doch es war die Wahrheit gewesen. Inkeri würde sich immer an den Tag erinnern, an dem sie das Tier zum ersten Mal gesehen hatte. Zu der Zeit, als ihre Ehe mit Kaarlo de facto schon vorbei war, hatte Inkeri sich nicht nur einen ganzen Haufen Liebhaber zugelegt,

sondern auch ein neues Hobby: die Jagd. Zwar war sie auch
früher schon auf Jagden dabei gewesen, aber da hatte sie nur
unter den Augen der besseren Gesellschaft zugesehen, wie
die Männer ihre Gewehre anlegten und Gin Tonic tranken,
während die Frauen den Errungenschaften ihrer Männer ap-
plaudierten.

Auf ihren ersten Jagdausflug hatte Inkeri eine ganze Schar
von Arbeitern ihrer Plantage mitgenommen. Die Einheimischen sollten sie einerseits beschützen und mögliche Angriffe
abwehren und, wenn nötig, den eigenen Tod dafür in Kauf
nehmen, aber sie leisteten ihr auch Gesellschaft. Inkeri hatte
den Ausflug über Monate geplant, er sollte kurz nach dem
Ende der Regenzeit stattfinden. Die weite Savanne war über-
schwemmt. In der ständigen Feuchtigkeit fühlte man sich wie
in der Sauna. Sie waren eine Woche unterwegs, und bis zum
vorletzten Abend hatten sie schon ein paar Antilopen und
ein Nashorn geschossen, aus dessen Rückenleder Inkeri sich
später einen Tisch machen ließ. An diesem Abend aßen sie
Giraffenfilet und lauschten in der Weite der Savanne der Musik vom Grammophon.

»Ist das wirklich Fell von einem Löwen?«, fragte jemand
auf einmal.

»Ja, ist es.«

»Ich dachte, Löwen sind gelb. Das hier ist weiß.«

»Deswegen ist es auch so selten«, sagte Inkeri lächelnd.

»Bisschen wie bei einem weißen Rentier, nur weicher«, rief
ein anderes Kind.

Ein kleiner Junge in samischer Tracht flüsterte dem blon-
den Jungen neben ihm etwas ins Ohr, und der blonde Junge,
Niila, hob die Hand.

»Ja?«

»Ántte hier neben mir will wissen, ob es in Kenia auch Rentiere gibt?«, fragte er.

»Ántte könnte mich das beim nächsten Mal auch selbst fragen. Auf Finnisch, so wie alle anderen. Und nein. Dort gibt es keine Rentiere. Aber Schweine«, sagte Inkeri und sah, wie Bigga den Pelzquast gegen das Licht hielt. Bigga hatte sich vorher nicht sonderlich für den Quast interessiert. Stattdessen hatte sie Inkeris Erklärungen eifrig in ihrem Heft mitgeschrieben.

Am Ende einer der ersten Kunststunden hatte Bigga sich eine Weile am Lehrerpult herumgedrückt und schließlich gefragt: »Was ist eigentlich Licht?« Inkeri hatte aufgeblickt und sich gefragt, ob das Mädchen sie auf den Arm nahm oder ob sie es wirklich wissen wollte. Ja, sie wollte es wissen. Und nicht nur das. Was bedeutete Licht, was Fotografie? Was war Dunkelheit? Was bedeutete das alles? Wie kam das Foto aufs Papier? War Licht etwas Lebendiges? Was waren Farben, wenn man sie nicht ohne Licht sehen konnte – und so weiter und so weiter. Inkeri hatte in ihrer etwas kühlen, ausweichenden Art auf die Fragen geantwortet. Bigga hatte ihr schweigend zugehört. Dann hatte sie mit den Achseln gezuckt und war weggegangen, ohne die Sache später noch einmal zu erwähnen.

Inkeri beobachtete, wie Bigga den Pelzquast an das nächste Kind weitergab, und kehrte in Gedanken zu ihren Erinnerungen zurück. Am letzten Morgen des Jagdausfluges war es neblig gewesen, und aus dem Nebel war nach und nach eine tausendköpfige Büffelherde zum Vorschein gekommen. Und in diesem Moment hatte sie sie in der Morgensonne gesehen: die weiße Löwin. Sie war allein. Sie pirschte sich an die Büffel heran, und sie musste wirklich Hunger gehabt haben, denn sie war im Begriff, einen dieser Riesen anzugreifen. Eine tausendköpfige Büffelherde war das Gefährlichste, was einem Löwen in der Savanne begegnen konnte. Inkeri verfolgte aus ihrem Versteck heraus angespannt, wie die Löwin den Büffel angriff, mit ihm rang und das Tier schließlich zur Strecke brachte. Wie sie ihre Beute zerriss, allein fraß und, als sie satt war, den Kadaver in Richtung Osten fortschleppte. Inkeri gab der Löwin den Namen Alba, *die Weiße*.

Jetzt schnappte Inkeri ein Gespräch zwischen Niila und einem finnischen Kind auf. »Hast du gehört, was die Kirchenbauarbeiter gefunden haben?«, fragte Niila den anderen Jungen.

»Ich hab mitbekommen, wie Papa davon gesprochen hat! Und dass die Kolehmainen-Jungs sich die Sachen schon angeguckt haben. Ob da noch was übrig ist?«

»Wollen wir heute Abend mal hingehen?«, schlug Niila vor.

»Weiß nicht. Da könnten noch Minen versteckt sein …«

Irgendetwas in dem Gespräch ließ Inkeri aufhorchen, und sie ging zu den Jungen. Niila hatte schon ein fertiges Bild mit einem gelben Löwen auf violettem Grund vor sich liegen.

»Wovon redet ihr?«, fragte Inkeri.

Die Jungen sahen einander erschrocken an, aber dann zuckten sie die Achseln.

»Haben Sie es denn nicht gehört?«

»Was denn?«

Niila musterte zuerst sie und dann den anderen, etwas kleineren Jungen.

»Das Gefangenenlager. Die Reste davon. Die hat man ausgegraben. Neben der Kirchenbaustelle«, murmelte Niila, und als er Inkeris Gesichtsausdruck sah, fuhr er fort: »Da vorne, ziemlich genau gegenüber der Schule.« Inkeri wurde von einem Gefühl der Kälte ergriffen. Als habe sich eine eisige, fischartige Hand in ihr Innerstes geschoben, die nun in ihrem Bauch und an ihrem Herzen herumfingerte. Ihr wurde übel.

»Ein Gefangenenlager? Hier gegenüber …«, fragte sie, und die Jungen nickten. Plötzlich traf sich ihr Blick mit dem von Bigga. Das Mädchen sah ihr direkt in die Augen, und in ihrem Blick lag etwas, das Inkeri nicht zuordnen konnte. Bigga wandte sich ab, und zurück blieb eine schale, dunkle Leere.

INARI
März 44

Felde hat mich heute zum ersten Mal seit meiner Ankunft zu einem Gespräch einbestellt. Wir gingen ein paar Formalitäten durch. Aus irgendeinem Grund wollte er wissen, wer im Stalag 309 mein Vorgesetzter gewesen war. Die Frage kam überraschend. Ich hatte lange nicht mehr an Tapani Koskela gedacht. Außerdem sah ich, dass bei Felde auf dem Tisch in deutscher Übersetzung meine Zeugnisse und die Mitgliedsausweise für die Vaterländische Volksbewegung und die Akademische Karelien-Gesellschaft lagen. Keine Ahnung, woher er die bekommen hat. Ich habe sie ihm nicht geschickt. Jedenfalls nicht, dass ich wüsste.

Bevor ich ging, wollte ich noch wissen, was mit den Gefangenen aus den finno-ugrischen Brudervölkern passierte: Wenn sie nicht in die finnischen Lager verlegt wurden, unterrichtete man sie dann hier? Es müsste doch irgendwelche engagierten finnischen Frauen geben, die ihnen unsere Sprache und Religion beibringen konnten. Aber Felde meinte, finnische Frauen seien allesamt Huren und würden nur für das Eine taugen. Zögernd fragte ich weiter, ob es sein konnte, dass die Leichen von Finno-Ugriern an andere Orte überführt würden. In der darauffolgenden Stille schlug die Standuhr etliche Male.

»Weißt du, warum Hänninen auf einen anderen Posten versetzt wurde?«, fragte der Kommandant mit eisiger Stimme.

Ich wusste es nicht. Er sagte, Hänninen hätte sich zu einem Sicherheitsrisiko entwickelt. »Er hat auch zu viele Fragen gestellt.«

Ich senkte den Blick.

»Was gibt es über den Gefreiten Heiskanen zu berichten?«, wollte er dann wissen.

»Noch nicht viel«, erwiderte ich. »Er fraternisiert mit dem finnischen Gefangenen.«

»Ja, Heiskanen hegt Sympathien für die Angehörigen niederer Rassen. Da ist es nicht weit bis zum Volksverrat. Außerdem ist mir zu Ohren gekommen, dass man bei der Valpo erstaunlich gut über bestimmte Vorgänge hier im Lager unterrichtet ist. Sie müssen hier einen Agenten gehabt haben. Ich bin ziemlich sicher, dass Hänninen der Informant war. Aber ganz unbestritten ist das nicht. Sicher kann man niemals sein. Ich weiß nicht mal, ob ich dir trauen kann.«

»Natürlich können Sie das, Herr Kommandant«, beeilte ich mich zu beteuern. Instinktiv wanderte mein Blick zum Tagesbefehl an der Wand. Ich verschwendete keine Zeit darauf, ihn noch einmal zu lesen. Das musste ich nicht, denn ich konnte Generaloberst von Falkenhorsts Worte mehr oder weniger auswendig: Für Finnlands Sicherheit und für die europäische Kultur kämpfen wir gegen den Erbfeind, so wie unsere Väter 1918.

»Falls dir an Heiskanen irgendwas Besonderes auffällt, wenn er zum Beispiel mehr Briefe schreibt als sonst, dann musst du es mir melden. Falls er ein Verräter oder sogar ein Agent ist und Informationen an die Valpo weitergibt, dann müssen wir ihn eliminieren«, sagte Felde gereizt.

Ich sagte ihm, was ich am Vorabend gesehen hatte. Felde hob die Schultern und schnalzte mit der Zunge.

»Das ist … eine gewisse Maßnahme. Darüber musst du nichts weiter wissen, jedenfalls jetzt noch nicht …«, sagte er und winkte ab.

Als ich den Raum verließ, fiel mein Blick noch auf die Bilderrahmen auf Feldes Schreibtisch. Ich weiß nicht, was auf den Bildern zu sehen ist, aber ich denke mir, dass es Menschen sind. Es kann aber auch genauso gut sein, dass da einfach nichts ist.

März 44

In letzter Zeit ist es hier ruhig und friedlich, fast schon ein bisschen langweilig. Die einzige Abwechslung sind die toten Rentiere, die neuerdings vermehrt in der Umgebung aufgefunden werden. Sie haben auch vorher schon öfter Alarm ausgelöst, und wenn sie auf eine Mine treten, richten sie ganz schön viel Schaden an. Kalle und ein paar anderen Gefangenen wurde aufgetragen, die Kadaver fortzuschaffen. Obwohl sie mit Metalldetektoren ausgerüstet sind, überschreitet Kalle nie die Grenze zum verminten Gebiet, sondern bleibt mit den Wachen auf der sicheren Seite. Wir Wachleute warten also zusammen mit Kalle darauf, dass einer der Gefangenen auf eine Mine tritt, und hoffen, dass er sofort tot ist. Es ist schrecklich, so einen Todeskampf mit anzuhören. Dann können wir nichts weiter tun, als anzulegen und den Gefangenen zu erschießen. Aber aus so großer Entfernung schießt man mehr als einmal daneben.

Die vielen toten Rentiere können einem leidtun. Wir haben auch so schon zu wenig Rentiere, die wir schlachten können. Der Staat und die Nazis haben die meisten Tiere der samischen Genossenschaften beschlagnahmt, was sicher auch dazu beiträgt, dass die lokale Bevölkerung nicht mehr gut auf die Nazis zu sprechen ist. Außerdem habe ich gehört, dass das Regiment schon seit Wochen auf die bestellten Arbeitsrentiere wartet, die die verendeten ersetzen sollen. Aber immerhin können wir das Fleisch der toten Tiere verwerten, wenn es vom Amt freigegeben wird.

März 44

Weil es so langweilig ist, helfe ich der Handauflegerin abends beim Ausfüllen der Stammkarten. Sie wird hier für alles Mögliche eingesetzt. Der Arzt schafft nicht alles alleine, und es ist bekannt, dass sie allerhand kann. Der kleine gescheckte Hund weicht ihr nicht von der Seite. Ein Spitz, ähnlich wie ein Finnenspitz, aber doch anders. Er gehört zu den offiziellen Lagerhunden, aber er wird nicht wie die anderen als Wachhund oder zur Suche nach ausgebrochenen Gefangenen eingesetzt. Dieser hier ist für die Jagd.

Ich fragte die Handauflegerin nach ihrem Namen. Sie sah mich gereizt an und zeigte mir ihre grüne Aufenthaltsgenehmigung, obwohl ich danach gar nicht gefragt hatte. »Euch Nazis kann man in dieser Hinsicht nicht trauen«, sagte sie und sah mir direkt in die Augen. Ich schwöre, ihre Augen sind in einem bestimmten Licht violett. »Ich bin kein Nazi«, presste ich hervor. Ich weiß nicht, warum ich das gesagt habe. Warum es mir auf einmal unangenehm war. Ich muss mich doch für nichts schämen. Sie lachte und wandte ihren Blick nicht ab. Ich fragte sie noch einmal nach ihrem Namen.

»Da steht es doch. In lupenreinem Finnisch: Saara«, sagte sie schroff und zündete sich mit einem silbernen Feuerzeug eine Zigarette an. Es klang, als würde sie ihren Namen ausspucken: »Saara Valva.«

»Väinö Remes«, sagte ich und streckte ihr die Hand entgegen. Saara steckte sich die Zigarette in den Mund, ohne mich aus den Augen zu lassen, sog so fest daran, dass ihre Wangen tief nach innen gezogen wurden, und kreuzte mit erhobenem Kinn die Arme vor der Brust. »Väinö Remes«, murmelte sie und dehnte dabei die Silben, als spräche sie von einem unerfreulichen Gericht. So wie Qualle oder Tintenfisch. Dann legte sie mir einen Stapel Papier in die ausgestreckte Hand und befahl mir, nach ihrem Diktat zu schreiben. Natürlich weigerte ich mich nicht.

Sie sah mich an diesem ganzen Abend kein einziges Mal mehr an, aber wir saßen beisammen und atmeten dieselbe Luft. Einmal streifte sie aus Versehen meinen Jackenärmel, und jetzt kann ich an nichts anderes mehr denken.

März 44

In ein paar Tagen geht es los mit dem Straßenbau zum Flugplatz in Törmänen. Wir können uns die Häftlinge aussuchen, die mitkommen. Wir nehmen ein paar kräftige und ein paar schwache mit, die können wir dann woanders begraben.

Heiskanen ist auch dabei.

März 44

Seltsam, dass Felde mich nicht gebeten hat, ein Auge auf Kalle zu haben. Trotzdem habe ich ihn beobachtet, und ich bin zu dem Schluss gekommen, dass Kalle der geheime Informant sein muss, der Häftling, der dafür zuständig ist, die anderen Gefangenen zu überwachen. Es gibt sie in jedem Lager. Oder es ist was ganz anderes. Je mehr ich darüber nachdenke, desto mehr schwant mir: Selbst wenn Kalle der geheime Informant sein sollte, geht es auch noch um irgendwas völlig anderes.

März 44

Morgen Abend ist die nächste Aufführung der Theatertruppe. Sie spielen das selbstgeschriebene Stück von irgendeinem Häftling. Der behauptet, er wäre Theaterautor gewesen. Aber woher soll man das wissen? Hier kann sich doch jeder eine andere Vergangenheit zurechtdichten. Manche Häftlinge erfinden ständig neue Geschichten, die sie den Neuankömmlingen präsentieren. In der einen Woche sind sie Thronerben, in der nächsten berühmte Schriftsteller. Es ist sogar ganz unterhaltsam, das mitzuverfolgen.

Ich mag die Theatertruppe. Manche sind richtig gute Schauspieler. Einer der Häftlinge dolmetscht alles aus dem Russischen ins Deutsche. Der Hauptdarsteller hat wieder mal gewechselt. Der Mann, der angeblich Jude war, wurde in ein anderes Lager zwanzig Kilometer nördlich verlegt, wo die Deutschen die Juden internieren. Ein anderer Darsteller wurde vorgestern Morgen hingerichtet, und jetzt muss das gesamte Stück wieder neu zusammengestellt werden.

Geprobt wird am See, an der Quelle, wo das Wasser nie gefriert und wir unser Trinkwasser herbekommen. Hier reden die Gefangenen freier. Auf einmal hörte ich, dass sie über nächtliche Verlegungen von Häftlingen sprachen. Ich fragte, was sie darüber wüssten. Sie sahen sich erschrocken an, konnten es aber nicht mehr zurücknehmen. Ich wiederholte die Frage, und außerdem kam mir in den Sinn, zu fragen, ob auch Leichen abtransportiert werden.

Sie nickten. Sie sagten, dass tote Gefangene manchmal sogar wieder ausgegraben werden.

»Und wer entscheidet darüber?«, fragte ich.

»Unterschiedlich, aber in letzter Zeit immer öfter diese Handauflegerin. Manchmal auch der Arzt«, sagte eine der

Frauen zögerlich. »Sie wissen ja auch am meisten über den Zustand und die Rasse der Leichen.«

März 44

Heute war die letzte Probe der Theatertruppe und abends die Aufführung. Wir packten gerade zusammen, als ein Häftling plötzlich aufschrie. Ich drehte mich um, die Waffe im Anschlag. Aber da stand nur ein junger grauer Schwan. Er war schon ausgewachsen, wohl im letzten Jahr geschlüpft, scheu und ganz allein. Er reckte den Hals hinter einer Birke hervor, und wir wunderten uns, dass so ein Schwan immer noch hier sein konnte, und immer noch lebendig. Er musste verletzt sein. Vielleicht ein gebrochener Flügel. Scheu kam das Tier auf uns zu. Es ruckte mit dem Kopf vor und zurück und machte Geräusche, die man nicht mit einem Schwan und auch mit sonst keinem Tier verbunden hätte. Wir hatten Proviant dabei, und die Häftlinge gaben ihm ein paar Krümel ab. Das Tier gierte nach Zuneigung und kam sehr nah heran. Die Häftlinge streichelten es am Körper und am Kopf. Das Federkleid war schon mit einigen schneeweißen Federn gesprenkelt. Ein Muttertier war nicht zu sehen. Es hatte entweder durch den Krieg sein Leben verloren oder war noch vor dem Winter nach Süden geflogen und hatte sein Junges zurückgelassen.

Die Augen des Schwans waren glänzend und freundlich.

Als ich ihn erschoss, blieb sein Blick auf den Himmel gerichtet, auf eine vorübergleitende kleine weiße Wolke.

ENONTEKIÖ, 1947

Der Traum ist von allen Daseinsformen die schwierigste. Die Alten glauben, man kann seine Seele und sein Herz zur Hälfte fortgeben. Und diese Anteile wandern dann in der Geistwelt umher. In den Träumen. Olavi schnappte beim Aufwachen nach Luft, als käme er aus dem Wasser, aus großer Tiefe. Gierig sog er sich den Sauerstoff in die Lunge. Er versuchte, sich zu beruhigen, indem er an die Decke starrte. Er zählte bis zehn. Bis elf, bis fünfzehn, bis fünfundzwanzig. Das Zimmer unter dem Dach war niedrig, und an der Decke verliefen verschiedene Balken und Bretter. Aus einem von ihnen stakten spitze Nägel, und während Olavi sie betrachtete, dachte er über Geburt und Tod nach und darüber, was zwischen diesen Lebensstadien eigentlich passierte. War es irgendwie von Wert?

In der Nacht hatte es strengen Frost gegeben. Olavi hörte es daran, wie das Holz knackte. Auf dem Urin im Eimer an der Wand hatten sich kleine Eisstückchen gebildet. Er schüttete ihn aus dem Fenster. Ein strenger Geruch stach ihm in die Nase. Als er das Fenster schloss, sah Olavi, dass die Eisblumen auf der Scheibe allmählich schmolzen. Auf dem Fensterbrett stand ein Blumentopf mit einem Tundragewächs. Olavi hatte es dort hingestellt. Gerade so ans Licht. Und er gab ihm gerade so viel Wasser, dass es weiterleben, dass es durchhalten konnte, aber nicht so viel, dass es Blüten ausgebildet hätte. Zweige schlugen gegen die Scheibe. Sie kratzten auf dem Fensterglas hin und her und machten dabei ein quietschendes Geräusch. Ansonsten war es still. Olavi bemerkte eine leblose kleine Schneeflocke, die an der Fensterscheibe geschmolzen war. Sie rann am Glas hinunter und verschwand schließlich ganz.

Den Arbeitern auf der Kirchenbaustelle hatte man mitgeteilt, dass sie nicht über die Funde sprechen durften, die dort gemacht worden waren, vor allem nicht mit Außenstehenden und erst recht nicht mit Journalisten. Mit *Journalisten* war natürlich niemand anders als Inkeri gemeint. Offiziell sprach man nur von einem verminten Gebiet. Von Überresten aus dem Krieg. Etwas in der Art. Eigentlich hätte man es den Behörden melden müssen, aber das war nicht geschehen. Dann passierte das Unvermeidliche.

Die Kolehmainen-Jungs vom Kaufmannsladen, der kleinste gerade sieben, hatten die Trümmer des Lagers entdeckt. Natürlich hatten sie versucht, die Dinge, die sie dort fanden, an Schwarzhändler zu verkaufen. Als sie zum zweiten Mal in den Trümmern gewühlt hatten, war eine größere Bande beisammen. Der Jüngste war auf eine Mine getreten und auf der Stelle tot gewesen. Danach durfte man das verminte Gelände nicht mehr betreten, und die Sache war sofort an die Polizei übergegangen. Deshalb konnte der Bereich noch wochenlang gesperrt bleiben, und das erschwerte auch die Bauarbeiten an der Kirche.

Olavi seufzte. Er zog sich an. Er wusch sich die Hände, das Gesicht, die Leistengegend. Die Geschlechtsteile. Er pinkelte in den Eimer und untersuchte nach alter Gewohnheit aus dem Krieg seine Zehenzwischenräume. Dann ging er hinunter in die stille Stube, aß, kochte Kaffee. Trank ihn. Er saß auf der Bank und lauschte der Stille. Inkeri war nicht zuhause.

Sie war gleich frühmorgens zu einem Fotoauftrag aufgebrochen. Das passte Olavi gut. Er wusste nie, wie er sich verhalten sollte, wenn sie zusammen in einem Raum waren. Inkeri machte ihn nervös. Sie hatten sich so selten etwas zu sagen.

Als er das Haus verließ, stellte er den Besen neben die Tür – als Zeichen dafür, dass niemand zuhause war – und ging am Brunnen und an dem toten Baum vorbei. Es war dunkel. Unter den Schritten der gefrorene Boden. Als er an der Baustelle ankam, war klar, dass die Arbeiten auch heute nicht vorangegangen waren. Olavi bemerkte einige Fremde mit Krawatten und Pelzmützen. Er grüßte sie nicht, sondern ging weiter zum Kirchhof, ohne sich umzudrehen. Solche Männer liefen hier ständig herum. Sie erforschten irgendwelche Mineralien oder untersuchten den Erdboden. Oder die Menschen. Piera saß da und wartete auf Olavi. Auch er hatte angefangen, an der Kirche mitzuarbeiten. Anscheinend konnte er nicht untätig herumsitzen. Der Kaffee, den er trank, verbreitete einen billigen Geruch. Aus seinem hölzernen Becher stieg Dampf auf, der sich so mit seinem Zigarettenrauch vermischte, dass die beiden kurz darauf nicht mehr zu unterscheiden waren. Licht gab es zur Mittagszeit gerade noch eine Stunde, wenn überhaupt. Dafür war es fast den ganzen Tag dunkel. Aber die Dunkelheit hatte etwas Vertrauteres als das Licht. In der Dunkelheit war man sicher.

»Morgen«, sagte Piera, den Blick auf die Krawattenmänner gerichtet. Olavi antwortete nicht. »Von diesen Gestalten hab ich wirklich genug. Die kommen her und forschen und fuhrwerken hier rum, nehmen irgendwelche Gesteinsproben und was nicht noch alles und reden so großstädtisch daher, dass man kein Wort versteht«, brummelte Piera und spuckte auf den Boden. Olavi betrachtete die Männer.

»Sind sie wegen des Lagers hier?« Instinktiv griff Olavi auf der Suche nach Zigaretten in seine Taschen, obwohl ihm eigentlich gar nicht nach Rauchen zumute war. Reine Gewohnheit.

»Wohl kaum. Glaube ich jedenfalls nicht. Sie sehen so wohlgenährt und geldgierig aus. Sie sind aus ganz anderen Gründen hier. Außerdem weiß keiner von denen, dass da ein Lager gewesen ist.«

»Und selbst wenn sie es wüssten, es interessiert keinen«, sagte Olavi.

»Eben«, gab Piera zurück und warf einen Stein in die Dunkelheit. »Das hier wird anscheinend so eine richtig solide finnische Kirche. Bigga hat erzählt, dass sie nach der Evakuierung eine Woche in einer Kirche geschlafen haben, weil sie sonst nirgends unterkamen. Da soll es kalt gewesen sein, und einige haben eine Lungenentzündung bekommen und sind gestorben.«

»So sind Kirchen eben«, stellte Olavi fest. Piera kramte in seiner Tasche nach Tabak und stopfte die Krümel in seine Pfeife.

»Manchmal denk ich drüber nach, wie es gewesen wäre, wenn ich mitgegangen wäre. Oder wenn sie hier in Finnland geblieben wären, in Ostbottnien. Aber auch in den finnischen Kirchen darf man die Lieder nicht auf Samisch singen. Und ich sage dir, in dieser hier garantiert auch nicht. Ein einziges samisches Wort ist ja schon zu viel.«

Olavi streckte den Arm aus, um eine Schaufel vom Boden aufzuheben.

»Ach, lass mal, Junge«, murmelte Piera, und Olavi ließ die Schaufel wieder fallen.

Piera hatte wieder die kleine grunzende Kreatur dabei, die

außer sich vor Freude sowohl ihr Herrchen als auch Olavi um Streicheleinheiten bedrängte. Das Schwein trug ein Halsband mit einem Glöckchen daran. Olavi kraulte es, und das linke Hinterbein des Tieres fing an, im selben Takt über den Boden zu scharren.

»Ihr Fell ist ganz schön dick geworden«, bemerkte Olavi mit einer Zigarette zwischen den Lippen.

»Stimmt. Ist ja gut, Matilda, *ist gut*«, murmelte Piera. Olavi klopfte dem Schwein auf die weiche Schnauze. Es war im Vergleich zu seinen Artgenossen klein gewachsen. *Irgendein teuflischer Fehler in der Genetik,* sagte Piera oft, aber es hinderte das Schwein nicht daran, das Leben zu genießen. In einiger Entfernung, wo die Handwerker üblicherweise die Pausen verbrachten, hatte jemand ein Lagerfeuer angezündet. Dort hatten sich die übrigen Arbeiter eingefunden. Zwischen den Wolken zeigte sich allmählich der Tag. Olavi und Piera schlossen sich den anderen an.

»Habt ihr gehört: Einer von den Kolehmainen-Jungs soll einen Autoreifen und anderen Schrott aus dem Krieg gefunden und auf dem Schwarzmarkt verhökert haben. Natürlich hat man ihn geschnappt und eingebuchtet, und jetzt überlegen sie, was sie mit ihm machen sollen. Er ist ja erst zwölf, aber sie werden ihn sicher in irgendein Arbeitslager stecken, so viel steht fest«, dröhnte eine Stimme. Olavi hörte nur mit halbem Ohr zu, wie die Männer anfingen, sich über das Schicksal der Familie Kolehmainen zu unterhalten. Piera hatte ein anderes Gespräch begonnen und redete in seinem eigentümlichen Englisch mit einem der Quäker über den Krieg.

Olavi lächelte. Anfangs war Piera ihm merkwürdig vorgekommen. Ein Mann, der so viele Sprachen konnte. Englisch hatte er im Briefwechsel mit seinem Vetter gelernt, denn

Ende des neunzehnten Jahrhunderts hatte man in Alaska per Zeitungsannonce Sámi gesucht, die etwas vom Umgang mit Rentieren verstanden. Es ging das Gerücht, dass die Eroberer alle Ureinwohner dort ausgerottet hatten, dann aber nicht wussten, wie sie sich die lokalen Gegebenheiten zunutze machen konnten, also brauchte man Leute, die sich damit auskannten. Pieras Onkel hatte sich im Alter von fünfzehn Jahren auf den Weg gemacht, zehn Jahre später eine Familie gegründet, und Piera hatte über den Briefwechsel seinen Vetter kennengelernt. Jeder Brief war in vielerlei Hinsicht wertvoll gewesen. Piera hatte sie alle aufbewahrt und irgendwann angefangen, die Briefmarken von den Umschlägen zu sammeln, die von überall her kamen. Der Vetter hatte sich nämlich einem Zirkus angeschlossen und reiste durch die ganzen Vereinigten Staaten. Zuerst hatte Piera geglaubt, dass er Zauberer oder vielleicht Trapezkünstler war, aber es hatte sich herausgestellt, dass der Vetter nichts anderes tun musste, als zusammen mit anderen Ureinwohnern in seiner Sámi-Tracht herumzustehen und sich von den Leuten begaffen zu lassen.

Olavi beteiligte sich nicht am Gespräch, aber er bekam mit, wie der Quäker erzählte, dass er als Pilot in Italien gewesen war. Angeblich hatte er aus Versehen den Vatikan zerbombt. Oder wenigstens fast. Olavi hörte die Männer lachen und musste selbst grinsen. Die Geschichten des Quäkers waren oft so gut erzählt, dass man ihren Wahrheitsgehalt selten in Frage stellte. Das Erzählen brachte Freude und Spaß in die dunklen Tage, deshalb wurde der Mann allenthalben gemocht. So war es auch im Krieg gewesen. Mit dem besten Geschichtenerzähler konnte man mehr anfangen als mit dem besten Schützen.

Olavi ließ das Schwein los, das er bis jetzt gedankenverlo-
ren gekrault hatte. Als er den Kopf drehte, sah er in einiger
Entfernung eine Gestalt herankommen. Er wusste sofort, wer
es war. Es war schon seltsam, dass man jemanden so erkannte.
Von Weitem. Ohne, dass man die Stimme hörte oder die Um-
risse sah.

»Meinereiner war zu alt für den Krieg. Ich bin hiergeblieben. Hab allerhand erledigt«, hörte Olavi Piera sagen, als der
Quäker sich nach Pieras Kriegserlebnissen erkundigte.

»Und du?«, fragte der Quäker und zeigte auf Olavi.

Olavi sagte nichts. Er stand auf. Zündete sich eine Zigarette
an. Sah der herannahenden Gestalt entgegen. Piera plauderte
noch ein bisschen, dann erhob er sich und stellte sich neben
Olavi. In diesem Moment erreichte Inkeri die Gruppe und
blieb stehen, um den Gesprächen der Männer zu lauschen.
Sie betrachtete das Schwein mit gerunzelter Stirn, sagte aber
nichts. Erst dann sah sie auf und bemerkte Olavi. Der hob
die Hand zum Gruß. Schließlich verstummten auch die anderen.

»Komm ruhig näher! Wir beißen nicht!«, rief jemand und
schob noch eine Unflätigkeit nach, über die alle außer Olavi
und Piera lachten. Inkeri schien sich daran nicht zu stören,
sondern blickte suchend um sich. Dann wandte sie sich zu
Olavi. Sie sahen sich lange an. Inkeri wirkte, als würde sie etwas beschäftigen. Olavi wusste nicht, was er sagen sollte, und
auch Inkeri schwieg. Sie strich sich eine Haarsträhne hinters
Ohr. Sie hatte sich die weißblonden Haare zu Locken gedreht.
Ihre Kamera hielt sie unter dem Mantel versteckt. Der Mantel sah schwer aus, trotzdem war er ganz offensichtlich vom
Schnee etwas feucht geworden. Inkeri hatte die Lippen leicht
geöffnet und sah aus, als wolle sie die ganze Zeit etwas sagen,

aber es kam nichts. Plötzlich drehte sie sich wortlos um und ging.

Olavi setzte sich hin und folgte Inkeri mit seinem Blick.

»Stimmt es, dass es die da als Korrespondentin bis nach Afrika verschlagen hat?«, fragte ein Mann mit einem Gesicht voller Brandnarben, und es dauerte einen Moment, bis Olavi begriff, dass die Frage an ihn gerichtet war.

»Ja. Das stimmt wohl.«

»Mit ihrem Mann?«

Olavi antwortete nicht.

»Anscheinend hatte der Mann eine Tabakfarm. Oder Anteile daran«, warf jemand an Olavis statt ein.

»Ist bloß komisch, dass eine erwachsene Frau landauf, landab mit so einer Knipskiste unterwegs ist. Genau wie diese Leute, die einfach so ohne Ziel durch die Gegend laufen. Die rennen richtig!«

»Ist sie nicht Witwe? Angeblich soll der Mann im Krieg verschollen sein«, gab jemand zurück, und das Gespräch verlief sich und wechselte bald das Thema. Piera setzte sich und winkte Olavi zu sich heran.

»Hör zu«, sagte Piera leise und stellte sicher, dass niemand sonst ihn verstehen konnte.

»Was?«

»Mein linkes Ohr hat gehört, dass deine Vermieterin sich bei den Leuten hier nach Sachen erkundigt hat, die eigentlich nichts mit ihren Artikeln zu tun haben.«

»Aha, das linke Ohr also. Und was hat das andere Ohr in der Zeit gemacht?«

»Es hat nachgedacht. Und eins und eins zusammengezählt. Inkeri bohrt nach irgendwelchen Kriegsgeschichten. Sie hat auch nach dem Gefangenenlager gefragt.«

Olavi merkte auf und runzelte die Stirn. »Mich hat sie bisher nicht darauf angesprochen.«

»Du hast ihr nicht erzählt, dass sie hier die Überreste des Lagers gefunden haben?«

»Natürlich nicht!«

»Na ja, Bigga hat gesagt, dass ein Schüler davon erzählt hat und Inkeri sofort ganz blass geworden ist. Irgendwie ist diese Flachlandfinnin undurchsichtig, lass es dir gesagt sein.«

»Was meinst du mit undurchsichtig?«, fragte Olavi schließlich leise. In seinem Innern hatte sich wieder dieser vertraute Klumpen gebildet.

Matilda tauchte neben Olavi auf. Er streichelte das wollige Fell des Schweins. Schweine waren gute Versuchstiere. Sie waren dem Menschen sehr ähnlich. Sie waren intelligente Wesen. In deutschen Tierversuchen hatte man festgestellt, dass Schweine innerhalb einer Woche an Schlaflosigkeit starben. Ein Mensch hielt es auch nicht viel länger aus. Im Endstadium litt er an Halluzinationen, seine Sprache war nicht mehr zu verstehen, die Augen blickten wie tot. Die Körpertemperatur sank. Der Körper begab sich in eine Art Starre. Um Energie zu sparen. Aus dem Mund kam ein krankhafter Gestank, und obwohl man sich wusch, fühlte sich die Haut schmutzig an. Sie schuppte und löste sich. *Bewusstseinsschwäche*, so hatte man es in den Stammkarten vermerkt. Es war schlimm, das mit anzusehen. Der Sterbende konnte noch tagelang durchhalten. Manchmal wochenlang. Aber man konnte nichts mehr tun.

»Wirklich merkwürdig, da kommt man schon ins Grübeln und fragt sich, warum sie wohl hier ist. Ganz sicher ist auf jeden Fall, dass sie nicht nur Artikel über unsere paar kümmerlichen Rentiere schreiben will«, schnaubte Piera.

Olavi kratzte sich unter der Mütze am Kopf und schluckte. In seinem Innern breitete sich ein kleiner dunkler Fleck aus, der ihm sagte, dass Piera recht hatte.

»Irgendwas führt diese Flachlandfinnin im Schilde. Lass es dir gesagt sein.«

INARI

März 44

Jetzt sind wir schon seit einer Woche in dieser Einöde. Endlich ging es los mit dem Straßenbau. Die Gefangenen arbeiten, und wir bewachen sie. In dieser Zeit habe ich erfahren, dass der Luftwaffenflugplatz in Törmänen begehrt ist. Viele Gefangene wollen unbedingt hier arbeiten. Denn in den Flugzeugen gibt es alle möglichen Sachen, die man mitnehmen kann, vor allem natürlich im Laderaum. Kleidung oder sogar Essen. Und wenn man den richtigen Wachmann erwischt, erlaubt der es auch.

Heute haben wir mindestens fünf Flugzeuge landen und starten sehen.

März 44

Die Tage sind jetzt länger. Auf einmal ging es ganz schnell. Zuerst ein kleines bisschen, zwanzig Minuten, dann, ein paar Tage später, plötzlich ein Vielfaches mehr an Tageslicht. Es dauert nicht mehr lange, und der Tag ist länger als die Nacht.

Ich liege im Unterstand und schaue in den Himmel. Ich sehe ein Flugzeug abheben. Das Sonnenlicht fällt auf die Tragfläche. Dann verschwindet es in einer Wolke und aus meinem Blick.

Wenn ich die Augen zumache, kann ich den Frühling riechen.

März 44

Hier ist nicht viel zu tun, dafür muss ich mir das Gerede von Heiskanen anhören. Er ist überhaupt kein Pastor. Er ist Gärtner! Mit keinem Wort redet er über Gott, dafür umso mehr über Pflanzen.

Er sagt, hier im Norden gibt es eine niedrige Fjellvegetation, die man in Finnland sonst nirgends findet, nicht mal im restlichen Europa, außer in den Alpen. Alle Blumen blühen flach am Boden und verwandeln ihn in eine herrliche Matratze, auf der man sich schlafen legen kann. Heiskanen sagt, bei klarem Wetter kann man auf den Fjells hundert Kilometer weit sehen. Hundert Kilometer, ein einziges weiches arktisches Pflanzenmeer. So was hab ich noch nie gesehen, jedenfalls nicht, dass ich wüsste. Nicht mal in Russland. In Russland waren wir aber auch viel südlicher.

März 44

Abends spielen wir oft Schach. Die Gefangenen schlafen in Baracken, die hier und da verstreut liegen und von Lapplandhunden bewacht werden. Kalle ist bei uns untergebracht. Heiskanen hat ein kleines Faltschachbrett aus Holz dabei, so vergehen die Abende schnell, sonst wäre es todlangweilig. Manchmal spielt Kalle auch mit.

Die klaren Tage haben strengen Frost gebracht. Aber das ist auch schön. Heute durften wir fliegen. Wenn man bei ruhigem Wetter aus der Luft nach unten schaut, sehen die Straßenarbeiter und ihre Baracken aus wie eine Perlenkette.

März 44

Kommandant Felde hat mir »Testament an mein Volk« gegeben, das neue Buch unseres Präsidenten Svinhufvud. Er hatte das Exemplar direkt von Hitler bekommen. Abends lese ich manchmal darin. Einmal fragte Heiskanen, was ich lese. Ich zeigte ihm das Buch und fragte ihn, ob er es kennt. Er sagte, er hat genug von Büchern aus irgendwelchen SS-Verlagen. Ich lachte und fragte, ob ihm vielleicht das »Verhörhandbuch für Kriegsgefangene« schon gereicht hätte. In unserer Ausbildung war es jedenfalls mehr oder weniger das einzige Buch, das wir lesen mussten. Er lachte und nickte. Vor dem Einschlafen las ich diese Stelle:

»– der Kampf darum ist noch nicht vorbei, aber er wird auch von unserer Seite mit unverminderter Kraft weitergeführt, bis der Sieg errungen ist. Und wenn man dereinst über den Kriegsausgang Bilanz ziehen wird, wird man sicherlich auch unseren Einsatz im Kampf insofern würdigen, als man unser Ziel, die Errichtung eines Groß-Finnland, nicht als übertrieben, sondern als vollkommen rechtmäßig und angemessen ansehen wird.«

März 44
Die Gefangenen führen Instandhaltungsarbeiten aus, bauen Zäune und räumen Schnee von den Straßen. Es ist der Befehl ergangen, dass auch die letzten Bäume abgesägt werden sollen. In Törmänen ist ein letztes kleines Waldstück übrig, aber danach gibt es Wald nur noch auf einer kleinen Insel im Inarisee, wo wir erst hinfahren, wenn das Eis geschmolzen ist. Wir wissen nicht, was wir noch machen sollen. Bäume sind keine mehr da. Schneezäune und Stützpfeiler fressen hunderte Meter Holz.

März 44

Die Straßenverbindung Inari – Kaamanen – Karigasniemi ist fast fertig, und auch die Straße von Palojoensuu nach Yykeänperä im äußersten Nordwesten ist frühzeitig begonnen worden. Diese Straßen sollen später bis zum Eismeer führen. Die Straße zwischen Ivalo und Inari hat man jetzt schon auf einer Strecke von fast dreißig Kilometern verbreitert. Es werden auch Brücken gebaut, damit man nicht überall mit dem Boot hinfahren muss. Alle Bodenschätze, die hier gewonnen werden, gehen selbstverständlich und mit vollem Recht nach Deutschland. In Petsamo ist der Nickel schon fast ganz abgetragen. Vor einiger Zeit hat die Organisation Todt auch bei uns Gefangene abgeholt und sie zum Wasserkraftwerk Jäniskoski gebracht. Um das Kraftwerk soll eine große Kuppel gebaut werden, damit die Sowjets oder die Alliierten die Energieproduktion nicht stören können. Heiskanen, der bis zu seinem Einsatz in Inari an der Feldbahn in Hyrynsalmi gearbeitet hat, erzählte, dass auch daran weitergebaut wird. Bis nach Kiestinki.

Heute hat mich Heiskanen wieder im Schach besiegt, dafür hat Kalle sogar dreimal gegen Heiskanen gewonnen. Vorher haben wir Kalle als Preis eine zusätzliche Kartoffel geschenkt, aber jetzt haben wir nichts mehr, was wir ihm geben können. Die Preiskartoffel, haben wir gefeixt. Kalle trug sie tagelang bei sich. Ich bin mir immer noch nicht sicher, ob er sie schon aufgegessen hat.

März 44

Gestern ist ein finnischsprachiger Gefangener aus Russland gestorben. Aber er wird nicht hier beerdigt. Heiskanen will ihn auf Teufel komm raus zurück ins Lager bringen. Als ich den Grund wissen wollte, schwieg er. Als ich noch einmal nachfragte, drehte er sich zu mir um und sagte: »Warum fragst du nicht Kommandant Felde?«

März 44
Das Holz ist zu Ende.

Wir werden zurück ins Lager beordert.

ENONTEKIÖ, 1948

Schneeregen prasselte vom Himmel, und Inkeris Schritte waren schwer. Sie umklammerte die Kamera, als befürchtete sie, sie werde einfrieren oder kaputtgehen. Inkeri hatte Piera wochenlang bekniet, sie zu den Überresten des Gefangenenlagers zu führen, aber er hatte sich jedes Mal geweigert. Einmal hatte er Weihnachten oder Neujahr zum Vorwand genommen, ein anderes Mal die Schneemassen. Eigentlich hätte Inkeri Pieras Hilfe nicht gebraucht, aber es war nun einmal so, dass der Zutritt zum Gelände verboten und es wegen der Minen gefährlich war, dort herumzulaufen.

Was suchst du denn dort?, hatte Piera sie vor Weihnachten gereizt gefragt. Aber nach Neujahr, als Inkeri gedroht hatte, allein und ohne Minensuchgerät auf das Gelände zu gehen, hatte Piera schließlich nachgegeben.

Inkeri blickte auf den Schneematsch zu ihren Füßen und lauschte ratlos dem Piepen von Pieras Minensuchgerät. Nervös zog sie an ihrer Zigarette und hoffte, dass etwas passieren würde. Aber natürlich passierte nichts. In der Sekunde, in der man meinte, endlich voranzukommen, erkannte man, dass alles Einbildung war. Nichts änderte sich, es kamen nur immer mehr Hindernisse und Probleme dazu. Ein Schneeklumpen fiel von einem Ast auf Inkeris Stiefel. Sie schüttelte den Schnee ab und fluchte.

»Kann ich schon kommen?«, fragte sie ungeduldig. Piera sah sich um und schüttelte den Kopf. Inkeri war kalt. Der

Frost zog wieder an. Schweinchen Matilda hatte ganze Arbeit geleistet, um die wichtigsten Gegenstände aufzuspüren, welche auch immer das sein mochten. Vielleicht waren es irgendwelche halb vermoderten Skelette, die Krankheiten verbreiten konnten, dachte Inkeri. Sie warf einen scheelen Blick auf das Schwein. Piera bemerkte es.

»Sie hat einen Fehler in der *Genetik*. Deswegen ist sie so klein«, bemerkte er. Inkeri beäugte ihn skeptisch und zog den Mantel enger um sich. Sie nahm eine Zigarette aus der Manteltasche und zündete sie mit zitternden Händen an. Die Feuchtigkeit drang ihr bis ins Mark. Ein Vogel flog über sie hinweg und ließ ein kurzes Lied hören.

»Die sind völlig durchgedreht«, bemerkte Piera. »Die Vögel, meine ich.«

»Ach ja?«, seufzte Inkeri ungeduldig und dachte, wie langweilig diese grauen Vögel waren und was für bildschöne Exemplare sie in der Savanne gesehen hatte. Da gab es die Gabelracke und den Eisvogel, und es flogen Pfauen herum, aus deren Federn man sich wunderschöne Fächer machen konnte. Die Krone des Pfaus. Die langen Schwanzfedern des Hahnenschweifwebers.

Anfangs war Inkeri natürlich nur zum Spaß auf die Jagd gegangen, doch manchmal bekam man für solche Schätze sogar Geld. Vor allem aber Ruhm und Ehre. Je mehr ausgestopfte Wildtiere die Salons in ihrem Herrenhaus bevölkerten, desto verzückter waren die Gäste. Inkeri und Kaarlo schickten auch in Gläser eingelegte Reptilien, ausgestopfte Tiere und Vögel, Federn und Elefantenstoßzähne an das Naturkundemuseum in Helsinki. Oft erledigten die Bediensteten das Ausstopfen, aber Inkeri hatte sich diese Kunst ebenfalls angeeignet. Seltene Vögel mussten mit größter Vorsicht behandelt werden.

Die Haut wurde normalerweise vom Bauch oder der Kloake her aufgeschnitten. Die inneren Organe wurden entnommen. Das Gehirn musste man mit einer besonderen Nadel, die Augen mit einem löffelartigen Werkzeug entfernen. In wie viele leere Höhlen hatte Inkeri in ihrem Leben schon geblickt? Aber andererseits unterschied es sich gar nicht so sehr vom Blick in eine Kamera ohne Objektiv.

»Sterben die Vögel nicht hier in der Kälte und Dunkelheit? Oder ziehen wenigstens fort?«, fragte Inkeri.

»Das könnte man meinen. Aber sie tun es nicht. Sie sind eben durchgedreht. Vor dem Krieg ist dasselbe mit den Lemmingen passiert. Da wusste man, dass es Krieg geben wird«, schwatzte Piera und übertönte damit das Piepen des Metalldetektors. »Was hat das wohl zu bedeuten?«

»Muss es denn was bedeuten?«

»Irgendwas bedeutet es.«

»Vielleicht, dass es hier demnächst gut gehende Milchhöfe geben wird?«

»Aha. In dieser Dunkelheit können die Mutterkühe in ihren Eutern gar keine Milch produzieren, egal ob fett oder mager«, brummelte Piera. Plötzlich drang ihnen der Geruch nach Holz, Harz, Sägemehl und etwas Vergorenem in die Nase. Instinktiv dachte Inkeri an verwesende Leichen und spürte einen bitteren Geschmack im Mund. Sie umklammerte die Kamera fester. Ihre kostbare Kamera. Sie war das Einzige, auf das sie sich verlassen konnte.

»Und die Kühe aus dem Süden schaffen es ja noch nicht mal, die Insekten zu vertreiben, sie stehen einfach mit gesenktem Schwanz traurig mitten im Mückenschwarm.« Das Schwein regte sich ungeduldig.

»Fortschritt ist doch immer gut«, bemerkte Inkeri matt.

»Da hast du auf jeden Fall recht. Weißt du Flachlandfinnin eigentlich, was ich gut finde?«

»Was denn?«

»Dass das Licht angeht, wenn ich auf den Schalter drücke.« Piera zwinkerte ihr zu.

»Ah ja«, murmelte Inkeri. Piera schaltete seinen Metalldetektor aus und sah Inkeri nachdenklich an.

»Ich habe gehört, du willst einen Artikel über die Pläne für den neuen Staudamm und so was alles schreiben. Und damit diese Nachrichten nicht so einseitig werden, wie sie es in den offiziellen Sendungen gerne zeigen wollen, sage ich dir mal meine Meinung dazu: Die Finnen stürmen, die Lappen türmen, wie man so schön sagt. Der Lachs im Kemi-Fluss stirbt in diesen Minuten aus. Die Seen sind verschmutzt. Die Rentiere laufen auf der falschen Seite der Grenze herum. Bald gibt es keinen Wald mehr, keinen Fisch und keine Rentiere. Den Finnen ist das sicher egal, wovon wir hier leben. Doch, doch, das ist so, du brauchst gar nichts zu sagen. Lass mich ausreden«, ächzte Piera gereizt, als er sah, dass Inkeri etwas erwidern wollte. Er baute sich zu seiner vollen Größe auf. »Es ist nicht mehr so wie vor dem Krieg. Und es wird auch nie wieder so sein. Das, was war, ist vergangen. Davon, was uns bevorsteht, haben wir nur eine Ahnung, wenn überhaupt. Deswegen sind die Vögel so durchgedreht. Die Tiere wissen es nämlich genau. Die sind nicht dumm. Nein, die Tiere nicht. Nur der Mensch hat die Neigung dazu.«

Inkeri sah Piera an.

»So, jetzt ist der Weg frei, du kannst kommen.«

Inkeri stand in ihrem gewachsten Mantel da, sah zu Boden, biss sich auf die Lippe, schluckte ihre Antwort hinunter und ging vorsichtig den Pfad entlang, den Piera freigemacht hatte.

Als sie ihn erreicht hatte, sah sie dort Becher und Glasscherben auf dem Boden liegen. Dazu Gabeln und Messer. Inkeri hüpfte das Herz vor Aufregung, aber gleichzeitig war sie enttäuscht. Das hier sollte alles sein? Gab es nicht noch etwas? Andererseits war es weitaus mehr als nichts. Das hier war näher an der Wahrheit als alles, was sie bisher gefunden hatte, und trotzdem war sie enttäuscht. Nein. Sie hatte im Schlamm keine Dokumente gefunden – natürlich nicht. Kein Zeichen von Kaarlo.

Inkeri hob einen Becher auf. Piera schwenkte weiter den schwer aussehenden Metalldetektor und legte den Kopf schief, um auf die Pieptöne zu lauschen. Inkeri sah ihn herumfuhrwerken und musterte dann enttäuscht den Becher in ihrer Hand. Dennoch machte sie ein Foto davon. Das Bild bannte sich auf den Film. Der Becher war mit einer Schwalbe verziert. Auf dem Boden der Stempel der Firma Arabia. Inkeri schauderte. Sie wusste, dass Kaarlo nicht gerne hier in Finnland gewesen war. Kenia hatte er geliebt. Die Wärme. Die wilde, reiche Natur. Er hatte es geliebt, sich in Dreiteiler zu kleiden, wobei er jedes Mal ein andersfarbiges Einstecktuch wählte, er band sich bunte Fliegen um den Hemdkragen und lachte viel. Mein Gott, wie Inkeri dieses Lachen vermisste. Fröhlich. Unschuldig. Kaarlo war hager, aber seine freundliche und gutgelaunte Art entlockte sogar der Dienerschaft ein Lächeln. Plötzliche, heftige Trauer und Scham überwältigten Inkeri. Sie schluckte die Tränen hinunter. Schon eine einzige Träne und ein Zeichen von Schwäche waren für eine Frau zu viel.

Inkeri räusperte sich. »Was ist nach dem Krieg mit den Gefangenen passiert?« Piera hörte auf, den Metalldetektor zu schwenken und blickte sie an.

»Ich weiß es nicht. Es wurde viel über eine Evakuierung der Häftlinge gesprochen, aber ich habe die Vermutung, dass die meisten hier an Ort und Stelle hingerichtet wurden. Oder dann später in Norwegen natürlich.«

Inkeri lief es kalt den Rücken hinunter. In ihrer Manteltasche umklammerte sie das Foto von Kaarlo und überlegte, ob sie sich trauen sollte, es Piera zu zeigen. So gut kannte sie ihn noch nicht. Sie wusste nicht, wie man hier zu diesen Angelegenheiten stand. Alles war unsicher. Inkeri schluckte und spürte den Geschmack von Nervosität im Mund.

»Hast du diesen Mann hier jemals gesehen? Sieh genau hin«, sagte Inkeri schnell und klang dabei ungeduldig. Piera kam näher, nahm das Foto in die Hand und betrachtete es. Seine runzeligen Hände waren ruhig. In seinem Gesicht rührte sich nichts, aber sein Blick verweilte lange auf dem Bild.

»War das ein Gefangener?«

Inkeri antwortete nicht.

Piera sah sie an und leckte sich über die Lippen. »Wer ist das?«

»Wenn du es nicht weißt, kannst du mir sagen, wer etwas wissen könnte?«

»Die Nazis.« Piera lachte kurz auf und stopfte Tabak in seine Pfeife. »Die meisten von denen sind ja jetzt hinter Gittern oder hingerichtet. Das weißt du doch auch «

»Keine Papiere, nichts? Bei den finnischen Behörden?« Inkeri versuchte es noch einmal, obwohl sie die Antwort wusste. Alle Gespräche, die sie mit Behörden über Dokumente geführt hatte, waren unerfreulich gewesen. Keinerlei Informationen, über gar nichts. Nur teilnahmslose Blicke. Sätze, die besagten, dass die Sache Inkeri nichts anging. Dass sie mit dem zufrieden sein sollte, was sie hatte. Sie solle lieber die Zukunft ins Auge fassen. Warum beteten alle ihr das vor? Stimmte das überhaupt? Es gab so viel Vergangenes. Es war überall, auch wenn man versuchte, es mit frisch duftendem Holz zu überdecken. Mit elektrischem Licht. Und von dem, was neu war und ihr gehörte, wirklich ihr gehörte, gab es erst so wenig. Die Einzige, die sich bereitgefunden hatte, ihr zu helfen, war ihre Schulfreundin Lotta Niinistö. Sie hatte im Krieg als Agentin gearbeitet und Inkeri schließlich und endlich Landkarten gezeigt und ihr von gewissen Vermutungen erzählt. Ohne Lotta hätte sie über Kaarlos Schicksal nicht einmal das bisschen erfahren, was sie jetzt wusste.

Piera gab ihr das Foto zurück. »Die Sache ist die, dass die finnischen Behörden sich kaum um diese Lager gekümmert haben. Das waren keine finnischen Lager, sondern deutsche. Die Polizei hat versucht sicherzustellen, dass hier die finnischen Gesetze befolgt wurden, aber das hat natürlich nicht immer geklappt.«

»Gibt es denn keinen lebenden Finnen, der etwas darüber weiß?«

Piera schwieg und sah in den Himmel. Die vier Spitzen seiner Mütze wiegten sich im Wind. Schließlich seufzte er. »Ich bin tatsächlich öfter im Lager gewesen, habe Essen hingebracht und so was. Manchmal waren dort auch andere aus dem Ort. Köche, Dolmetscher, Soldaten, Polizisten …«

Inkeri hob die Augenbrauen, als sie von den Polizisten hörte. Lotta hatte erzählt, dass manche Polizisten im Dienst der Staatspolizei Aufklärung und Spionage betrieben hatten.

»Weißt du, wer diese Leute waren? Zum Beispiel die Polizisten?«

Piera dachte nach. Er schien seine Antwort sorgfältig abzuwägen.

»Vielleicht kann unser Provinz-Polizeichef was dazu sagen.«

»Name?«

»Lass mich überlegen ... Der Polizeichef hieß ... Tapani irgendwas ... Tapani ... Na – Koskela!«

»Tapani Koskela? Ist er noch im Dienst?«

»Nein. Ich glaube nicht. Oder woher soll ich das wissen? Von solchen Sachen habe ich keine Ahnung«, schnaubte Piera und verfiel danach in ein dichtes Schweigen. »Aber so viel weiß ich, dass er im Krieg hier war. Unter anderem hat er Gefangene hergebracht.«

»Warum hat keiner von euch vorher etwas davon gesagt?«, fragte Inkeri anklagend, wie ein beleidigtes Kind.

Pieras Blick ging tief. Die eingeknickte Spitze seiner Mütze hatte durch die schnelle Drehung seines Kopfes plötzlich ihre richtige Position wiedergefunden. »Was meinst du?«

»Das alles. Dass hier ein Gefangenenlager war ... Alles eben.«

Schließlich baute Piera sich zu seiner vollen Größe auf und schaltete den Metalldetektor ab. Er zündete seine Pfeife an und schniefte, dabei sah er Inkeri direkt an. Sie erschauerte.

»Ich möchte dich auch was fragen. Warum interessiert dich das?«

»Warum sollte es mich nicht interessieren?«

»Weil es niemanden interessiert«, erwiderte Piera leise und sah Inkeri so lange in die Augen, dass sie sich abwenden musste. Piera schmauchte seine Pfeife. Schweißtropfen rannen ihm über das faltige Gesicht. »Ich sage immer, die Sache mit dem Glauben, das ist was allein zwischen mir und den

Fjells«, sagte er leise und scheinbar unbewegt. »Und so ist es mit dieser Sache auch. Verstehst du?« Er stellte einen Fuß auf einen Stein und stützte sich auf sein Knie.

»Hör mal zu: Eins hab ich gelernt, nämlich dass sich Außenstehende nur für dieses Land interessieren, wenn sie irgendeinen Nutzen davon haben. Und Frau Lindqvist darf das jetzt nicht falsch verstehen: Du bist eine Außenstehende«, sagte Piera. Dann richtete er sich auf, wandte sich seinem Gerät zu und schaltete es wieder ein. Er suchte in aller Ruhe weiter nach Metallschrott. Inkeri brachte kein Wort heraus. Sie bekam keine Luft. Sie spürte, dass ihr Tränen über die Wangen liefen, sie wischte sie ab und redete sich ein, dass es nur geschmolzener Schnee war. Sie wandte sich zum Gehen.

»Sei vorsichtig, wenn du zurückgehst. Und, Inkeri«, sagte Piera und drehte sich rasch zu ihr um. »Hoffentlich findest du deinen Mann.« Dann wandte er sich wieder seiner Arbeit zu.

INARI
März 44

Wir haben uns auf den Weg zurück zum Lager gemacht. Luftlinie dreißig Kilometer, aber wir müssen einen Umweg über Inari machen. Dort sind wir gestern angekommen.

Wir übernachteten bei einer alten Bauernsamin. Ihr Name ist Biret-Ánne, und Heiskanen hat gesagt, diese *Áhkku* (samisch für Oma) ist nicht nur die reichste Frau, sondern sogar die reichste Einwohnerin im ganzen Ort. Und dass man im Krieg reicher werden kann, als man glaubt. Ihr Zimmer ist voll mit Kunsthandwerk und samischem Silber, Löffeln, Wiegenamuletten und Trinkschalen aus Rentierknochen. Die verkauft sie überteuert an die Deutschen.

Biret-Ánne begrüßte uns in einem kostbar schimmernden Rentierpelzmantel, ihre Ausstrahlung war resolut und selbstbewusst. Ich hörte, dass sie auch Bankette für die Herren aus Deutschland organisiert und dabei Leute in samischer Tracht servieren und auftreten. »Und sie vermittelt Huren«, flüsterte Heiskanen mir ins Ohr und zwinkerte mir zu.

Bei Biret-Ánne bekamen wir wohl das beste Essen auf dem gesamten Marsch. Rentier und Trockenfleisch. Und es gab für uns sogar richtigen Schnaps, den anderen bot sie nur billigen Fusel an. Gott, schmeckte das gut!

März 44

Heute legen wir einen Ruhetag ein.

Die Soldaten kaufen bei Biret-Ánne Souvenirs. Das Leben dieser Rentierhirten ist wirklich fremd und andersartig. Wer hätte gedacht, dass es in unserer Zeit noch solche Naturvölker gibt, die auf dem Entwicklungsstand von nomadischen Jägern und Sammlern stehengeblieben sind.

Als ich im Kirchdorf was zu erledigen hatte, sah ich Heiskanen und Saara draußen bei der Kantine zusammenstehen. Das fand ich seltsam. Anscheinend stritten sie sich über irgendwas. Ich beobachtete sie eine Viertelstunde lang. Als Heiskanen ging, lief ich zur Handauflegerin und sprach sie an. Anfangs tat sie so, als würde sie mich nicht erkennen, als hätte sie es eilig, aber ich ließ nicht locker.

»Stimmt. Du bist dieser Väinö. Väinö Remes«, sagte sie und musterte mich mit diesem direkten Blick, dem man nicht ausweichen kann. Irgendwie brachte ich es fertig, sie zu Kaffee und Kuchen einzuladen, zumal wir ja gerade vor der Kantine standen, und nach kurzem Schweigen willigte sie erstaunlicherweise ein.

Als wir eine Weile still am Tisch gesessen hatten, fasste ich mir ein Herz und fragte, worüber sie mit Heiskanen gesprochen hatte. Sie sah mich unter zusammengezogenen Brauen an und stieß ein gackerndes Lachen aus.

»Willst du es wirklich wissen?«, fragte sie. Ich sah mich um.

»Ja«, sagte ich, obwohl ich Angst vor dem hatte, was ich gleich hören würde.

Saara sagte, sie hätte Heiskanen um Binden für die weiblichen Gefangenen gebeten. Denn die Frauen, die bluten, stinken anscheinend am meisten, wenn sie sich nicht waschen oder die Einlagen wechseln können. Heiskanen wollte die

Bestellung aber nicht auf den Weg bringen. Saara erklärte mir das alles trotzig, den Blick fest auf mich gerichtet. Ich hörte schweigend zu, ohne sie auch nur einmal zu unterbrechen. Als ich auch am Ende nicht reagierte, rutschte Saara nervös auf ihrem Stuhl hin und her und überlegte wohl, was sie als Nächstes sagen sollte. Plötzlich leuchtete etwas in ihren Augen auf.

»Kannst du nicht die Bestellung für mich aufgeben?« Dabei berührte sie meine Hand, die ganz ruhig auf dem Tisch lag. Sie sah mir in die Augen, und bei diesem Blick sackte mir das Herz bis in die Eingeweide.

Konnte man solchen Augen etwas verweigern?

März 44

Am Abend unserer Abreise packten wir unsere Sachen, und Biret-Ánne gab uns Trockenfleisch mit. »Hier wird nichts vom Rentier weggeworfen – außer das Leben«, lachte sie mit ihrer schrillen Altfrauenstimme. Wir tauschten auch Deutsche Mark ein und kauften Briefmarken und Schreibpapier. Heiskanen sah sich die Marken an. »Waffenbruderbriefmarken«, brummte er. »Gibt es hier denn nur diese Propagandamarken?«

»Wir haben auch Mannerheim und Ryti«, sagte Biret-Ánne. Heiskanen runzelte bloß die Stirn und nahm die Waffenbrudermarken, das Briefpapier und das Geld. Die Alte feixte und sagte, ihren Verwandten aus Nuorgam wäre vor dem Krieg nicht mal klar gewesen, dass sie zu Finnland gehörten. »Früher war die Zollstation ja auch weiter unten im Süden, kilometerweit von der eigentlichen Grenze entfernt. Na ja, und jetzt glauben sie wahrscheinlich, dass sie zu Deutschland gehören.« Sprach's und zählte das Geld sorgfältig zweimal ab, bevor sie es uns übergab.

Im Dorf traf ich wieder auf die Handauflegerin. Ich hätte sie gar nicht angesprochen, wenn ich nicht plötzlich etwas gesehen hätte. Ich blieb stocksteif stehen.

»Was ist mit Ihnen, Väinö Remes?«, fragte Saara, obwohl ich sah, dass sie am liebsten weitergegangen wäre. Ich zeigte nach oben.

Am Himmel stand eine Wolke, die wie Perlen in verschiedenen Pastelltönen schimmerte. Intuitiv wollte ich Saara beschützen und zog sie an mich, aber sie lachte und fragte, was ich da tue. Ich sagte, die Wolken könnten ein Zeichen für eine Bedrohung sein, zum Beispiel für irgendein neuartiges gefährliches Gas. »Woher soll man das wissen?« Aber Saara lachte nur. Sie wiederholte meinen Namen in einem amüsierten, tadelnden Tonfall.

»Das ist eine Perlmuttwolke«, flüsterte sie mir ins Ohr, ich spürte ihren warmen, feuchten Atem, und wir betrachteten die Wolke, die an der höchsten Stelle des Himmels perlfarben leuchtete.

März 44
Bevor wir weiterzogen, bekam ich den Befehl, zwei deutsche Wachleute ins Gemeindegefängnis zu überstellen. Ich nahm sie an der Kirche in Empfang. Genau weiß ich nicht, was sie sich hatten zuschulden kommen lassen, aber ihr letztes Vergehen war, dass sie versucht hatten, Gefangene mit zusätzlichen Lebensmitteln zu versorgen.

Wahrscheinlich erkannte ich ihn schon am Knarren der Bodendielen vor der Arrestzelle. Keine Ahnung, wie man so was einfach wissen kann. So wie die ohrenbetäubende Ruhe vor einem Sturm. Alle sprechen immer von dieser Ruhe, aber ich habe eher den Eindruck, dass die Zeit stehenbleibt. Als wäre sie ausgelöscht. Wahrscheinlich ist das irgendein Instinkt. Wie bei Tieren. Zuerst dachte ich natürlich, ich hätte einen Geist gesehen. Wir waren uns seit damals an der Ostgrenze nicht mehr begegnet. Genauer gesagt, seit Alakurtti 1942.

Aber Tapani Koskela erkannte mich natürlich sofort. Auch wenn er anschließend sagte, ich hätte mich doch sehr verändert.

ENONTEKIÖ, 1948

Olavi stand in der klaren Frostluft, musterte den fast zwei Meter hohen Ficus und sah Inkeris zweifelnden Gesichtsausdruck. Inkeri hatte sich vor einiger Zeit lautstark darüber gewundert, dass die Bäume vor dem Haus voller Fischköpfe hingen. »Daraus kocht man jetzt im Winter Suppe für die Hunde«, erklärte Olavi, was Inkeri mit einem ähnlichen Blick quittiert hatte. Zweifelnd.

»Wie kriegen wir den heil nach Hause?«, fragte sie und maß die Pflanze mit ihrem Blick. Olavi wusste es wirklich nicht. Er hatte von diesem Ficus gehört, als er im Krieg bei der Evakuierung Lapplands geholfen hatte. Halb im Scherz hatte er damals gesagt, wenn die Pflanze den Krieg überstünde und einmal kein Zuhause mehr haben sollte, dann würde er sie in Pflege nehmen. Der Besitzer war nun tot, und man hatte sich an sein Wort erinnert, aber er hatte keinerlei Vorstellung davon, wie er die Pflanze transportieren sollte.

Er und Inkeri hatten schon versucht, den Ficus auf jede nur erdenklich Weise auf der Rückbank unterzubringen, aber inzwischen waren ihnen die Ideen ausgegangen. Es gab keine andere Möglichkeit, als ihn zwischen die Vordersitze zu zwängen und das Beste zu hoffen. Als Olavi das Auto anließ, hustete es zuerst heiser und machte einen Satz nach vorne, und die ganze Aktion schien zum Scheitern verurteilt. Die Fahrt würde sehr unangenehm werden. Sie betrachteten die Reihe der Fjells vor ihnen.

»Wusstest du, dass diese Fjells früher mal so hoch wie die Alpen waren? Die Erosion hat sie abgeschliffen. Diese runde Form hier hat Seltenheitswert. Hier sieht man etwas, was man umgeben von hohen Bergen nicht sehen kann. Hier kann man weit schauen. Und die Blumen, die auf den Fjells blühen, sind selten. Wenn der Schnee schmilzt, dauert es keine Woche, und die Knospen öffnen sich. Die Blütezeit ist kurz. Vielleicht zwei Wochen, manchmal noch weniger. Normalerweise begeben sich Pflanzen nachts zur Ruhe. Aber diese hier, die bleiben den ganzen Sommer über wach. Sie sind gierig nach Leben. Und so muss man als Mensch auch sein. Wo das Leben doch so kurz ist«, sagte Olavi. Inkeri sah ihn verblüfft an. Olavi hob die Schultern. »Was?«, lachte er. »Den Moment, in dem alle Blumen auf den Fjells blühen, sieht man äußerst selten. Vielleicht sogar nie. Aber wenn man ihn einmal gesehen hat, dann vergisst man das nicht.«

Inkeri musterte ihn und räusperte sich verwundert. Nach einigen Kurven kamen sie an eine Kreuzung, an der sie von einem Polizeiwagen gestoppt wurden. Olavi hielt an. Die Polizisten stiegen aus ihrem Auto aus.

»Tag.«

»Tag«, erwiderte Inkeri. Olavi starrte stur geradeaus. Die Polizisten musterten die Pflanze.

»Was ist das?«

»Ein Ficus«, sagte Inkeri. Die Männer schmunzelten. Olavis Blick regte sich nicht. Inkeri vermutete, dass er wegen der Pflanze so versteinert war. »Das ist doch nicht verboten?«, fragte sie.

»Kein Problem. Aber könnten Sie uns ihre Ausweise zeigen? Es sind überall Schmuggler unterwegs. Wir müssen alle Pässe kontrollieren.«

»Natürlich«, sagte Inkeri mit klarer Stimme und kramte ihren Pass aus dem Handschuhfach. Der Polizist untersuchte ihn und hob die Augenbrauen.

»Ein feines Bild haben Sie da«, bemerkte er und zeigte das Foto herum. Auch Olavi hob den Blick, um es zu sehen. Es stimmte. Das Bild war mindestens zwanzig Jahre alt und in einem richtigen Fotoatelier aufgenommen. Alles an Inkeri war auserlesen: das Kleid, die Frisur, der Schmuck. Sie trug Lippenstift. Ihr Blick ging sittsam zur Seite. Inkeri lachte auf. Die Augen des Polizisten ruhten lange auf ihr.

»Und Sie, mein Herr?«

Olavi fummelte ein Stück Pappe aus seiner Hosentasche und übergab es dem Polizisten.

»Noch so ein uralter Pass«, murmelte der Mann, streckte das Dokument von sich weg und kniff die Augen zusammen. »Hat der Herr vielleicht noch ein anderes Personaldokument?«

»Nein. Einen Wehrpass habe ich noch, aber den trage ich nicht mit mir rum. Und hoffentlich muss ich das auch nie wieder.«

»Na, darin sind wir einer Meinung«, lachte der Polizist und zeigte das Bild seinem Kollegen.

Immer dasselbe, hörte Olavi die Männer klagen. *Höchste Zeit, dass mal Ordnung in diese Passangelegenheiten kommt, guck dir das mal an.* Dann gab der Polizist Olavi den Pass zurück, salutierte und wünschte einen schönen Tag. Die Beamten gingen zurück zu ihrem Wagen und ließen ihn an. Olavi wartete, bis das Polizeiauto losfuhr. Er holte tief Luft, startete den Motor und versuchte, seine zitternden Hände ruhig zu halten. Nachdem er einen Moment gefahren war, kam das Auto plötzlich ins Rutschen, und in der dritten Kurve saßen sie schon in der Böschung.

»Was ist los? Du hast doch gesagt, du kannst Autofahren!«, rief Inkeri, aber Olavi konnte sie wegen des Ficus nicht richtig sehen.

»Kann ich auch«, brummte Olavi und stellte den Motor ab.

»Was machst du?«, rief Inkeri. Olavi antwortete nicht. Seine Hände lagen auf dem Lenkrad.

»Olavi! Lass sofort den Wagen wieder an! Wir haben minus dreißig Grad. Ich erfriere. Du erfrierst. Der nächste Ort ist zehn oder mehr Kilometer entfernt!« Inkeri klang verschreckt.

Olavi senkte den Kopf und dachte nach.

»Der Ficus wird das jedenfalls nicht überleben, wenn du nichts unternimmst! Und Tageslicht haben wir auch nur noch eine Stunde!«

Olavi setzte seinen Hut ab und wischte sich den Schweiß von der Stirn, dann kramte er in seiner Hosentasche nach Zigaretten und einem Feuerzeug. Inkeri sah ihn verwundert an. Olavi streckte ihr das Zigarettenetui hin, wartete, dass ihre schmalen Finger sich bedienten, und ließ das Etui wieder zuschnappen. Sie lauschten auf die Stille.

»Piera hat gesagt, du suchst deinen Mann.«

Inkeri warf Olavi einen fassungslosen Blick zu. Als Piera Olavi davon erzählt hatte, war Olavi wütend geworden, dass er Inkeri gegenüber Koskela erwähnt hatte. Piera hatte sich verteidigt und gefragt, was er sonst hätte tun sollen. Inkeri würde es ohnehin früher oder später erfahren, und wenn man ihr einen Anhaltspunkt gab, den sie verfolgen konnte, dann würde sie sie vielleicht eine Zeitlang mit ihren ewigen Fragen in Ruhe lassen. Olavi musste zugeben, dass Piera damit richtiglag. Nach reiflicher Überlegung war er zu dem Schluss gekommen, dass er das Spiel mitspielen würde. Und es gab ja auch eine klitzekleine Wahrscheinlichkeit, dass Bigga seinerzeit alles falsch verstanden hatte. Hoffnung war eine Sache, die man nur schwerlich aufgeben mochte.

»Warum suchst du ihn?«

Inkeri sah ihn mit offenem Mund an und zog dann kräftig an ihrer Zigarette. Die Fenster beschlugen.

»Weil er nicht notwendigerweise tot ist.«

»Was meinst du?«, fragte Olavi und versuchte dabei, die Erregung in seiner Stimme abzuschwächen.

Inkeri sah ihn an. »Warum interessiert dich das?«

»Weil das eine ganz gute Erklärung dafür wäre, warum du hier bist«, erwiderte Olavi leise.

»Meine Angelegenheiten gehen dich nichts an!«

»Vielleicht kann ich dir helfen.«

Inkeri wandte Olavi das Gesicht zu und verzog ungläubig den Mund. Olavi legte den Kopf schief.

»So viele Möglichkeiten hast du nicht, Inkeri. Ich könnte die beste sein. Glaubst du, irgendjemand interessiert sich für einen verschwundenen Kriegsgefangenen?«

»Schon gut. Er … er war … er wurde gefangen genommen, seine ganze Einheit wurde gefangen genommen oder getötet, und die Überlebenden kamen in ein sowjetisches Lager. Eine Gruppe von Gefangenen konnte von da fliehen. Kaarlo war dabei. Er schaffte es anscheinend über die Grenze, denn irgendwann war er wieder in Finnland. Aber er wurde verhaftet und in ein Nazilager gebracht. Zuerst nach Inari und später hierher nach Enontekiö.«

»Woher weißt du das alles?«, fragte Olavi ungläubig.

»Ich habe das Gefangenenregister gesehen und außerdem die Häftlingsliste des Roten Kreuzes für die Lager in Lappland, da ist sein Name aufgeführt.«

»*Des Roten Kreuzes* …«, sagte Olavi leise und lachte kurz auf. *Natürlich.* »Und woher hast du die?«, fragte er mit leichtem Zweifel in der Stimme. Das war auf jeden Fall bemerkenswert.

»Warum interessiert dich das? Weißt du etwas über ihn?«, fragte Inkeri.

»Du hast meine Frage nicht beantwortet. Warum suchst du ihn?«

»Weil er noch leben könnte«, wiederholte Inkeri. »Reicht das denn nicht?«

»Es ist ja schon einige Jahre her, Inkeri«, stellte Olavi leise fest. Inkeris Entschlossenheit fiel in sich zusammen. Gereizt wandte sie sich ab. Zigarettenrauch hüllte sie ein. Am Himmel zeigten sich winzig kleine Sterne.

»Was kann ich denn sonst noch tun?«, flüsterte Inkeri. »Ich habe doch nichts weiter.«

»Piera hat dir einen Mann genannt, der etwas wissen könnte?«

»Ja«, stammelte Inkeri.

»Koskela?«

»Genau. Tapani Koskela.«

»Hast du was über ihn herausgefunden?«

»Nein. Noch nicht. Weißt du was über ihn?«

»Ich weiß, wer er ist …«, gab Olavi zu.

»Erzahl!«, rief Inkeri. Olavi sah sie an. Ihr Blick war verschreckt und sicher zugleich. Er dachte kurz nach. Er überlegte, was richtig wäre, und er überlegte, was für ihn am nützlichsten und was wiederum die sicherste Alternative wäre. Da gab es nicht besonders viele Überschneidungen. Er musste eine Wahl treffen. Manchmal konnten auch die unwahrscheinlichsten Dinge durch und durch wahr sein.

»Tapani Koskela könnte tatsächlich etwas wissen, aber ich glaube nicht, dass er von großem Nutzen ist.«

»Woher willst du das wissen?«, schnappte Inkeri.

»Ich weiß es einfach«, sagte Olavi rasch.

»Weißt *du* denn, was mit meinem Mann nach dem Krieg passiert ist?«

Olavi schwieg. Er wischte mit seinem Ärmel über das Fenster.

»Ich werde dir antworten. Und ich antworte ehrlich, aber ein zweites Mal werde ich nichts sagen, und du wirst mich auch kein zweites Mal danach fragen, ist das klar?«

»Ist klar«, flüsterte Inkeri. In ihren Wimpern bildeten sich Eiskristalle.

»Nein. Ich weiß nichts über das Schicksal deines Mannes und ich habe nichts damit zu tun«, sagte Olavi und schluckte. Er wandte seinen Blick nicht ab. »Aber es gibt eine Person, die es weiß. Ganz sicher.«

»Wer?«

»Die Handauflegerin. Die *Noaidi*. Sie hat als Heilerin und Krankenschwester im Lager gearbeitet.« Olavi machte eine Pause und dachte ein letztes Mal nach. Die Entscheidung war gefallen. Die Richtung konnte er nun nicht mehr ändern. Er leckte sich über die aufgesprungenen Lippen.

»Wer ist das? Wo kann ich sie finden?«

»Niemand weiß, wo sie ist«, erwiderte Olavi und überlegte, wie er es formulieren sollte, ohne zu viel von sich preiszugeben. »Piera hat gesagt, dein Mann wurde in den allerletzten Kriegstagen hierherverlegt? Stimmt das?«

»So steht es im Register«, nickte Inkeri.

»Es ist bekannt, dass die Handauflegerin in den letzten Kriegstagen hier war. Wenn du sie aufstöberst oder herausfindest, was mit ihr passiert ist, bin ich sicher, dass du auch die Antwort darauf findest, was mit deinem Mann passiert ist. Sie war oft dabei, wenn Gefangene verlegt wurden.« Olavi blickte Inkeri fest und offen in die Augen. Inkeri zitterte. Vielleicht vor Kälte oder aber einfach so. Vermutlich einfach so.

»Wie heißt sie?«, fragte Inkeri ungeduldig.

»*Saara*.«

»Wie?«

»Saara. Sie heißt Saara Valva«, sagte Olavi und räusperte sich. Er senkte den Kopf. Plötzlich hörte er einen Vogel. Auch Inkeri sah auf. Ein Birkenzeisig? Vielleicht auch ein Rotkehlchen. Er ließ einen langen Gesang hören.

»Seltsam, eigentlich singen sie zu dieser Jahreszeit nicht. Nicht so«, murmelte Olavi nachdenklich. Inkeri runzelte die Stirn. Dann wurde es ruhig. Die Geräusche verschwanden. Olavi befühlte seine Hosentaschen und steckte dann den Schlüssel ins Zündschloss.

»Woher weißt du das alles?«, fragte Inkeri mit fordernder Stimme. Olavi dachte nach.

»Ich habe im Krieg mit ihnen zusammengearbeitet. Mehr kann ich nicht sagen. Mehr musst du nicht wissen. Ich bin für dich wirklich nicht von Nutzen.«

»Zusammengearbeitet? Was meinst du damit? So wie Piera?«

Olavi wusste, dass eine gute Lüge möglichst nah an der Wahrheit sein musste. »Ja. So wie Piera«, sagte er und ließ den Wagen an.

INARI
März 44

Heiskanen befragte mich zu Koskela. Ich murmelte bloß etwas in meinen Bart und sah zu, dass ich das Thema wechselte. »Diese Alte ist doch eine typische Sámi. Winzig, geradezu zwergenhaft, und dermaßen abergläubisch – man kann sich kaum vorstellen, dass sie so gut mit den Nazis auskommt.«

»Tut sie gar nicht«, warf Heiskanen ein und sagte, das käme daher, dass die Nazis auf die Sámi herabschauten. Sie hätten gelernt, dass diese primitiven nordischen Sammlervölker ein Überbleibsel aus einer anderen Zeit seien und außerhalb der echten Zivilisation stünden. Und dass sie als umweltbedingt pathologische Fehlentwicklung gälten.

Ich warf ein, dass diese Lappländer doch tatsächlich zu einer völlig anderen Rasse zählten als wir Finnen. »Sogar Väinö Lassila, der Vorsitzende der Menschenrechtsunion, hat bei seinen Schädeluntersuchungen herausgefunden, dass diese lappländischen Hinterwäldler zu den niederen Rassen gehören«, sagte ich, bemüht, einen forschen und selbstbewussten Tonfall anzuschlagen.

Heiskanen warf mir einen zweifelnden Blick zu. Er zögerte kurz und sagte dann: »Siehst du, genau wie diese Handauflegerin.«

März / Apr. 44

Auf dem Rückweg ins Lager sind zwei Gefangene entkommen, aus meiner Gruppe. Heiskanen hat es beobachtet, Kalle auch. Der Befehl lautet ja, jeden Flüchtenden zu erschießen, aber ich habe noch nie jemanden erschossen. Das hat bisher nicht zu meinen Aufgaben gehört. Ich weiß nicht, was passiert ist, aber irgendwie bekam ich die Waffe nicht aus dem Futteral heraus, und alles ging so schnell. Heiskanen war derjenige, der schoss, aber er traf nicht. Ich stand einfach mit offenem Mund blöd herum. Ich schäme mich, es ist mir furchtbar peinlich. Wir waren immerhin so weit vom Rest des Zuges entfernt, dass niemand etwas mitbekam. Heiskanen legte schnell den Arm um mich und sagte, ich solle einfach weitergehen, als sei nichts gewesen. Er befahl Kalle, zu den anderen Gefangenen zu laufen und zu sagen, wir hätten ein Rentier erschossen, das auf eine Mine getreten war. Kalle tat es, obwohl er sichtlich geschwächt war. So gingen wir also eine halbe Stunde lang weit hinter den anderen, bevor ich den Mund aufmachen konnte, aber es kam immer noch nichts heraus. Erst da merkte ich, dass meine Hände zitterten.

An einer Stelle hielt Heiskanen an und schubste mich gegen einen Baum. Er sah mir direkt in die Augen. Er sagte, ich dürfe niemandem davon erzählen. Er sagte, er würde alles so regeln, dass die Rechnung aufgeht und die Sache nicht mit uns in Verbindung gebracht werden könnte. Dann gab er mir eine Zigarette, zündete sie an und flößte mir aus einem Flachmann Schnaps und aus einer kleinen Flasche Medizin ein. »Schluck das, du zitterst ja richtig«, sagte er. Das Mittel wirkte sofort, das Zittern verging. Nicht mehr lange, und ich würde vielleicht wieder sprechen können. Am Horizont türmten sich schwarze Wolken auf.

»Da kommt wohl was auf uns zu«, sagte ich und zog an einer neuen Zigarette.

»Ja, ein Schneegestöber«, sagte Heiskanen.

»Irgendwann wird es auch wieder Sommerregen geben«, fuhr ich fort und schluckte. Ich schloss die Augen.

»Davor schmilzt noch der Schnee, die Sonne kommt raus, und man kann im Inarisee schwimmen und fischen«, sagte Heiskanen.

Mehr sprachen wir nicht. Heiskanen pfiff leise einen Kriegsschlager. Die elenden Verhältnisse hatten seiner Frohnatur keinen Abbruch getan. In einiger Entfernung hörte ich einen Gefangenen über den Witz eines anderen lachen. Die Gewehre der Soldaten schlugen ihnen im Gleichtakt gegen das Gesäß. Sie baumelten locker hin und her, wie vergessene Ketten.

Irgendwo in den Bäumen sangen ein paar Vögel in der glasklaren Stille.

Sie sangen vom Frieden.

Apr. 44

Nachts konnte ich nicht schlafen. Ich lag wach im Unterstand, rauchte und schaute in die Sterne. Plötzlich hörte ich, dass jemand in der Nähe war. Ich tastete nach meiner Waffe. Im Feuerschein erkannte ich ein Rentier. Ich konnte schon von Weitem sehen, dass es ein scheuer, alter Einzelgänger war. Das Tier musterte mich mit seinen großen Augen. Sein Geweih sah aus, als würde es in den Himmel wachsen. Es stand lange da, ohne Angst, obwohl die Tiere sonst unglaublich scheu sind. Ich sah das Rentier an, bis es sich umdrehte und im weißen Wald verschwand.

Apr. 44

Gestern im Lager angelangt.

Heiskanen kam direkt nach dem Aufstehen zu mir und sagte, die Sache ist geklärt und ich brauche mich nicht zu grämen, dass die Gefangenen geflohen sind. Ich fragte, wie er das gemacht hat. Er sagte nichts dazu. Nur, dass er die Sache geregelt hat. Aber auf einmal hatte ich das Gefühl, dass er mich damit in etwas reingezogen hat, in das ich nicht reingezogen werden will.

Apr. 44

Gegen Mittag stellte ich fest, dass die Handauflegerin auch wieder im Lager war. Sie war schneller zurück, weil sie in einem Auto mitfahren konnte. Als ich sie ansah, wandte sie den Blick nicht ab.

Und ich sah sie lange an.

II

INARI

Apr. 44

Es ist mild und ruhig. Um das Lager herum sind so viele Tier-spuren wie lange nicht. Bald fangen die Blumen an zu blühen. Die Pflanzen hier haben xerophytische Eigenschaften. Das heißt, die Blüten sind klein, die Wurzeln stark, und die Blätter sind mit einer Wachsschicht überzogen. So können sie alles Licht ausnutzen, das sie hier kriegen können.

Apr. 44

Ich bin jetzt immer öfter mit der Handauflegerin zusammen. Ich leihe mir in der kleinen Lagerbibliothek Pflanzenführer aus, die Heiskanen bestellt hat. Saara schmunzelt, weil ich mich so für Blumen begeistere, aber sie fragt mich auch die ganze Zeit darüber aus. Sie sagt, sie findet meine Begeisterung sympathisch. Als ich fragte, warum, wollte sie mir zuerst nicht antworten.

Schließlich sagte sie aber, ich wäre dann irgendwie mehr bei mir selbst.

Apr. 44

Ich habe Saara eröffnet, dass ich einen alten Bekannten ge-troffen habe. Ich erzählte ihr von Koskela. Sie sagte, sie würde ihn gut kennen. Und dass sie zusammen in anderen Lagern Sachen erledigen würden, Razzien durchführen. Meistens Razzien. Anscheinend überprüft die Polizei die Wohnungen von alleinlebenden Frauen. Aber kaum jemals die von Frauen mit Kindern. Saara erzählte, wenn es auch nur den geringsten Verdacht gibt, dass die Frau ein unzüchtiges Leben führt – oft reicht es schon, dass ein neidischer Nachbar sie bei den Behörden meldet –, dann wird sie zu einer Untersuchung gezwungen. Diese Untersuchungen nimmt Saara vor. Und wenn eine von ihnen einen Braten in der Röhre hat und kein finnischer Vater nachgewiesen werden kann, wird sie verhaftet oder ins Arbeitslager gesteckt. Dafür reicht sogar schon eine Geschlechtskrankheit aus.

Saara fragte nicht nach, oder vielleicht fragte sie auch, ich weiß es nicht mehr, aber ich erzählte ihr trotzdem von meiner Begegnung mit Koskela. Ich erzählte, wie gut ich mich an den Moment erinnerte, als ich am Busbahnhof von Kajaani stand, auf den Bus wartete und Koskela zum ersten Mal sah. Er trug eine Uniformmütze. Ich war aufgeregt. Begeistert. Wir würden in ein besetztes Gebiet fahren und dort wichtige Aufgaben übernehmen. Wir würden unser Groß-Finnland bekommen.

Ich erzählte, wie seltsam es mir vorkam, Koskela als Leiter des Polizeiarrests wiederzusehen. Und was für Arrestzellen das waren! Hier sind die Gefängnisse voller deutscher Häftlinge. Es sind so viele, dass fast alle Finnen aus den Anstalten in der Provinz Lappland in die Zentralgefängnisse von Oulu und Kainuu verlegt werden mussten. »Unglaublich«, murmelte ich. Saara lachte auf. »Das Einzige, was für die Nazis schlimmer ist als Untermenschen, das ist die Rassenschande. Die Nazis, die sich mit diesem Ausschuss paaren, werden jeden Sonntag um sechs Uhr früh hingerichtet.«

Apr. 44

Die Vögel fangen schon um fünf Uhr an zu singen und machen ab acht Uhr eine einstündige Pause. Das Atmen fühlt sich heute leicht an.

Der Tag ist sechzehn Stunden und siebzehn Minuten lang.

Apr. 44

Heute habe ich Heiskanen mit Saara reden sehen. Sie haben über irgendwas gelacht. Ich weiß nicht, worüber. Und als Heiskanen seine Hand herunternahm, streifte er wie aus Versehen ihre linke Hand, und nichts hat mir je so weh getan.

Apr. 44

Zehn Gefangene sind ausgebrochen. Unter ihnen Kaarlo.

ENONTEKIÖ, 1949

Olavi saß in der Stube auf der Bank und wartete. Vor ihm stand ein Blumentopf, halb voll mit Erde. Mittendrin hatte ihn die Energie verlassen. Die Standuhr tickte, sonst war es still. Auch von draußen war nichts zu hören. Olavi sah sich im schweigenden Zimmer um. Die Stube hatte sich so sehr in Inkeris Reich verwandelt, dass es ihm schwerfiel, sich das Haus noch anders vorzustellen. In Inkeris Zimmer, das links von der Stube abging, war durch die offene Tür ein kleiner Bühnenschirm zu sehen. Inkeri hatte ihn selbst bemalt, oder vielmehr ihre Schüler. Dahinter stand ein zweiter, etwas hellerer Schirm, und beide lehnten an schwarzen Scheinwerfern, die Inkeri auf die eine oder andere Art in Norwegen besorgt hatte. Außerdem hatte sie es irgendwie geschafft, an eine sowjetische Zorki und auch eine amerikanische Kamera zu kommen. Sie hatte darüber Besprechungen in einer Zeitschrift geschrieben, die von Fachleuten gelesen wurde, aber Olavi begriff von den Unterschieden nicht das Geringste.

Inkeris Zimmer war das hellste im ganzen Haus, und weil es direkt an die Stube angrenzte, war die Stube sozusagen eine Erweiterung von Inkeris Zimmer geworden. Der große Holztisch war reserviert für das Überarbeiten, Korrigieren, Retuschieren und Signieren von Fotografien. Auch jetzt lag dort ein Stapel Bilder.

Da hörte Olavi die Haustür.

»Weiter nördlich schneit es«, rief Piera und hängte seine

blaue Mütze an einen Haken über der Ofenbank. »Und so prachtvolle Nordlichter, dass sogar das Eis geglitzert hat!«

»Wo um alles in der Welt warst du so lange?«, schnaubte Olavi. Piera war schon Ende des Jahres zu Verwandtenbesuchen in Schweden und Norwegen aufgebrochen und hatte bei der Gelegenheit hier und da verschiedene Sachen besorgt.

»Ich musste noch den Grenzern Guten Tag sagen«, murmelte Piera. Er ließ einen Geldbeutel voller schwedischer Öremünzen auf den fleckigen, erdverschmierten Tisch fallen. Dann stellte er drei Flaschen Schnaps dazu. Olavi musterte die Beute.

»Ich dachte, ich hätte für mehr bezahlt.«

»Mehr gab es dafür nicht.«

»Früher war es mehr.«

»Früher war früher. Jetzt ist jetzt. Die Gesetze sind schärfer geworden. Die Ladung ist in Sicherheit, aber zu oft sollte man da nicht vorbeischauen.«

»Wer war der Kontakt?«, fragte Olavi, als Piera anfing, sein Geld zu zählen.

»Ich kannte ihn nicht. Ein Schwede … Irgendeiner von Inkeris Bekannten«, murmelte Piera. Dann belud er den Tisch mit Zucker, Kaffee, Mehl und einer Tüte, die ganz eindeutig Kleidung enthielt. Die Hilfslieferungen vom Roten Kreuz waren innerhalb des letzten Jahres deutlich weniger geworden und schließlich fast ganz im Sande verlaufen. Das zeigte sich bei der geschmuggelten Kleidung in einer neuen Vielfalt. Mittlerweile war klar, dass Inkeri in Enontekiö bleiben würde, und so hatte sie aus eigenem Antrieb angefangen, die geschmuggelten Sachen weiter in den Süden zu expedieren. Manchmal nahm sie sogar Kleidungsstücke mit nach Helsinki, ließ sie dort umarbeiten und verkaufte sie später in

Rovaniemi auf dem Markt. Allerdings brachte sie die besten Stücke wieder mit nach Hause. Die jungen Frauen, und inzwischen auch die Männer, zeigten Interesse an bestimmten Stücken und auch an Schuhen, und Inkeri hatte sich so bei der Jugend beliebt gemacht. Die Schule eignete sich als Umschlagplatz ebenso gut wie Rovaniemi.

Außerdem hatte Inkeri drüben in Schweden einen Schmuggler aufgetan, der brasilianischen Kaffee und immerhin halbwegs ordentlichen Schnaps liefern konnte. Das hatte sofort Interesse geweckt, wenn nicht bei allen, so doch bei rund neunzig Prozent der Bevölkerung. Vor dem Krieg hatte man den Kaffee an der norwegischen Küste gekauft, und er war oft direkt aus Brasilien gekommen. Nach dem Krieg hatten die Grenzschließungen dazu geführt, dass man sich mit Kaffeeersatz begnügen musste. In den Geschäften war Kaffee immer noch Mangelware. Als Inkeri die erste Ladung selbst über die Grenze geschafft hatte und die Leute wieder Kaffee und Schnaps hatten probieren können, wurde sie endgültig als Teil der Dorfgemeinschaft akzeptiert. Sie war inzwischen sogar schon beliebter als Olavi.

»Was macht ihr mit den Öremünzen?«, fragte Olavi und kramte im Geldbeutel. »So viele davon wirst du wohl nicht behalten dürfen, auch wenn du Verwandtschaft in Schweden hast.«

»Na ja … So viel lässt die Polizei einem dann doch, dass man drüben einen Kaffee trinken kann. Aber alles, was darüber hinausgeht, bringt dich in den Knast.«

»Das war keine Antwort auf meine Frage«, knurrte Olavi, aber er half Piera, das Geld noch einmal zu zählen. Piera betrachtete Olavis Hände und das Durcheinander auf dem Tisch.

»Ich topfe um.«

»So so.«

»Wann kriege ich den Rest?«

»In einer Woche und dann nochmal eine Woche später.«

»Und Inkeris Anteil?«

»Genauso.«

Olavi stand auf und nahm einen Stapel Briefe vom Tisch.

»Inkeri kriegt immerzu Briefe. Hier sind ein paar neue Marken für deine Sammlung.«

Piera lachte auf und hielt einen Umschlag ans Licht. Die Briefmarke zeigte einen Mann mit schweren Ziegeln auf dem Rücken.

»Eine *Wiederaufbaumarke*. Jetzt habe ich die ganze Serie zusammen«, sagte Piera nachdenklich und gab Olavi den Umschlag zurück. »Behalte du sie. Ich sammele keine Briefmarken mehr. Ich hab damit aufgehört, als zu viele Nazimarken dazukamen, zu viele Hakenkreuze, finnische Hakkapeliten und Landser im Krieg *gegen den Osten*«, sagte Piera. »Steck sie meinetwegen direkt zu den Wohlfahrtsmarken von der Volkshilfe. Denen mit den Ruinen aus Lappland.«

Olavi hob die Schultern.

»Na gut. Ich dachte, du interessierst dich vielleicht dafür«, murmelte er.

Draußen zogen graue Schwaden vorbei. Es war Rauch. Das Holz im Ofen zischte und dampfte. Piera sah sich um. Er war seit einem Jahr nicht hier gewesen.

»Was ist das?«, fragte er und zeigte auf das Regal. Olavi wandte sich zu ihm um.

»Ein Grammophon.«

»Und die hier?«

Olavi folgte Pieras Finger mit seinen Augen.

»Das sind Platten. Musik.«

»Das weiß ich doch. Ich meinte das hier.« Und Olavis Blick fiel auf eine große Kiste, die schon lange neben dem Sofa stand und die Inkeri bisher kaum angefasst hatte.

»Ein Fotoapparat. Angeblich soll er Bilder sogar in Farbe aufnehmen, aber er ist kaputt. Keine Ahnung, was das soll.«

»Ach so«, murmelte Piera.

»Hast du schon einen Blick in die Dunkelkammer geworfen?«

»Das muss ich mir tatsächlich noch anschauen«, sagte Piera. »Aber ich habe auch ein Anliegen. Du kennst doch das Sprichwort, dass man nicht alle Eier in einen Korb legen soll?«

»Klar.«

»Das ist ein wirklich dummes Sprichwort.«

»Stimmt.«

»Aber es ist wahr.«

Olavi seufzte, klappte sein Feuerzeug auf und zündete sich eine Zigarette an. Während er darauf wartete, dass Piera zur Sache käme, kratzte er mit dem Fingernagel grüne Farbe von der Tischplatte. Auf der Unterseite hatte der Tischler seine Initialen hinterlassen. Ein langer Strich, der in einen Halbkreis auslief. Das Nächste hatte er nicht ertasten können. Es waren kyrillische Buchstaben. Die Sperrholzzelte in den Lagern waren voll mit solchen eingeritzten Botschaften. Яков / 22 / Красное село / Нарва. Инари. Name, Alter, Einsatzorte. Die Botschaften brachen immer aus demselben Grund ab: Tod.

»Wenn es also vielleicht möglich wäre, einen Teil hierzulassen«, schloss Piera. Olavi sah aus dem Fenster die tief hängenden Rauchschwaden. Bald würde es schneien.

»Hast du den hier einem Häftling abgekauft?«, fragte Olavi leise und klopfte auf den Tisch.

»Ja. Das war so ein hagerer Serbe. Ein guter Tisch.«

»Stimmt.« *Stimmt.* Olavi hörte die Standuhr ticken. In der Ecke der Stube stand der große, jetzt über zwei Meter hohe Ficus und streckte seine Blätter zum Fenster. Auf dem Tisch stand noch vom Frühstück eine Milchflasche. Sie hatte einen muffigen Geruch angenommen. Durch den Rauch schien das Tageslicht.

»Nur zu«, sagte Olavi schließlich. Piera nickte, sah ihm in die Augen und dann auf die leeren Flaschen auf dem Tisch.

»*Áddja!*«, tönte es plötzlich aus dem Flur. Bigga. Weder Olavi noch Piera hatten die Haustür gehört.

»Sieh mal einer an!«, rief Piera und schloss das Mädchen in die Arme.

»Was machst du hier?«, fragte sie.

»Und du?«

»Inkeri und ich haben abgemacht, dass ich nach der Schule herkomme und zugucke, wie man Fotos entwickelt. Die aus Helsinki«, sagte Bigga aufgeregt. »Ist Inkeri noch nicht da?«

»Sie kommt bestimmt gleich – aber erzähl doch, wie war es denn in der Hauptstadt?«, fragte Piera. Bigga hatte eigentlich schon vor Weihnachten mit Inkeri nach Helsinki fahren sollen, aber weil das ohne Pass nicht möglich war, hatte die Reise sich verzögert. Bigga hatte im Laufe des letzten Jahres ein schier unstillbares Interesse an Inkeris Unterrichtsstunden und der Fotografie entwickelt. Schließlich hatte Inkeri angefangen, Bigga neben der Schule das Fotografieren beizubringen. Sie war inzwischen zu einer guten Fotografin geworden und auch bei einigen Recherchen für Artikel dabei gewesen. Inkeri überlegte schon, ob sie Bigga nicht zu ihrer offiziellen

Assistentin machen könnte. Und da war der Gedanke entstanden, dass sie mit nach Helsinki kommen könnte, um den Chefredakteur kennenzulernen.

Bigga war natürlich begeistert gewesen und hatte wochenlang an nichts anderes denken können. Nach ihrer Rückkehr war Olavi allerdings aufgefallen, dass das Mädchen etwas stiller und zurückhaltender geworden war.

»Got dat manai?«, wie war es, wiederholte Piera leise.

»Dat manai ihán bures …«, es war ganz gut, murmelte Bigga und nestelte an den Fransen ihres Ärmels. Piera runzelte die Stirn. Und Bigga erzählte etwas widerwillig, dass in Helsinki die Straßen voller Menschen gewesen seien, die sie angestarrt und auf sie gezeigt hätten. Chefredakteur Melander hatte sie nicht als Assistentin akzeptiert, und Inkeri hatte irgendeinen komischen Brief bekommen, in dem sie immer wieder gelesen hatte.

»Sie hat den Namen Saara erwähnt«, sagte Bigga.

»Ach so. Ach so«, raunte Piera und warf einen Blick auf Olavi.

»Was stand sonst noch in dem Brief?«, fragte Piera und steckte sich die Pfeife in den Mund.

»Weiß nicht.«

»Was hat Inkeri denn dazu gesagt?«

»Nicht so viel. Sie sah nicht besorgt oder irgendwie anders aus«, stellte Bigga leise fest, sah zur Decke und schniefte. »Aber nächste Woche fahren wir zum Pallas.«

»Du bist jetzt also eine richtige Fotografin?«

»Ja!«, sagte Bigga und lachte.

Das Mädchen und sein Großvater sprachen auf Samisch weiter. Olavi starrte in seinen Becher. Er seufzte und rieb sich die Augen. Es war nur eine Frage der Zeit, bis Inkeri sich mit Koskela treffen würde. Olavi wusste, dass Koskela ein vernünftiger und gescheiter Mann war, aber konnte er sicher sein, dass er seinen Namen nicht erwähnen würde? Koskela mochte irgendeine unwichtige Kleinigkeit ausplaudern, durch die Inkeri mehr über Olavi herausfinden konnte.

»Warum will Inkeri etwas über Saara wissen?«, fragte Bigga plötzlich.

»Weil sie glaubt, so mehr über ihren Mann zu erfahren«, brummte Olavi.

»Und was hat Saara damit zu tun?«, fragte Bigga und zog die Augenbrauen zusammen. Da ging die Haustür. Alle drei schraken zusammen.

Aber Inkeri rief aus dem Flur fröhlich Hallo, und Bigga lief rasch zur Dunkelkammer, als sie hörte, dass Inkeri hineinging. Piera folgte ihr gespannt, um auch einmal dieses berühmte Zimmer zu Gesicht zu kriegen. Olavi blieb allein in der Stube zurück. Er beobachtete, wie die Tür sich knarrend hinter ihnen schloss.

INARI
Mai 44
Heute sind Saara und ich zuerst wortlos aneinander vorbeigegangen, aber als ich in den Stall ging, um den Pferden Heu zu geben, stand sie auf einmal da. Mit zwei Schritten war sie bei mir. Direkt vor mir. Sie legte den Kopf zuerst an meine Brust, roch an meinem Hemd, an meinem Schweiß und versenkte dann ihre Zähne in meine nackte Haut, da, wo der Brustkorb in den Hals übergeht. Danach nahm sie meine Hand und zog sie unter ihren Rock zwischen ihre Beine, und ich fühlte, wie nass sie war. Wie warm und weich die Rundung ihres Oberschenkels, und auch die war so feucht.

Mai 44
Bei der Suche nach den getürmten Gefangenen mitgeholfen. Wir haben nicht alle gefunden. Vielleicht werden sie von Einheimischen versteckt, vielleicht haben sie sich aber auch irgendwo in den Fjells verkrochen. Vermutlich in den Fjells. Wir haben auch der Polizei Bescheid gesagt. Heiskanen macht sich Sorgen um Kalle.

Seit er weg ist, hat die Stute kein Futter bekommen.

ENONTEKIÖ, 1949

Bigga stand draußen in der kalten Luft und sah auf den Horizont. Weil Inkeri Bedenken hatte, bei diesem Frost das Auto zu benutzen, waren sie an der Kreuzung zum Hotel aus dem Bus ausgestiegen. Inkeri hatte Bigga mitgenommen, um einen Artikel über das neue Pallas-Hotel zu schreiben. Es würde Biggas erster Artikel werden. Sie hatte sogar ein paar Fragen aufgeschrieben, die sie den Hotelgästen stellen wollte. Außerdem hatte Inkeri ihr versprochen, dass sie auch Fotos machen durfte.

»Pass auf, dass das Objektiv nicht vereist. Oder der Film reißt. Es ist kalt«, warnte Bigga Inkeri, als die ihre Kamera anhob. Ja, natürlich. Inkeri schnitt eine Grimasse. Bigga hatte nämlich die Übungskamera kaputtgemacht. Die Linse war zuerst wie immer beschlagen, doch dann war zusätzlich Luft durch die Dichtungen eingedrungen und hatte die Linse von innen vereist. In der Wärme war das Eis wieder zu Wasser geworden und hatte nicht nur die Linse, sondern auch den Mechanismus durchfeuchtet. Inkeri rückte ihre Sonnenbrille zurecht. In letzter Zeit hatte sie Bigga weiter im Umgang mit der Kamera angeleitet, hatte ihr Verschluss und Belichtung erklärt. Sie hatte ihr gezeigt, wie man die Kamera halten musste, damit sie stabil blieb. Das Motiv musste man häufig lange studieren, den richtigen Winkel finden, den richtigen Moment. Das richtige Licht. Die Hände durften nicht zittern, zumal, wenn die Belichtungszeit lang war.

Auch wenn sie viel Zeit miteinander verbracht hatten, erschien Bigga Inkeri etwas distanziert. Als sei das Mädchen ständig auf der Hut und habe kein Vertrauen in sie. Jetzt sah Inkeri, wie sich vor dem gelb leuchtenden Horizont eine dunkle Gestalt bewegte.

»*Nulpu* und *heargi*«, keuchte Bigga. Inkeri sah sie fragend an. »Ein kastrierter Bulle und einer ohne Geweih«, erklärte Bigga. Inkeri nahm die Sonnenbrille ab, um die Rentiere besser sehen zu können. »Warum hast du die Brille auch im Winter auf?«, fragte Bigga.

»Na ja«, Inkeri lachte. »Ich liebe das Licht. Aber leider tut es mir nicht gut. Meine Augen kommen nicht mehr richtig mit der Helligkeit zurecht. Es kann sein, dass ich vorübergehend blind werde, wenn ich zu viel in der Sonne bin. Solche klaren Tage mit Schnee sind am schlimmsten. Dann bekomme ich Kopfweh«, erklärte Inkeri und versuchte, ihre Stimme ruhig zu halten. Bigga musterte Inkeri. Inkeri lächelte und kramte in ihrer Tasche nach einem Film. Sie hatte tagelang überlegt, welchen Film sie zu dem Auftrag mitnehmen sollte, und fürchtete, die falsche Entscheidung getroffen zu haben. Der, mit dem Bigga jetzt fotografierte, erforderte viel Licht, vielleicht sogar mehr, als trotz der Helligkeit zur Verfügung stand. Doch der Vorteil dieses Films war unstrittig: Man konnte die Fotos besser vergrößern als bei anderen Filmen. Das bedeutete in der Praxis ein schärferes, weniger körniges Bild. Zwischen den Fingern drehte Inkeri den anderen Film, der weniger Licht benötigte und den sie wahrscheinlich in die Kamera einlegen würde, wenn sie im Hotel wären.

»Weißt du aus dem Unterricht noch, wie Licht entsteht?«
Bigga wusste es nicht mehr.

»Es entsteht in der Dunkelheit. Licht und Sonne sind ein

und dasselbe. Beide sind Energie. Feuer. *Lichtbild* ist ein gutes Wort für das, was es repräsentiert. Weißt du, woher das Wort Fotografie kommt?«

»Nein.«

»Aus dem Griechischen. Und es bedeutet wörtlich *Malen mit Licht.*«

»*Malen mit Licht* ...«, wiederholte Bigga leise.

»Was heißt das denn auf Samisch?«, fragte Inkeri.

»*Čuovgagovva* ...«, sagte Bigga, nachdem sie kurz nachgedacht hatte. »Licht und Bild. *Lichtbild*«, sagte sie leise. »Warum kriegt man die Farben nicht aufs Foto?«

»Das geht eigentlich schon. Ich habe auch so einen Apparat, aber er ist kaputt.«

»Hat Melander auch so einen Apparat?«, fragte Bigga grinsend. Inkeri lachte auf. *Melander.*

»Wie alt ist das Mädchen denn?«, hatte Melander in Helsinki gefragt und misstrauisch Biggas Kleidung beäugt. Die samische Tracht, die Mütze. Auf dem Weg zur Redaktion hatte man Bigga mindestens zehn Mal angesprochen. An der Straßenecke von Yrjönkatu und Bulevardi wollte jemand sie sogar fotografieren. Verwirrt hatte sie sich einverstanden erklärt, doch im Nachhinein hatte sie sich über die ganze Sache gründlich aufgeregt.

»Aber sie ist ein Kind!«, hatte Melander ausgerufen.

»Das Mädchen ist dreizehn!«, hatte Inkeri klargestellt. »Bigga möchte einen Artikel für das Blatt schreiben. Einen Artikel, unter ihrem Namen und mit ihren Fotos. Wo liegt das Problem? Hm?«

»Aber sind diese Lappländer nicht ... wie soll ich das formulieren ... faul und unfähig zur Arbeit? Genauso arbeitsscheu wie Zigeuner?«, sagte Melander. Inkeri öffnete den

Mund, aber es kam nichts heraus. »Geht sie überhaupt in die Schule?«

»Eino …!«, rief Inkeri. »Ist das dein Ernst? Natürlich geht sie in die Schule! Irgendwo muss man doch anfangen. Bigga ist schon seit zwei Jahren meine Assistentin, und ich kann dir keine bessere angehende Journalistin empfehlen. Und ich finde, sie sollte auch Geld dafür bekommen. Oder? Was meinst du?«

Melander musterte Inkeri von Kopf bis Fuß und schwieg. Stattdessen kramte er in einer Schublade, nahm einen Brief heraus und gab ihn Inkeri.

»Hier. Eine Freundin von dir hat das hier für dich vorbeigebracht.«

»Wer?«, fragte Inkeri, obwohl sie es genau wusste.

»Keine Ahnung. Rote Lippen und schwarze Pumps. Schwarze Haare.«

»Ach so«, sagte Inkeri, als sei das eine unbedeutende Kleinigkeit. Sie leckte sich über die Lippen. *Deswegen* hatte sie mit Melander sprechen wollen.

»Nun, und wer war das?«, fragte Melander, als Inkeri einen Blick in den Umschlag warf.

»Eine alte Freundin von mir …«

»Hängt das irgendwie mit deinen Nachforschungen zusammen? Dass du erfahren willst, was mit deinem Mann passiert ist? Ich hatte schon gehofft, du hättest es vergessen …«, seufzte Melander.

»Diese Freundin …«, begann Inkeri. »Sie hat als Doppelagentin in der Abteilung Paatsola gearbeitet.«

»In der Abteilung Paatsola?«, seufzte Melander.

»Paatsola war für die Aufklärung in den Gebieten Petsamo und Lappland zuständig.«

»Ja, ich weiß. Und woher weißt du das?«

»Hör auf …«, sagte Inkeri. »Jedenfalls. Ich habe sie um Hilfe gebeten.«

»Und sie hilft dir auch?«

»Ja.«

»Sie gibt dir Informationen? Ist das nicht … illegal? *Warum* hilft sie dir?«

»Stell dir doch mal vor: Meine Freundin hat früher eine Waffe bei sich getragen. In ihrer kleinen schwarzen Handtasche. Jetzt langweilt sie sich zu Tode, weil die Männer zurück sind und ihr die Arbeit wegnehmen und sie sich in der Rolle der Hausfrau und Mutter zurechtfinden muss.« Inkeri sah sich den Brief genauer an.

»Also gut! Sie schreibt, sie hat Zugang zu Dokumenten … und will mir weitere Informationen über Saara an das Pallas-Hotel schicken, und ich kann sie in ein paar Wochen dort abholen …« Inkeri unterbrach sich, als sie sah, dass Bigga sich vor der Tür herumdrückte und das Gespräch mit anhörte. Sie war nicht dazu gekommen, das Mädchen zu tadeln, denn es war nach der Ablehnung durch Melander schmollend ins Vorzimmer gelaufen. »Siehst du, was du angerichtet hast«, hielt Inkeri Melander vor, denn sie vermutete, dass Bigga sich ärgerte, weil sie nicht ihre Assistentin sein durfte.

Melander seufzte. »Von mir aus. Du darfst sie als Assistentin beschäftigen, das kann ich dir nicht verbieten. Und sagen wir, wenn sie in zwei Jahren immer noch als Journalistin arbeiten will, dann kannst du sie zu mir schicken.«

Bigga hatte die ganze Heimfahrt über weitergeschmollt, obwohl Inkeri versucht hatte, sie zu trösten, dass zwei Jahre ja keine lange Zeit seien. Danach hatte das Mädchen die Reise nach Helsinki mit keinem Wort erwähnt, bis jetzt.

»Nein«, sagte Inkeri. »Melander hat keinen solchen Farb-fotoapparat.«

»Gut. Der Mann ist ein Dummkopf«, konstatierte Bigga. Inkeri lachte auf. Bigga hielt in ihrer Bewegung inne. Die Rentiere waren näher gekommen, aber vor ihnen ließ sich ein Vogel auf dem Boden nieder.

»Ein Moorschneehuhn!«, rief Inkeri. Bigga hockte sich hin und nahm die Kamera hoch. Stellte scharf.

»Es ist hell und verschneit, nimm also eine kurze Ver-schlusszeit und eine kleine Blende. Weißt du noch, wie man das einstellt?« Bigga antwortete nicht. Sie konzentrierte sich aufs Fotografieren. Kurz darauf war das vertraute Klicken des Auslösers zu hören, und der Vogel flog davon. Inkeri sah, wie Bigga den Spannhebel betätigte, damit die Kamera bereit für das nächste Foto war. Der Hebel bewegte sich nicht. Vielleicht hatte sich der Film aus der Spule gelöst, dachte Inkeri, aber sie fand, das Mädchen sollte den Fehler selbst bemerken und beheben. Bigga erhob sich. Sie gingen weiter.

»Als ich damals in Helsinki im Atelier gelernt habe, wa-ren die Apparate viel primitiver als heute. Es gab nie genug Licht. Die Belichtungszeiten waren so lang, dass die Leute, die sich portraitieren lassen wollten, mit einer Eisenstange im Rücken gestützt werden mussten, damit sie sich die ganze Belichtungszeit über gerade halten konnten«, lachte Inkeri. Auch Bigga lachte.

»Wenn wir vor hundert Jahren gelebt hätten, wären wir von den Fjells dahinten gekommen«, sagte Bigga plötzlich und zeigte auf die Reihe der Kuppen. »Sogar vor zehn Jahren wären wir noch dort gewesen«, fuhr sie fort.

»Warst du jemals dabei?«

»Ja. Als Säugling und auch später noch. Den Krieg habe

ich die meiste Zeit bei Áddjá im Dorf verbracht, aber ein paar Mal bin ich mit meiner Mutter umhergezogen. Auch Onkel Lasse hatte damals noch kein Haus. Opa war der Einzige, der in einem Haus gewohnt hat.«

»Weißt du, welche Strecke ihr damals genommen habt?«

»Ungefähr. Im Mai zogen wir als Erstes Richtung Yykeän- perä. Davor waren wir meistens in den Wäldern von Palojoki und davor auf dieser Seite vom Pallas-Fjell. Na ja, von da aus ging es nach Karesuando und zum Eismeer. Das hing immer auch von der Schneelage und allgemein vom Wetter ab, wo wir dann hingingen. Und natürlich auch davon, wo die Ren- tiere waren.«

»Und nimmt Piera diese Strecke auch für seine Schmug- geltouren?«

»Vielleicht. Keine Ahnung. Aber Opa geht immer über die *Sieidi* unserer Familie.«

»*Sieidi*?«

Bigga legte den Kopf schief und betrachtete Inkeri. »Ein heiliger Ort. Ich besuche ihn manchmal mit Opa. Da sind schon alle unsere Ahnen hingegangen und haben Opferga- ben abgelegt. Alle. So lange, wie man sich erinnern kann. Seit Jahrtausenden. Ich gehe manchmal auch alleine hin.«

»Seit Jahrtausenden also …« Inkeri sah das Mädchen zwei- felnd an. Bigga hob arglos die Schultern.

»Wie findest du denn alleine dorthin?«

»Ganz leicht!«

»Zeigst du sie mir irgendwann mal?«

Bigga schwieg.

»Bigga?«, fragte Inkeri schließlich. Sie hatte auf den richti- gen Moment gewartet, um diese Frage zu stellen, aber bisher hatte sie es immer wieder aufgeschoben.

»Was denn?«

»Was weißt du über Olavi?«

Bigga hielt an und erwiderte schnell: »Was meinst du?«

»Wie ist er hierhergekommen?«

Bigga kaute auf ihrer Lippe. Ihre großen, etwas auseinanderstehenden Vorderzähne gruben sich in ihre Unterlippe und hinterließen einen hellen runden Fleck.

»Er war irgendwann einfach da. Ich habe keine Ahnung«, murmelte Bigga. In Wirklichkeit konnte sie sich sehr gut daran erinnern. Zu gut. Der blasse Mann, der auf der Treppe vor Áddjás Haus gestanden und sie ungläubig angesehen hatte, als sie versuchte, ihm klarzumachen, was passiert war. Warum rundherum alles schwarz und dunkel war. Und dass er zu spät gekommen war. Aber Olavi hatte nichts davon hören wollen. Damals nicht und auch nicht, als der Ort evakuiert wurde. Später durfte man über das Geschehen kein Sterbenswort verlieren. So hatte Opa es bestimmt. Und wenn Opa etwas bestimmte, dann hatte man sich daran zu halten.

»Warum ist er hergekommen? Und hat bei euch gewohnt? Ich dachte immer, er ist hier, um an der Kirche mitzubauen, aber das kann nicht sein, wenn er schon hier war, bevor die Kirche abgebrannt ist«, sagte Inkeri. Doch sie schaffte es nicht, mehr Informationen über Olavi zu bekommen, denn sie wurden von einem Mann in einem Pelzmantel ausgemacht, der mit einem Rentierschlitten unterwegs war.

»*Buorre beaivi*«, grüßte er schon von Weitem.

»*Ipmel atti*«, erwiderte Bigga, als der Mann seinen Schlitten neben ihnen zum Stehen brachte und fragte, wohin sie wollten und ob er ihnen helfen könne: »*Gosa doai leahppi manname? Sáhtángo mun veahkehit?*«

Bigga nickte, zeigte auf Inkeri und sagte, sie wollten zum

Pallas-Hotel: »*Moai letne manname Bállásii. Bessego du givttas? Moai čálle áviisii. Inkeri lea doaimmaheaddji. Mun veahkehan!*« Bigga war stolz, dass sie schon für die Zeitung schrieb, und lächelte. Der Mann musterte die beiden. »*Gean nieida don leat?*«

Bigga sagte ihren Namen: »*Mun lean Hágas-Bierá Biggá-Márjá.*«

Inkeri zog die Augenbrauen hoch. Sie hatte Biggas samischen Namen noch nie gehört. Auch in der Schule wurde sie als Bigga-Marja Iisko geführt.

»*Hágas-Bierá?*«, fragte der Mann in einem interessierten Tonfall. Bigga verzog den Mund zu einem Grinsen und nickte. Irgendetwas an der Sache war offenbar amüsant, denn der Mann fing an zu lachen. Inkeri seufzte tief und betrachtete ihren Schatten. Schwarz und Sonnengelb im Schnee. Sonnenflecken.

»Steig auf! Er nimmt uns auf dem Schlitten mit!«

»Bigga. Warum ist Olavi hierhergekommen?«, fragte Inkeri noch einmal. Sie musste es erfahren. Bigga drehte sich um und sah Inkeri an.

»*Boahttibeahttigo doai?*«, rief der Mann jetzt ungeduldig.

»Ich glaube, Olavi ist hergekommen, um jemanden zu suchen«, bekannte Bigga.

Inkeri blieb stehen. »Und wen?« Bigga blickte Inkeri an, doch sie hob nur die Schultern und wollte während der ganzen Fahrt nicht mehr darüber sprechen.

INARI

Mai 44

Wir verbringen jede Nacht zusammen, und manchmal können wir auch von den Tagen noch etwas abzwacken. Ihr Nacken riecht nach Erde und Eisen, manchmal ist er auch kalt und duftet nach Wind. Sie bekommt am ganzen Körper Gänsehaut, wenn ich sie direkt neben dem Bauchnabel küsse. Ich gehe jede einzelne ihrer Hautfalten durch. Es gibt auf ihrer Haut keinen Quadratzentimeter, den ich nicht schon berührt habe. Ich weiß genau, wie sich ihre Ohrläppchen und ihre Finger auf meiner Zunge anfühlen. Ich weiß, wie ihr Nabel schmeckt.

Ganz am Anfang fällt es mir jedes Mal schwer, sie richtig anzusehen. Ich sehe dann nur einzelne Körperteile. Die runden weichen Brüste. Ihr Hinterteil. Die Beine. Ihre kleinen Zehen. Die harten, groß hervorstehenden Brustwarzen, die sie mir darbietet. Wenn ich vorsichtig hineinbeiße, heult sie auf. Diesen Laut würde ich zu gern aufnehmen. Er bedeutet mir alles. Nichts anderes ist mehr wichtig.

Ab und zu bin ich so verwirrt, dass es richtig wehtut.

Mai 44

Es ist wieder so viel Schnee gefallen, dass wir überall Schneewehen haben. Weiß. Grau. Zerklüftet. Das Eis auf dem See ist hier und da aufgeplatzt und hat sich am Ufer zusammengeschoben. Es ist nur noch eine dünne Schicht.

Ich habe gehört, dass einige Männer vom Frühling in Deutschland erzählt haben, dass dort jetzt die Blumen blühen und die Vögel singen. Man kommt ins Träumen. Irgendwo auf der Welt öffnen sich in diesem Moment rote, gelbe, purpurne, violette und blaue Blüten, oder sie haben sich gerade geöffnet. Das Grün rundherum schützt sie.

Hier ist es weiß und später grau. Manchmal blau. Auf einem Stein festgefrorener Schnee. Einmal sah ich einen Schimmer Rot. Ich kniff die Augen zusammen. Versuchte, scharf zu sehen. Etwa Blut? Ich ging näher heran. Es war ein Moorschneehuhn. Seine rote Zeichnung hob sich vom frischen Schnee ab wie ein Ausrufezeichen. Die schwarzen, steifen Beine wie kurz vor dem Durchbrechen. In der Luft eine gefrorene Feder.

Ich hockte mich neben den Kadaver und kam einen Moment zur Ruhe. Einmal, in Alakurtti, sah ich einen Polarfuchs, der sich in einem Rentierkadaver zusammengerollt hatte. Zum Schutz. Neben ihm hatte ein ausgebüxter Finnischer Spitz gelegen. Aber in diesem Moorschneehuhn würde kein Tier Platz finden. Ich musste aufstehen. Am nördlichen Himmel leuchtete etwas. Saara sagt, die Kvenen nennen sie Walkürenlichter. Die Leute in Inari sagen dazu *kuovsâkkâsah*. Ich sehe nur blutigen Dunst über dem weißen Horizont.

Vom Himmel regnet Asche.

Mai 44

Die entkommenen Häftlinge sind gefasst worden. Auch Kaarlo ist dabei. Sie hatten sich in der Hütte von irgend so einem Rentierlappen versteckt, den man jetzt hingerichtet hat. Koskela hat alle Gefangenen ins Lager zurückgebracht.

Einer von ihnen liegt gerade auf dem Boden in der Haltung, in der man normalerweise auf die Welt kommt. Seine Schuhe sind mit rötlichbraunem Seim bedeckt. Er rinnt weiter und macht Flecken in den Schnee. Ich sehe, wie jemand auf den Gefangenen zuläuft. Um zu helfen. Es ist kein Wachmann. Der Wachmann steht schon bei ihm. Der Ankömmling ist vielleicht ein Freund, aber auch er wird erschossen. Es ist dunkel. Schnee fällt vom Himmel. Er schmilzt, sobald er den Boden berührt.

Heiskanen versucht, Kommandant Felde zu überreden, Kaarlo nicht hinrichten zu lassen. Er beruft sich darauf, dass der Mann Finne ist. Darauf, dass er nicht mal ein richtiger Häftling ist. Darauf, dass er ihn für diese »besondere interne Operation« benötigt.

Wenn man in den Himmel schaut, sieht man weiße Flocken aus der Dunkelheit rieseln.

ENONTEKIÖ, 1949

Inkeri stand in ihrem Klassenzimmer, sah zu, wie die Kinder Portraits von ihren Banknachbarn zeichneten, und war unruhig. Immer wieder blickte sie zu Biggas leerem Platz. Irgendetwas war passiert. Sie war sich nicht sicher, aber nach dem Ausflug zum Pallas war Bigga wieder schweigsam und gereizt, so wie nach ihrer Rückkehr aus Helsinki. Jetzt kam noch dazu, dass das Mädchen seit zwei Wochen nicht zur Kunststunde erschienen war. Inkeri hatte eine schwache Ahnung, woher das rühren konnte, aber sie hoffte, es nicht zur Sprache bringen zu müssen.

Als sie am Hotel angekommen waren, hatte Inkeri Bigga für sich allein fotografieren lassen und war direkt zur Rezeption gegangen, um nach der Sendung zu fragen, die für sie angekommen war. Der Umschlag war dicker gewesen, als sie erwartet hatte. Es war auch wieder ein Brief in der vertrauten Handschrift dabei. Inkeri hatte gewusst, dass ihre Schulfreundin sich wie so viele Frauen zum Heimatfrontdienst in der Frauenorganisation *Lotta Svärd* gemeldet hatte, doch sie wurde zur Agentenausbildung an die russische Grenze gebracht. Im Laufe des Krieges hatte sie sich auf die Arbeit in Lappland konzentriert. Bei Kriegsende hatte ihre alte Freundin selbst Kontakt zu Inkeri aufgenommen und ihr berichtet, dass sie Kaarlos Namen im Gefangenenregister des Roten Kreuzes gefunden hatte.

Inkeri blätterte durch die Informationen über die Personen, über die sie mehr hatte wissen wollen. Sie dachte an Melanders Worte. Sie wusste tatsächlich nicht, ob Lotta ihr diese Informationen überhaupt geben durfte, aber war das ihr Problem? Inkeri tauchte aus ihren Gedanken auf und konzentrierte sich auf Lottas Text. Darin wurde Tapani Koskela als ganz normaler Mann beschrieben. Sie habe Polizeimeister Koskela mehrmals selbst getroffen und gefunden, dass er einen gutwilligen Eindruck machte. Außerdem schrieb Lotta, dass Koskela aufgrund seines Status ganz leicht Zugang zu den Lagern gehabt und man allgemein vermutet habe, dass er Verbindungsoffizier gewesen sei. Lotta war ziemlich sicher, dass es so war. Es lohne sich also auf jeden Fall, mit ihm Kontakt aufzunehmen. Allerdings sitze Koskela derzeit im Zuchthaus, das heißt, Inkeri müsste warten, bis er im Laufe des kommenden Jahres freikäme.

Inkeri seufzte und schob die Papiere zur Seite. Auf dem nächsten Blatt sah sie einen vertrauten Namen, sie blickte sich um und kontrollierte, dass Bigga nicht in Sichtweite war. Auch wenn Olavi Heiskanen wahrlich kein seltener Name war, meinte Lotta, die richtige Person gefunden zu haben. *Olavi Heiskanen: Arbeitseinsatz beim Bau der Feldbahn Hyrynsalmi. 1942 nach Hause entlassen. Danach in der Landschaft Koillismaa gemeldet, anschließend keine weiteren Vermerke. Seine ganze Familie ist tot. Vater und zwei Brüder im Krieg umgekommen. Die Mutter bei der Geburt des letzten Kindes gestorben. Studium der Theologie.*

»*Theologie?*« Inkeri lachte ungläubig auf, blätterte weiter in den Papieren und hoffte, ein Foto zu finden, aber das war alles, was Lotta über ihn herausbekommen hatte. Inkeri fand das merkwürdig. Warum stand in den Informationen nichts davon, dass er jetzt in Enontekiö arbeitete? Inkeri überlegte, ob sie es Lotta sagen sollte, aber sie vergaß es wieder, als sie die letzte Seite zur Hand nahm. *Saara Valva.*

Waren die Angaben zu den Männern schon spärlich gewesen, traf das auf Saara Valva umso mehr zu. Ein paar Zeilen in zierlicher Handschrift: *Geburtsort: russisches Zarenreich. Nach Finnland eingereist: 1941. Perfekte Kenntnisse des Finnischen sowie des Skoltsamischen, Russischen und weiterer samischer Sprachen. Samin aus Russland.* Aber von Saara gab es ein Foto. Als Inkeri es in die Hand nahm, erstarrte sie. Die Frau hatte dunkle Haare und helle Augen. Inkeri spürte, wie ihr Puls sich beschleunigte, ihre Haut kribbelte, doch sie wusste nicht gleich, warum. Dann begriff sie, dass sie die Frau schon mal gesehen hatte. *Aber wo ...*

Plötzlich war Inkeri zusammengezuckt, denn Bigga hatte sich zu ihr gesetzt.

»Was machst du hier? Du hast mich erschreckt!«, zischte Inkeri.

»Ich stehe hier schon eine Viertelstunde, und du hast nichts gemerkt. Ich mag das nicht, wie die Männer dahinten mich anschauen. Was hast du da so genau studiert?«

»Hast ... hast du die Leute interviewt?«, stammelte Inkeri und stopfte die Dokumente schnell in ihre Tasche. Dabei merkte sie, dass das Papier über Olavi Heiskanen immer noch vor Biggas Nase lag. Der Mund des Mädchens war zu einem Strich geworden. Inkeri wurde blass und riss den Zettel an sich.

»Stand da Olavi Heiskanen?«

»Was?«, fragte Inkeri. »Ach. Das ist nichts ... Also, hast du ein Interview von den Männern bekommen?«

Bigga hatte Inkeri gereizt angesehen.

»Warum stellst du Nachforschungen über Ovllá an?«, fragte sie.

»Wir müssen jetzt los, wenn wir wieder auf dem Schlitten mitfahren wollen«, hatte Inkeri gesagt und angefangen, sich den Mantel zuzuknöpfen. Als sie zur Tür gingen, kamen sie an der Gruppe von Männern vorbei, die in der Hotelhalle saßen. Inkeri hatte sie konzentriert gemustert, um Biggas Blick nicht zu begegnen. Die Männer hatten lautstark über irgendeine Untersuchung schwadroniert, an der sie beteiligt waren. Sie verglichen untereinander irgendwelche Messinstrumente und notierten sich Fragen. Einer von ihnen sah kurios aus. Er hatte flammend rote Haare und trug eine Brille. Schließlich war der Schlitten an der Tür vorgefahren, und sie hatten das Hotel wortlos verlassen.

Nach diesem Ausflug war Bigga nicht mehr zum Unterricht gekommen, und Inkeri fragte sich, ob das Mädchen so erzürnt über ihre Nachforschungen war. Olavi hatte sich wiederum völlig normal verhalten und nicht zur Sprache gebracht, dass er von Inkeris Recherchen wusste. Daraus schloss sie, dass Bigga ihm nichts gesagt hatte.

Inkeri schreckte aus ihren Gedanken auf, als das Stimmengewirr in der Klasse lauter wurde. Niila und Ántte, der inzwischen schon ziemlich gut Finnisch sprach, sowie einige andere unterhielten sich eindringlich über irgendetwas, und sie schienen kurz davor, sich zu streiten.

»Jungs!« Inkeri wedelte bedeutungsvoll mit dem Zeigestock und ging zu der Gruppe.

»Ántte! Es freut mich, zu hören, dass du die Sprache unseres Landes gelernt hast, aber es wäre besser, sie zu einem förderlichen Zweck einzusetzen. Was schwatzt ihr da?«

»Nichts, Frau Lehrerin …«, murmelte Niila.

»Nun sagt schon!«

»Nur darüber, dass …« Niila warf Inkeri einen verängstigten Blick zu und sah dann zur Tür des Klassenraums. Plötzlich war es ganz still. Und Inkeri hatte auf einmal dasselbe Gefühl wie damals, als die Jungen von der Entdeckung des Gefangenenlagers gesprochen hatten.

»Also?« Inkeri legte den Kopf schief. »Steh auf, wenn ich mit dir rede!«

»Ich weiß nicht, ob die Frau Lehrerin weiß, was im Klassenraum nebenan passiert?«, murmelte der Junge und stand auf.

»Was meinst du? Sprich lauter und deutlicher!«

Inkeri sah sich in der Klasse um. Alle waren mucksmäuschenstill. Niila sah ihr in die Augen und senkte dann den Blick wieder.

»Niila. Da ist nichts. Was soll denn da passieren? Die Schule ist doch aus, hier ist außer uns niemand mehr. Meine Stunde ist die einzige, die um diese Zeit stattfindet.« Ein Wispern war zu hören. Inkeri blickte um sich. Dann richtete sie ihren Blick wieder auf Niila.

»Also gut. Wir gehen hin und sehen nach. Und du kommst mit, Niila!«

»Aber …«

»Nichts aber!«, knurrte Inkeri und zog den Jungen am Arm hinter sich her auf den Korridor. An der Tür nebenan blieben sie stehen.

»Hier?«, fragte Inkeri. Niila nickte wortlos. Inkeri klopfte. Niemand reagierte. Inkeri trat nervös von einem Fuß auf den anderen. Sie klopfte noch einmal. Da hörte sie hinter der Tür Schritte. Sie warf Niila einen Blick zu. Er umklammerte Inkeris Arm. Als die Tür sich öffnete, fing Inkeri sofort an, entrüstet zu erklären, dass der Junge das Bedürfnis gehabt habe, zu erzählen, was in dem Raum geschah, aber die Worte blieben ihr im Hals stecken. Als Erstes sah sie zwei Männer in Arztkitteln. Einer davon war der Mann, den sie noch aus dem Hotel Pallas im Gedächtnis hatte. Es war leicht, sich an ihn zu erinnern, denn mit seinen roten Haaren fiel er überall auf. Schnell schloss Inkeri den Mund.

»Ah, Frau Lindqvist. Wollen Sie bei den Messungen dabei sein? Was macht Niila bei Ihnen? Er war doch gestern schon dran«, sagte eine Lehrerin, deren Namen Inkeri sich nie merken konnte.

»Was für Messungen?«, fragte Inkeri, und als die Lehrerin beiseitetrat, sah sie fünf oder sechs Kinder, einige von ihnen in Unterwäsche, einige normal angezogen und eins, das nackt an der Seite stand. Inkeri zog Niila instinktiv an sich. Anfangs verstand sie nicht im Geringsten, was hier vor sich ging. Sie wandte den Kopf, um zu sehen, ob weitere Lehrer anwesend waren, aber stattdessen sah sie Bigga. Ihre Hände waren zu Fäusten geballt, ihre Knöchel weiß, ihr Blick auf den Boden gerichtet. Obwohl Bigga gehört haben musste, dass Inkeri eingetreten war, sah das Mädchen sie nicht an und auch sonst niemanden. Es war totenstill im Raum.

»Was geht hier vor sich?«, stammelte Inkeri. Zunächst bekam sie keine Antwort.

»Untersuchungen«, sagte dann jemand. Inkeri sah, wie Biggas Kieferknochen arbeitete. Wie sie sich bemühte, ihren Blick auf einen einzigen Punkt zu richten. Wie sie sich bemühte, zielgerichtet auf den Boden zu starren.

Regungslos verfolgte Inkeri, wie einer der Männer seinen Fotoapparat vor das nackte Kind schleppte. Ein anderer murmelte irgendwelche Zahlen, der Rothaarige notierte sie in einem Heft. Der Junge, der fotografiert werden sollte, war starr vor Angst. Er hatte Gänsehaut. Das konnte Inkeri sogar von der Tür aus erkennen.

»Wollen Sie also hierbleiben und zusehen?«, fragte eine Stimme.

»Was?«, blaffte Inkeri ungläubig.

»Es tut mir leid, Sie müssen gehen, wenn Sie keinen Grund haben, dabei zu sein«, sagte die Stimme. Inkeri sah, wie der Rothaarige den Blick hob und sie verwundert anschaute. Er wedelte mit dem blauen Notizheft. Neben ihm lag ein Maßband auf dem Tisch. Dann schloss sich die Tür vor Inkeri, und sie blieb auf dem Korridor zurück.

Bis jetzt hatte sie Niila fest am Arm umklammert gehalten. Als sie sie ihn nun losließ, schnellte er wie nach einem Schlag davon. Er war blass. Inkeri auch.

»Niila«, sagte Inkeri mit fester Stimme. »Geh zurück in den Klassenraum. Ich komme gleich hinterher. Sprich mit niemandem darüber. Verstehst du? Mit niemandem!« Niila nickte und ging zurück in die Klasse. Als er die Tür hinter sich zuzog, legte Inkeri ihre zitternden Hände vor das Gesicht.

Sie wusste nicht, warum, aber in diesem Moment begriff sie, warum Saara Valva ihr so bekannt vorkam. Sie war die jüngere Frau von dem Foto, das sie damals aus dem Kirchenfundament gerettet hatte. Die Frau, die entweder Ekel oder Angst in ihrem Blick hatte. Irgendein Gefühl, das Inkeri nicht genau benennen konnte.

INARI

Mai 44

Es geht das Gerücht, dass Kommandant Felde bei Saara in der Sprechstunde gewesen ist. Ich fragte sie danach. Felde sollte eigentlich heute auf Urlaub nach Deutschland fahren, aber er muss die Reise verschieben. Es soll Syphilis oder Tripper sein. Saara wollte es mir zuerst nicht sagen, aber schließlich gab sie zu, dass es die Syphilis ist. Der Kommandant hat eine zweimonatige Karenz verpasst bekommen, genauso wie jeder andere von uns. Er darf seinen Urlaub nicht antreten und keine sexuellen Kontakte haben. Außerdem hat der Arzt ihm einen Zettel gegeben, auf dem er eintragen soll, bei welcher Frau er sich mit Syphilis angesteckt hat.

»Der Kommandant will den Namen aber nicht rausrücken«, sagte Saara und zündete sich eine Zigarette mit einem Feuerzeug an, in das ihr Name eingraviert ist.

Mai 44

Die Nazis bauen jetzt in ganz Lappland ohne Wissen der Finnen Befestigungsanlagen. Allen ist klar, warum, aber niemand traut sich, darüber zu reden. Heiskanen erklärt mir im Vertrauen, dass er besorgt ist, aber ich weigere mich, mit ihm darüber zu sprechen. Er ist auch nicht zum Bau abkommandiert. In einer Woche soll es losgehen.

Gestern sind wieder Gefangene eingetroffen, aber ich weiß nicht, woher, denn Heiskanen führt die Befragungen durch.

Ansonsten sind seit zwei Wochen keine neuen Häftlinge im Lager angekommen. Das liegt daran, dass an der Front nichts vorangeht.

Mai 44

Heute auf der Baustelle habe ich gesehen, wie unter dem schmelzenden Schnee eine Alpen-Bärentraube zum Vorschein gekommen ist. Ich habe sie anhand der Abbildung in meinem Buch bestimmt. Da steht, die Alpen-Bärentraube ist eine chionophobische Pflanze. Sie hat also buchstäblich Angst vor Schnee. Das muss man sich mal vorstellen, dass sie trotzdem hier lebt! Trotz ihrer Angst vor Schnee. Normalerweise gedeiht sie auf genau solchen windgepeitschten Kuppen wie hier. Sie ist eine bemerkenswerte, betörende Pflanze. *Rievssatmuorji*, hat Saara mir beigebracht. So heißt sie bei den Leuten hier. Ich habe Saara gefragt, warum sie die Sprache spricht. Sie sagte, sie kann fünf verschiedene samische Sprachen, außerdem Kvenisch, Norwegisch und Finnisch, dazu Russisch. Und Deutsch.

Als ich mehr von ihr wissen wollte, antwortete sie nicht, sondern lächelte nur und wandte sich ab. Saaras Lächeln ist das Einzige, was auch mich zum Lächeln bringt.

Als ich sie nachts am Rücken berührte, fühlte er sich kühl an, aber ihr Schoß war warm wie der Bauch einer Katze, die zusammengerollt geschlafen hat.

Mai 44

Heute habe ich Koskela wiedergesehen. Sie haben sich neue Pässe besorgen müssen. Auch mit dieser Forderung sind die Nazis also durchgekommen. Dass die finnischen Polizisten neue Pässe mit Lichtbild haben müssen. Auch wir sollen solche bekommen. Das finnische Passwesen ist so chaotisch, dass es den Deutschen nicht in den Kram passt. Sie wollen schärfere Bilder und genauere Beschreibungen.

Koskela sagte, Provinzgouverneur Hillilä hat sich darauf eingelassen, auch wenn er in diesen Dingen sonst immer hart geblieben ist und darauf gepocht hat, dass in Lappland die finnischen Gesetze gelten. Der Flaschenhals von Koskelas Flachmann ist bestimmt noch nie abgewaschen worden. Er roch nicht gut, aber es hat kaum nach was geschmeckt, als ich einen Schluck genommen habe.

Plötzlich fragte er mich, ob ich etwas von außerplanmäßigen Transporten weiß. Er sah mich dabei bedeutungsvoll an. Ich wurde blass. Ich wusste nicht, was ich sagen sollte. Ich habe herumgestottert, dass ich eigentlich nichts mitbekommen habe, obwohl das nicht stimmt, und natürlich hat Koskela das kapiert. Dann habe ich leise gesagt, ich glaube, dass Heiskanen und Kalle irgendwas damit zu tun haben. Saara ließ ich außen vor. Koskela nickte. Er sagte, es wäre vielleicht besser für alle gewesen, wenn dieser entflohene finnische Gefangene tot aufgefunden worden wäre. »Das wird noch Probleme geben«, sagte er bedeutungsvoll.

Mai 44
Ich habe Saara gefragt, was sie über die nächtlichen Transporte weiß. Zuerst hat sie mich amüsiert angesehen und dann verwundert gefragt, ob ich wirklich keine Ahnung habe, was da passiert.

»Sie verlegen bestimmte Gefangene in andere Lager«, sagte sie.

»Was meinst du?«, fragte ich.

»Sie werden als Arbeitskräfte zum Beispiel nach Norwegen

oder in Lager hinter der Grenze gebracht oder nach Enontekiö. Nach Polen bringt man alle, die als rassisch minderwer-
tig eingestuft sind, obwohl es ja auch hier auf den Baustellen
Juden gibt. In Polen werden die Juden in die Gaskammern
gekarrt und anschließend verbrannt. Wie Tiere«, sagte sie
und wandte sich dann zu mir um. »Aber das hast du auch
gewusst«, stellte sie kühl fest.

Ich sagte, das meinte ich nicht.

Saara sah mich lange an, als ich es anders formulierte. Ob
man Leichen irgendwohin transportiert.

»Es gibt keine Leichen«, sagte sie, und ich bereute meine
Fragerei sofort, denn nun weiß ich, dass sie lügt, und das
fühlt sich in meinem Innern an wie tausend Messerstiche.
Und gleichzeitig überrollt sie mich. Die Woge der Eifersucht.
Saara und Heiskanen haben eine gemeinsame Vereinbarung.
Ein gemeinsames Geheimnis. Saara steckt sich Feuerzeug
und Zigarettenetui in die Tasche und geht zur Arbeit. Mein
Herz klopft vor Angst.

Mai 44
Der Tag ist über neunzehn Stunden lang. Die Nacht gerade so
noch knapp fünf Stunden. Kaum noch Dunkelheit.

Mai 44
Ich bin zu einem Lager auf den Fjells abkommandiert. Wir
beginnen mit dem Bau der Befestigungsanlagen.

ENONTEKIÖ, 1949

Neben dem Gasthof und Kaufmannsladen Kolehmainen, nahe der Kirchenbaustelle, hatte man eine öffentliche Kneipe errichtet. Die Luft draußen war eisig, es herrschte strenger Frost. Der Wind heulte um die Häuser, das Geräusch ließ Olavi erschauern. In der Kneipe roch es nach Schweiß und Atemluft. Dazwischen mischte sich der Duft von Tabak und frischem Schnaps. Piera drehte sich auf seinem Stuhl um und prüfte, ob der Wirt ihn noch im Blick hatte, dann nahm er eine Flasche aus der Jackentasche, schraubte sie auf und trank. Anschließend bot er sie Olavi an. Der nahm einen Schluck, verzog das Gesicht und gab die Flasche zurück. Piera war zwei Tage zuvor von einer Tour im einsamen lappländischen Hochland zurückgekommen. Er wühlte in seiner Tasche und nahm etwas heraus.

»Hier sind sie«, murmelte er und gab Olavi einen Beutel aus Rentierhaut, der mit einer Rentiersehne zusammengenäht und mit Ziernähten dekoriert war.

»Danke.« Olavi erkannte die Pflanzen: eine Alpen-Gänsekresse, den Halbschmarotzer Alpenhelm und den essbaren Säuerling. Das Fettkraut sonderte eine klebrige Flüssigkeit ab. Am Grund des Beutels lag ein Gletscher-Hahnenfuß. Der April hatte begonnen. Weit draußen auf den Fjells warfen die älteren Rentierkühe spätestens jetzt ihr Geweih ab. Die vorübergehend unfruchtbaren Kühe hatten es schon vor allen anderen abgeworfen. Sie waren nicht trächtig.

Der Wirt spähte zu ihrem Tisch herüber.

»Was ist los?«, fragte Piera. »Sitzt der Schießhund wieder auf dem Ausguck?«

»Dich beobachte ich.«

»Ach, und warum?«, fragte Piera. »Ovllá und ich unterhalten uns nur ein bisschen. Ich bin auch nicht anders als die anderen.«

»Bist du doch. Was haste da in dem Beutel?«

Piera warf Olavi einen Blick zu und seufzte.

»Keine Sorge. Das ist nichts Illegales und auch kein Schmuggelgut«, sagte Olavi und zeigte den Beutelinhalt.

»Blumen?«, fragte der Wirt.

»Blumen. Aus dem Schnee«, nickte Olavi.

»Also gut. Jedem Tierchen sein Pläsierchen«, murmelte der Mann und wischte die Tische ab.

»Das wäre was, wenn ich deswegen Ärger kriegen würde«, lachte Piera.

»Vielleicht liegen die Nerven bei ihm noch wegen der Prügeleien am Marientag blank«, bemerkte Olavi. Einige aus dem Ort hatten sich am Marientag mit ein paar Fremden eine Messerstecherei geliefert, und es hatten sich immer noch nicht alle Beteiligten geeinigt.

»Manche von denen habe ich selbst in Lasses Gewächshaus aus einem Keimling gezogen. Setz sie erst später in die Erde, vielleicht nächsten Monat, dann ist ja schon Mai.« Piera schnalzte mit der Zunge. »Allerdings wirst du wohl nicht lange Freude dran haben. Die gehören eigentlich ja auf die andere Seite der Baumgrenze. Auf die windgepeitschten Kuppen. Dahin, wo es karg ist. Dort kommt ihre Schönheit richtig zum Tragen.«

Plötzlich betrat eine vertraute Gestalt den Schankraum –

Inkeri. Piera warf Olavi einen Blick zu und hob die Augenbrauen.

»Bigga-Marja«, stieß Inkeri hervor. Sie atmete schwer. Der Wirt drehte sich nach ihr um und überlegte anscheinend, ob er sie rauswerfen sollte oder nicht. Frauen durften die Kneipe nicht ohne männliche Begleitung betreten. Piera stand auf und gab dem Mann ein Zeichen, dass Inkeri zu ihnen gehörte.

»Bigga-Marja.« Inkeri schluckte und versuchte zu Atem zu kommen. »Sie ist verschwunden.«

»Was meinst du mit verschwunden?«, fragte Piera.

»Anscheinend ist sie aus dem Internat abgehauen.«

Jetzt erhob sich auch Olavi.

»Was sagst du?«

»Das Mädchen ist seit gestern verschwunden.«

»Bist du ganz sicher?«, fragte Olavi.

»Ganz sicher. Sie ist nicht in der Schule und nicht im Wohnheim. Ich habe auch bei uns im Haus gesucht, aber da war sie nicht. Ich war …«, Inkeri versuchte, ruhiger zu atmen. »Ich war auch im Skischuppen. Da fehlen ein Paar Skier.«

Piera warf Olavi einen Blick zu. Inkeri sah Piera an. Piera sah nach draußen.

»Also schon seit gestern …«, murmelte Piera. Inkeri wurde blass.

»Das Wetter soll ja fürchterlich werden. Ein Frühlingssturm! Und Frost unter minus zehn Grad!«

»Genau. Genau so ist es …«, raunte Piera und ging nach draußen.

»Wohin gehst du?«, rief Inkeri aufgebracht und ging ihm hinterher. Das Schwein, das draußen gelegen hatte, wachte auf und kam zu Piera gelaufen.

»Ich hole meine Skier, sie sind noch im Haus. Olavi, kommst du mit, Bigga suchen?«

»Ja. Natürlich«, sagte Olavi, und die drei machten sich auf den Weg zum Haus. Das Schwein lief neben ihnen her.

»Würde sie Bigga wittern?«, fragte Inkeri und betrachtete das Schwein argwöhnisch.

»Auf jeden Fall. Sie ist schon bei allen möglichen Aktionen dabei gewesen. Als ich im Krieg und auch danach noch auf den Fjells nach Verschollenen und Entflohenen gesucht habe, gab es nichts Besseres als diesen Schweinerüssel.«

»So was hast du im Krieg gemacht?«

»Dabei habe ich auch die Finger verloren.«

»Was meinst du?«, keuchte Inkeri. »Ich dachte, ein Blitz ...«

Piera hielt plötzlich an und drehte sich zu Inkeri um.

»Was ist da in der Schule eigentlich los?«, fragte er laut.

»Nichts«, verteidigte sich Inkeri, aber sie spürte, wie ihr die Röte ins Gesicht stieg.

»Doch, irgendwas Zwielichtiges geht da vor sich, das sag ich dir«, knurrte Piera und setzte seinen Weg fort.

Einen Moment lang gingen sie schweigend. Dann sagte Piera: »Ich werd dir mal erzählen, was damals im Krieg los war. Wie ich meine Finger verloren hab. Es war wohl der 25. oder 26., auf jeden Fall im November. Im Jahr 1944. Die Deutschen verschanzten sich hinter der Befestigungsanlage in Jämärä und blieben dort bis zum Januar.«

Inkeri sah in den Himmel. Sterne blinzelten. Der Mond schien hell, und auf seiner Oberfläche konnte man die dunklen Flecken erkennen.

»Na ja, jedenfalls. Ich bin ja dran gewöhnt, mich im Wald zu bewegen. Aber im Krieg ist das was ganz anderes. Da konnte einen beim Frieren schon mal der Hunger überkommen. Ich hab schon Rentiere getötet, ziemlich viele sogar. Ich hab auch Flechten gegessen. Ich hab wie die Rentiere unter dem Schnee nach Nahrung gesucht. Ich hatte solche Bauchschmerzen, dass ich dachte, ich sterbe. Und ich war oft kurz davor, geschnappt zu werden. Zuerst von den Fritzen. Dann von euren. Von der eigenen Armee, in der auch viele von uns bereit waren, zu kämpfen und zu sterben.«

Weit entfernt am Horizont leuchtete etwas auf. Wie der Ansatz eines Nordlichts, das sofort wieder verlosch.

»Aus irgendeinem Grund erinnere ich mich aus dieser Zeit am ehesten an die Fliegen. Weißt du, die haben gepimpert, was das Zeug hielt.«

»Im Winter?«, fragte Inkeri.

»Nein … Das war noch im Herbst. Keine Ahnung, warum, aber viele von denen sind nicht in Winterruhe gegangen oder gestorben. Die haben einfach weitergelebt, verdammt. Damals traute ich mich noch, Feuer im Zelt zu machen oder wo auch immer ich Unterschlupf fand. Jeden Morgen bin ich von diesem verdammten Fliegensummen aufgewacht. Und die saßen immer aufeinander. Dieses Summen ist noch lange danach in meinem Kopf weitergegangen. Manchmal höre ich es immer noch. Tja …«, murmelte Piera. »Weißt du Flachlandfinnin eigentlich, wie es ist, wenn man das eigene Land brennen sieht? Nicht mal die Kirche haben sie verschont. Und schließlich sind sie auch auf die Fjells gekommen. Ich hatte mich in einer Hütte versteckt, die einen festen Luftschutzkeller drunter hatte. Da hab ich alle Tiere reingebracht, die ich zu fassen kriegen konnte. Ich wusste, dass die Fritzen auf ihrem Weg alles Viehzeug erschossen. Ich hab sie in Sicherheit gebracht. Matilda hab ich freigelassen. Das hat mir wohl irgendein Instinkt eingeflüstert. Sie ist gleich losgerannt,

Richtung Norden. Wenn Schweine eins können, dann ist es rennen.« Pieras Atem formte sich stoßweise zu weißen Wölkchen, während er sprach. Jetzt sah auch er in den Himmel. Sie waren auf halbem Weg zum Haus.

»Weißt du, wie es klingt, wenn Tiere bei lebendigem Leib geröstet werden?«

Inkeri schluckte.

»Das Feuer ist zwar nicht bis in den Luftschutzkeller vorgedrungen. Aber als ich mich am Ende getraut hab, zurück zur Hütte zu gehen, und die Tür aufbekam, lagen die Tiere überall verstreut. Sie waren aufgequollen. Überall stank es nach gebratenem Fleisch. Gott, war mir übel. Manche Tiere hatten sich dicht aneinandergedrängt. In der Mitte. In Sicherheit. Manche hatten sich lange gequält. Manche waren regelrecht mit anderen zusammengeschmolzen. Wie Schmiedeeisen. Oder Blei.«

Inkeri hörte die knirschenden Schritte, die vor und hinter ihr gingen.

»Ich wusste nicht, wo ich hin sollte. Ich traute mich nicht nach Osten, nicht nach Westen, nicht nach Norden, nicht nach Süden. Egal wo ich hinsah, nichts als Feinde und Zerstörung. Da geht einem der Arsch auf Grundeis«, sagte Piera und blieb abrupt stehen. »Das wäre dir auch passiert, lass es dir gesagt sein. Dir erst recht.«

»Bestimmt«, flüsterte Inkeri. Sie war blass geworden.

»Wahrscheinlich gibt es dafür auch irgendeinen wissenschaftlichen Namen, aber seitdem hab ich irgendwie einen leichten Dachschaden. Das ist mir auch nicht peinlich. Macht mir nichts aus, darüber zu reden«, sagte Piera und sah Inkeri direkt in die Augen. Dann ging er weiter.

»Da saß ich also. Ganz allein. Der Schnee war schwarz vor

Asche. Es war wie das Ende der Welt. Der Krieg hätte genauso gut noch hundert Jahre weitergehen können, ohne dass ich was davon erfahren hätte. Und genauso gut hätte er schon zu Ende sein können, und niemand hätte mich je gefunden. Und rate mal, was ich nachts gehört habe, als ich versucht habe zu schlafen?«

»Die verbrennenden Tiere?« Inkeris Mund war trocken. Sie waren schon fast am Haus. Olavi hatte den ganzen Weg über geschwiegen. An dieser Stelle war der Schnee geschmolzen. Das Knirschen der Fußstapfen war vorbei.

»Hätte man meinen können. Die Tiere. Aber nein. Ich hörte die verdammten pimpernden Fliegen. Ich habe jede Nacht geträumt, dass mein Haus brennt und die Tiere brennen und dass der Rauch gar kein Rauch war, sondern ein Fliegenschwarm. Das hat mir den Atem genommen, genauso wie der Rauch Tieren und Menschen den Atem nimmt.«

Inkeri konnte Piera nicht mehr in die Augen schauen, nicht mal mehr in seine Richtung. Der schneidende Wind drang ihr unter den Mantel. »Einen Abend hab ich mich dann am Feuer ein bisschen zu weit nach vorne gelehnt. Das war kein Versehen. Allerdings auch keine Absicht. Aber es war das erste Mal seit Langem, dass sich was richtig gut angefühlt hat. Also bin ich jetzt quasi auch verbrannt. Matilda war damals wieder bei mir, bloß kann ich mich daran überhaupt nicht erinnern. Sie war ganz außer sich. Hat mich mit dem Rüssel geschubst. Ohne sie hätte ich mir wahrscheinlich die ganze Hand verbrannt. Oder mich gleich ganz und gar. Die Brandwunde war so schlimm, dass die Finger schließlich amputiert werden mussten. Aber es hätte auch schlechter kommen können. Ich hab die Finger jedenfalls noch kein einziges Mal vermisst. Anders als das Leben.« Sie waren am Ziel.

»Na ja. Es dauerte ein bisschen, bis ich gemerkt hab, dass ich sie nicht mehr höre. Die Fliegen«, sagte Piera, hielt an und sah Inkeri in die Augen. Sie waren am Stall angelangt. Piera gab Inkeri den Schweinestrick und nahm seine Skier, die er morgens auf dem Weg zur Arbeit an die Stallwand gelehnt hatte. Olavi verschwand im Vorratshaus.

»Unsere Bigga-Marja wird schon zurechtkommen, selbst wenn ein Sturm aufzieht. Darüber müssen wir uns keine Sorgen machen. Als die Evakuierung losging, hatte sie sich in den Kopf gesetzt, dass Vittangi in Amerika liegt. *Fahren wir nach Amerika?*, hat sie ständig gefragt.« Piera lachte, während er sich die Skier unterschnallte. Olavi kam aus dem Nebengebäude. »Aber ich hab oft gedacht, dass es in gewisser Weise genauso weit weg war. Danach war sie nicht mehr dieselbe.«

Olavi nahm die Blumensetzlinge aus der Tasche und gab sie Inkeri.

»Steck sie in ein Glas und gib ihnen Wasser.«

»Ich komme mit!«, rief Inkeri.

»Tust du nicht«, sagte Piera mit einer Stimme, die Inkeri beinahe zusammenzucken ließ.

»Inkeri, bleib du hier«, sagte Olavi ruhig. »Falls Bigga hierherkommt. Nimm Matilda mit nach drinnen. Bitte.«

»Aber nimmst du das Schwein denn gar nicht mit?«, stammelte Inkeri. Piera warf ihr einen wütenden Blick zu.

»Ich werde sie auch ohne das Schwein finden.«

INARI

Mai 44

Es kommt mir falsch vor, bei diesem Wetter Befestigungs-anlagen zu bauen. Es ist so warm, die Sonne scheint, und das, obwohl noch Schnee liegt. Als Allererstes haben wir eine Sauna hochgezogen, und nicht nur wir Wachleute, sondern auch die Gefangenen dürfen sie täglich benutzen.

Biret-Ánne ist als Köchin mit dabei. Gerade ist sie losgezo-gen, um Schwäne zu jagen. Der Schnee ist mit einer Eiskruste überzogen. Darauf hinterlässt man keine Spuren. Sie ist klein, und bald ist sie ganz aus meinem Blickfeld verschwunden.

Nur ein einziger Gefangener ist auf dem Weg hierher ge-storben. Wir wissen noch nicht, was wir mit ihm machen sol-len. Ob wir ihn hier begraben oder zurück ins Lager bringen. Der Boden ist noch gefroren.

Aber das Licht. Es malt Muster in den Himmel. Ich halte meine Finger hoch und beobachte, wie sie sich gegen das Licht abheben, und meine robuste Gestalt wirft auf den Schnee einen langen Schatten.

Mai 44

Heute Morgen ist Biret-Ánne mit zwei Schwänen zurückge-kommen. Ich hörte ihren Hund hecheln, noch bevor ich sie kommen sah. Sie schleppte die Schwäne an den Hälsen hin-ter sich her und legte sie fein säuberlich in einen Schlitten. Den füllte sie dann mit Schnee und stellte ihn in den Schatten.

Keine Ahnung, was sie mit den Schwänen vorhat. Ob sie sie kochen will?

Nachts habe ich geträumt, dass Heiskanen und Saara zu zweit zusammen waren. Sie lachten über mich. Sie gingen in irgendeine Hütte und schlossen die Tür ab. Ich blieb alleine in der Kälte zurück. Als ich aufwachte, war ich klamm vor Schweiß.

Mai 44

Vorhin ist was Großartiges passiert. Ich habe zum ersten Mal eine richtige Rentierherde und ein umherziehendes Lappendorf gesehen. Die lange Reihe der Rentiere war schon von Weitem zu erkennen. Ich bin mir ziemlich sicher, dass sie hier nicht entlanggehen dürfen, aber weil ich der Einzige bin, der hier was zu sagen hat, habe ich beschlossen, sie in Ruhe ziehen zu lassen, ohne so recht zu wissen, warum. Es war ziemlich schnell offensichtlich, dass sie unser Gelände überqueren würden. Biret-Ánne fragte auf Inari-Samisch, wohin sie auf dem Weg waren. Der Rentiersame erklärte, dass sie in ihr Sommerdorf zögen, und das hier sei der Weg, den sie schon immer gegangen seien und den sie auch jetzt gehen würden. Rentiere würden sich keiner Herrschaft beugen.

Die Schlitten glitten scheinbar leicht über den eisverkrusteten Schnee, obwohl die Last schwer war. Zucker, Mehl, Trockenfleisch, alles Mögliche. Das erste Rentier, das uns erreichte, betrachtete uns eingehend mit seinen großen Augen. Es war eine trächtige Kuh. Der Instinkt des Tieres zieht es zum Kalben wieder dorthin, wo es selbst geboren wurde. Bei uns hielt es zum Fressen inne. Es scharrte im nassen Erdreich, fand dort Flechten, fraß sie und ließ uns links liegen.

Als auch die Menschen näher kamen, hörte ich etwas, das

wie ein Lied klang. Biret-Ánne sagte, es wäre ein Livđi-Ge-sang. So etwas hatte ich noch nie gehört, ich kannte nur das Joiken, das ich in den Häusern der deutschen Herren erlebt hatte, wo der beste Schnaps und das beste Fleisch auf den Tisch kommen, aber dort wird üblicherweise irgendein Gefangener dafür engagiert. Alle, auch die Häftlinge, ließen spätestens jetzt ihre Arbeit liegen, die Wachleute rauchten. Schwarze Lapplandhunde kamen auf uns zugelaufen und leckten uns die Hände. Eine Frau hatte ihre Brüste entblößt, sodass ihr Kind, das in einer Art ledernem Köcher auf ihrem Schoß lag, jederzeit Milch trinken konnte. Weil die Gefangenen die Frau offen anstarrten, bedeckte sie ihre Brüste wieder. Sie nahm aus ihrem Schlitten ein Stück Rentiergeweih und ließ ihr Kind daran saugen.

Ein paar Kinder liefen auf die Gefangenen zu und fingen an, sie mit Schneebällen zu bewerfen. Ein kleiner blonder Junge hatte keine Mütze auf. Er trug eine Tracht aus schwarzem Stoff mit grünen und orangefarbenen Zierbändern. Aus seinen Stiefeln quoll Heu.

Zunächst reagierten die Häftlinge überhaupt nicht darauf, dass die Kinder spielen wollten. Sie hatten Angst. Aber als sie merkten, dass wir nichts unternahmen, spielten sie mit. Sie warfen mit Schneebällen und rannten hintereinander her. So ging es etwa eine halbe Stunde, vielleicht auch länger.

Mai 44

Wir sind auf dem Weg zurück ins Lager. In der Sonne ist es so warm, dass man den Mantel ausziehen muss. Bei so einem Wetter kann man sich alles Mögliche vorstellen. Dass der Sommer schon im Anmarsch ist, auch wenn wir wissen, dass es nachts noch Frost gibt und wir alle Angst vor einem

Nachwinter haben. Trotzdem kann ich an den schneefreien Stellen den Erdboden riechen.

Die Rentierherde mit ihren Menschen ist vorbeigezogen. Übrig sind nur die Gefangenen und wir, die Wachen.

Mai 44

Die stillen Momente quälen mich.

Wenn ich die Augen zumache, stelle ich mir vor, dass sie bei mir ist. Ich schmecke ihren Namen, und wenn ich kurz davor bin, einzuschlafen, zwinge ich mich, die Augen wieder aufzureißen, damit ich dieses Gefühl am Leben halten kann.

Aber wenn ich die Augen schließe, spüre ich ihre weiche Brust in meinem Mund und höre die stockenden Laute, die sie von sich gibt.

Um halb vier ist die Nacht am schönsten.

Mai 44

Bevor sie nach Hause abbog, briet Biret-Ánne die Schwäne. Der Hund schwänzelte ungeduldig um sie herum. Ich streichelte ihn. Sie sagte, sie warte darauf, dass der Köter endlich den Löffel abgibt.

»Warum?«, fragte ich verwundert, denn Biret-Ánne hat ihren Hund ganz eindeutig ins Herz geschlossen. Das habe ja sogar ich begriffen.

»Er ist ein Rentierhund. Und ich habe keine Rentiere mehr. Es ist kein Leben für einen Hund, wenn er nichts zu tun hat«, murmelte sie.

Ich schaute zu, wie Biret-Ánne die Hand in den Vogelkörper steckte und ihn ausnahm. Als letztes Organ kam das Herz zum Vorschein. Dann riss sie die Luftröhre heraus und trocknete sie zwei Tage lang. Irgendwo hatte sie ein Stückchen

Knochen her, ich weiß nicht, ob es ein Schwanenknochen war. Wahrscheinlich. Vielleicht. Am letzten Abend steckte sie das Knöchelchen in die Luftröhre des Schwans und faltete sie zu einem kleinen runden Ball, der beim Schütteln rappelte.

Ein traditionelles samisches Spielzeug, ein Wiegenamulett, das böse Geister fernhalten soll. Normalerweise ist es ein Geschenk für Neugeborene. So eine Rassel aus Schwanenknochen soll dem Kind Flügel an den Füßen wachsen lassen.

So kann es sich in der Not fliegend in Sicherheit bringen.

ENONTEKIÖ, 1949

Olavi blickte durch die dicht fallenden Schneeflocken auf den See. Es war wolkig, und die Sterne waren für den Moment aus dem Blickfeld verschwunden. Ein kleines Schneegestöber zog über den See. Drei Tage waren seit dem Vorfall vergangen, und Bigga lag mit Fieber und Schüttelfrost im neuen Haus von Lasse, das mit den Entschädigungszahlungen für die Evakuierung errichtet worden war. Inkeri war im Haus. Bigga hatte gewollt, dass sie ihr den neuen Fotoapparat zeigte, den sie diesmal irgendwo in Europa bestellt hatte. Olavi war mitgekommen, um zu sehen, ob er irgendetwas tun könnte. Aber er konnte nicht. Natürlich nicht.

»Die gab es früher auch schon. So um neunzehnhundertzwanzig. Da kamen sie an, diese Schädelvermesser, im Auftrag von Kajava. Sie haben uns ausgezogen und von allen Seiten fotografiert. Sogar die Augenhöhlen. Dann haben sie die Gräber auf der Inari-Insel aufgebuddelt und die Schädel mitgenommen.« Piera spuckte auf den Boden. »Auch da kamen diese vermaledeiten Tasterzirkel zum Einsatz.«

Olavi dachte an den Frühling. Den Sommer.

»Es ist schon schwer, sich bei diesem Frost vorzustellen, dass es irgendwo warm ist«, sagte er. »Dass es woanders trocken ist und dort Palmen wachsen. Dass die Blumen Tag und Nacht blühen, ganz unabhängig von den Jahreszeiten, und die Sonne immer zur selben Zeit auf- und untergeht, und die Bäume in eine andere Richtung zeigen.«

Piera sah Olavi verwundert an.

»Denkst du jemals darüber nach?«, fragte Olavi.

»Über was?«

»Darüber, dass irgendwo Palmen wachsen.«

»Nein. Darüber denke ich nicht nach. Nie.«

»Oder darüber, wie es woanders ist?«

Piera überlegte einen Moment.

»Wenn ich mein Leben lang nichts anderes gesehen hätte, dann würde ich fast sagen, wenn man nichts anderes kennt, dann vermisst man auch nichts. So ganz stimmt das allerdings nicht. Denn ich bin ja schon ein bisschen in der Welt herumgekommen. Bloß irgendwie scheint mir, dass ich aus einem anderen Holz geschnitzt bin: Nämlich für dieses Land hier geschaffen. Es ist eher andersrum: Immer wenn ich woanders war, dachte ich daran, was hier passiert. Aber wenn ich hier war, habe ich nie darüber nachgedacht, was woanders los ist.«

»Eigener Herd ist Goldes wert.«

»Und dann wiederum: Wenn du mich fragst, könnte Reisen durchaus das Wichtigste auf der Welt sein«, stellte Piera fest. Da ging die Tür auf. Inkeri steckte die Nase durch den Spalt und trat nach draußen.

»Was weißt du vom Reisen?«, fragte sie überrascht.

»Nun ja ... Wenn man hier über die Fjells reist, dann kommt man schon irgendwie auf den Geschmack«, erwiderte Piera und sah in den Himmel. Olavi warf seine Kippe auf den Boden und zündete sich gleich eine neue an. Das winzige Glutnest knisterte im Schnee. Neben der Tür standen Schneelaternen. Der Große Wagen war hervorgekommen, er stand prachtvoll am nördlichen Himmel, fast über ihren Köpfen. Das Sternbild war seit dem frühen Abend etwas weitergezogen. Alles am

Himmel drehte sich um den Polarstern herum. Daran merkte man, dass die Zeit verging. Dass sie gar nicht stehengeblieben war, sondern dass es noch etwas gab, was sich bewegte und lebte. Was voranschritt.

»Warum ist das Mädchen bloß auf und davon?«, fragte Piera mit erstickter Stimme. »Und jetzt kämpft sie um ihr Leben.«

»Das nun nicht mehr. Der Arzt hat gesagt, dass sie die ganze Zeit in guter Verfassung war«, beschwichtigte Inkeri.

»Hat sie dir was gesagt?«, fragte Piera. »Warum sie abgehauen ist?«

»Nein ...«, murmelte Inkeri, vermied es aber, seinem Blick zu begegnen.

»Ach so? Mir gegenüber hat sie erwähnt, dass sie in dem Hotel am Pallas irgendwelche Männer in Anzügen gesehen hat.«

»Was ist mit denen?« Inkeri ging in Verteidigungsstellung.

»Ich hab bloß Gerüchte gehört, dass irgendwelche Männer in Anzügen auch in der Schule waren. Und da Untersuchungen gemacht haben sollen.« Piera und Inkeri sahen einander an. Dann rollte Inkeri mit den Augen.

»Olavi«, sagte sie mit eisiger Stimme. »Ich wollte nur Bescheid sagen, dass Lasse das Pferd anschirren kann, dann können wir gleich fahren.« Sie warf Piera einen Blick zu. »Ich verabschiede mich kurz von Bigga. Ich habe ihr eine alte Kamera gegeben. Wenn es ihr wieder besser geht, kann sie anfangen, hier in der Umgebung zu fotografieren.« Inkeri ging ins Haus und schloss die Tür. Das unfreundliche Geräusch hallte nach.

»Hat das Mädchen was zu dir gesagt, als du sie gefunden hast?«, fragte Piera nun Olavi. Olavi sah ihn an. Die beiden

Männer hatten sich bei ihrer Suchaktion nach einigen Kilometern getrennt. Zu Lasse konnte man zwei verschiedene Wege nehmen, und Olavi nahm den einen, Piera den anderen. Nachdem er drei Stunden auf Skiern unterwegs gewesen war, hatte Olavi endlich ein kleines Lagerfeuer gesehen. Er hatte die Situation zunächst aus einiger Entfernung beobachtet. Hatte eine Zigarette aus der Tasche genommen, sie angezündet und in Ruhe geraucht. Aus irgendeinem Grund überlegte er, was er tun sollte. Sollte er zu Bigga gehen oder es lassen? Sollte er umdrehen und behaupten, dass er das Mädchen nicht gefunden hatte? Er wusste nicht, woher dieser Gedanke kam. Es erschien ihm unsinnig und dumm, ein kleines, hilfloses Kind in einer Frostnacht sich selbst zu überlassen. Vielleicht dachte er, dass Bigga über kurz oder lang selbst den Weg nach Hause finden würde. Oder wenn nicht, dass jemand anders sie fände. Olavis zu Boden geworfene Kippe knisterte im schmelzenden Schnee. Er hatte geseufzt, als ihm die Möglichkeit aufgegangen war, dass Bigga vielleicht nicht nach Hause finden würde. Da hatte er die Skistöcke in die Hand genommen und war langsam auf das Feuer zugefahren.

Bigga hatte traurig auf dem Boden gekauert, sie hatte zwar Feuer gemacht, aber sonst nichts unternommen. Olavis Fellskier machten auf dem Schnee ein zischendes Geräusch, das Bigga sicherlich schon gehört hatte, aber sie machte keine Anstalten, sich zu rühren. Olavi pfiff vor sich hin. Ganz leise. Er schnallte die Skier ab und legte seinen Rucksack auf die Erde. Als er hörte, dass Bigga auf seinen Pfiff antwortete, ging er weiter. Vorsichtig, aber bestimmt. Der Schnee knirschte. Das kleine Feuer knisterte. Rundherum orange-grüner Funkenregen. Hier und da trieben Aschefetzen in der Luft. Ein verrußtes Stück Holz lag neben dem Feuer. Kohle. In der Ferne klirrten Eisschollen gegeneinander.

Biggas wirres blondes Haar stand in alle Richtungen ab. Olavi legte ihr die Hand auf den Kopf und wuschelte ihr durch die Haare. »Was machst du denn für Sachen.« Olavi zog sich den Mantel aus, der in einem Schwall den Geruch nach Schweiß in die Luft entließ, und legte ihn dem Mädchen um. »Bist ja ganz eisig.«

»Ich will da nicht mehr hin.« Eine Mischung aus Rotz und Tränen war Bigga in den Mund gelaufen, und Olavi wischte ihr das Gesicht mit seinem Ärmel ab.

»Wo willst du nicht mehr hin?«

»In die Schule.«

»Was ist passiert?« Olavi setzte sich neben sie. Das Mädchen verströmte einen herben Geruch. Wollig und unverfälscht. Es duftete nach etwas Neuem, noch Unfertigem.

»Da sind so Leute in die Schule gekommen«, murmelte Bigga und stocherte mit einem Ast im Feuer. »Ich hatte sie schon im Pallas-Hotel gesehen. Da saßen sie so aufgeblasen auf ihren Stühlen herum. In dunklen Anzügen. Mit den Hüten auf den Knien. Blass wie der Schnee.«

»Was waren das für Leute?«

Bigga hob die Schultern. Einer der beiden Skier, die Olavi auf dem Schnee abgelegt hatte, kam ins Rutschen, er fing ihn mit einer schnellen Bewegung ein.

»Sie haben fotografiert«, sagte Bigga schnell. »Warum haben sie fotografiert, Olavi?« Bigga sah ihm in die Augen und hob das Gesicht. »Wofür werden diese Bilder verwendet? Ich hab versucht, mir das vorzustellen. Ich würde solche Fotos nirgends verwenden.« Bei ihrem letzten Wort brach Bigga in Tränen aus.

Olavi wusste, wofür solche Bilder verwendet wurden. Auch in den Lagern hatte man die Menschen vermessen: Körpergröße, Kopfumfang, Beckenumfang und was nicht noch alles, und die Werte in Tabellen eingetragen. Olavi dachte an die unzähligen Untersuchungen, an denen er selbst beteiligt gewesen war. In den Tabellen wurde festgelegt, zu welcher Rasse jemand gehörte. Wer Finno-Ugrier war, wer Russe, wer Ingermanländer oder Komi war. Damit wurde begründet, warum jemand sterilisiert wurde oder ein bestimmtes Medikament bekam. Und wenn das Medikament verabreicht war, musste man beobachten, wie der Gefangene darauf reagierte. Woran er starb und wie. Und sobald er gestorben war, musste eine Autopsie und die genaue Klärung der Todesursache erfolgen. Olavi seufzte und betrachtete Bigga, die jetzt mit einem Stück Holz auf einen dünneren Ast einschlug. Es war wirklich merkwürdig, dass manche Sachen sich einfach genauso fortsetzten, obwohl der Krieg längst zu Ende war. Aber noch merkwürdiger war es, dass das Leben weiterging, obwohl Krieg gewesen war.

Sie blieben noch sitzen und lauschten dem Knistern der Flammen. Als das Feuer allmählich ausging, nickte Bigga an Olavis Schulter ein. Eine Stunde verging. Vielleicht zwei. Oder nur eine halbe. Die Zeit verrann manchmal auf diese Art. Irgendwann hatte Olavi Bigga geweckt. Sie löschten die Glut, schnallten die Skier unter und brachen Richtung Osten auf. Sie fuhren schweigend. Einzig ein Hauch von Traurigkeit hatte darauf hingedeutet, dass noch jemand neben ihm fuhr.

Olavi schreckte aus seinen Gedanken auf, als Piera seufzte und sich räusperte.

»Seit diese Flachlandfinnin hier ist, folgt Bigga ihr wie eine Möwe dem Fischkutter«, sagte Piera.

»Das muss nichts Schlechtes sein.«

»Vielleicht ist dieses kleine Hobby von Inkeri für so ein Mädchen gar nicht so gut. Unseren eigenen Kindern konnten wir noch selber alles Wichtige beibringen. Wie man auf den Fjells überlebt und wie man die Nahrung erbeutet, die man braucht, und nicht mehr. Man guckt, wo der Vogel sich im Schnee eingebuddelt hat und wo man ihn finden kann, wenn man ihn fangen will. Die fing man nicht einfach so zum Spaß. Moorschneehühner vielleicht manchmal. Alpenschneehühner nie.« Piera zündete seine Pfeife an. »Aber diese Nachkriegskinder lernen das nicht mehr. Sie lernen nicht mehr, dass man die nicht fangen soll. Die Alpenschneehühner.«

Olavi zog seinen Flachmann hervor und nahm einen Schluck. Dann bot er die Flasche Piera an. Piera redete weiter. Er fragte, ob Olavi wisse, dass sein jüngster Sohn Oula, Biggas Vater also, seinen Wehrdienst wie alle Sámi aus dem Osten in Petsamo abgeleistet hatte. Und wie alle Sámi war er an der Front im Norden ungeheuer begehrt gewesen. Sie konnten sich besser durch die Landschaft bewegen als die Finnen und Wildtiere jagen, sie wussten mit einem Blick in den Himmel, wo Norden und wo Osten war, sprich, die Richtung, in die man angreifen musste. Oula kam zuerst bei Salla an die Front, dann ging es über die Grenze nach Karelien und von dort aus schließlich nach Kiestinki. Direkt in die Hölle. Aus Kiestinki kam niemand lebend heraus. Auch nicht die, die von dort zurückkehrten.

»Als der Junge einmal auf Heimaturlaub war, jammerte er rum, wie schwer das alles war. Weil es da drüben im Osten so viel Wald gab und man nirgends den Wind spüren konnte. Sogar der Himmel war irgendwie anders gekrümmt, und im Sommer war es dunkel. Oula hatte das Gefühl, dass er dort nicht atmen konnte, dass er an dieser Beklemmung stirbt. Aber es war dann doch eine stinknormale Kugel, die ihn am Ende umgebracht hat.« Piera fuhr fort zu erzählen, dass er nie vergessen würde, wie Oula in seinem letzten Heimaturlaub sofort nach oben auf die Fjells gegangen sei und gejoikt habe. Dann war er zurückgekommen und wieder aufgebrochen und nie mehr zurückgekehrt. Nie mehr.

»Wie kann etwas, das es nicht mehr gibt, das ganze Leben so beherrschen?«, fragte Piera. Olavi wusste es nicht. Er sah zu Boden. Beide ließen das Rauchen für einen Augenblick sein. Einen Moment lang sahen sie in die Sterne.

»Da ist der Große Bär.«

»Und da der Große Wagen.«

»Kassiopeia.«

»Den da drüben nennen wir allerdings Großer Stier, *Sarva*.« Piera zeigte in den Himmel. »Er wird von *Riibmagállis* bewacht, dem größten und stärksten *Stállu*. Die dahinten wollen auf Sarva schießen«, sagte Piera. Dann schwiegen beide. Schließlich holte Olavi tief Luft.

»Wie dem auch sei, du weißt selbst, dass das hier nicht Inkeris Schuld ist«, sagte er mit fester Stimme. Piera sah ihn an.

»Stimmt. Aber ich habe einfach das Gefühl, dass auch Bigga mir vollkommen fremd wird.«

INARI

Mai 44

Zurück im Lager. Die Gefangenen, die auf der Strecke gestorben sind, wurden am Abend auf dem Friedhof begraben. Es waren insgesamt sechs.

Meine Hände zittern, als ich zur Sanitätsbaracke gehe, aber heute ist sie nicht da, und ich kann nicht ins Kirchdorf gehen und habe dazu auch keine Genehmigung. Ich kann nur warten und aushalten.

Warten und aushalten.

Mitternacht ist lauter Licht.

Mai / Juni 44

Die Schneeschmelze hat zu Überschwemmungen geführt. Auch der See ist über die Ufer getreten, das Wasser ist bis auf unser Gräberfeld gelaufen und hat die Leichen an die Erdoberfläche gespült. Überall stinkt es. Der Geruch lockt Raubtiere an, die Hunde bellen Tag und Nacht. Die Rentiere meiden das Gelände. Irgendwo müssen wir Platz für ein neues Gräberfeld freiräumen und den Friedhof neu anlegen, aber die Gefangenen sind nicht gerade erpicht darauf, die Leichen umzubetten. Viele von ihnen haben Magen-Darm-Beschwerden, und sie glauben, dass die Leichen Krankheiten verbreiten. Das könnte sogar stimmen.

Nachts drehe ich das Wiegenamulett zwischen den Fingern und weiß nicht, was ich denken soll. Saara habe ich immer noch nicht wiedergesehen. Sie hat keine Nachricht für mich hinterlassen. Ich frage mich schon, ob ich mir alles nur eingebildet habe. Was, wenn sie nicht zurückkommt? Der Gedanke quält mich. Ich spüre Angst in der Magengrube und kann nichts essen. Heiskanen ist auch verschwunden. Ist er etwa irgendwo mit Saara zusammen?

Bei einigen Leichen hat die Verseifung eingesetzt, sie sind mit einer grauen, wächsernen Schicht überzogen.

Juni 44

Ich träume, dass Heiskanen und Saara zusammen im Bett sind, verschwitzt und erschöpft, an der Grenze zwischen Genuss und Besinnung. Überall riecht es nach ihrer verbrauchten Lust. Saara beißt Heiskanen ins Ohrläppchen. Reizt sein Glied mit den Zähnen und ihrer weichen Zunge.

Juni 44

Seit vielen Nächten nicht geschlafen. Alpträume halten mich wach. Tagsüber sehe ich zu, dass ich mich auf die Arbeit konzentriere. Es gibt zu wenig zu essen. Gerade habe ich Nachschub bestellt. Für die Funktionshäftlinge habe ich jetzt 100 Gramm mehr Brot und Zucker aufgeschrieben. Und ich habe beschlossen, dass alle dieselbe Menge an Kartoffeln bekommen, die Gefangenen die Hälfte.

Im Licht des Sommers ist alles anders. Es ist seltsam, dass dies derselbe Ort sein soll wie im Winter. Wenn es hell ist, begreift man, wie gewaltig die Dunkelheit ist. Daran gewöhnt man sich zu jeder Jahreszeit. Dass es kein Licht gibt, sondern einzig und allein Dunkelheit.

Juni 44

In den Lagern kursieren wieder Rundbriefe zu den Untersuchungsergebnissen, die man für die Schaffung der perfekten arischen Rasse zusammengestellt hat. Sie sollen den Gemeinschaftsgeist stärken, gerade in diesen Zeiten. Unter den Wachen geht ein zusätzliches Rundschreiben von Hand zu Hand: Doktor Mengele hat ein Kind mit vollkommen blauen Augen erschaffen, indem er ihm einen chemischen Stoff ins Auge gespritzt hat.

Im Kaiser-Wilhelm-Institut lagern derweil in einer kleinen weißen Vitrine in Schraubgläsern Dutzende jüdische Augäpfel. Hinter den Augen treiben kleine, hauchfeine Blutgefäße. Wie die filigranen Wurzeln von Setzlingen.

Juni 44

Hier geht irgendeine seltsame Infektionskrankheit um, keine Ahnung, was das ist. Die Leute sind geschwächt, die Gefangenen genauso wie die Wachen.

Vorgestern gab es in der Nähe der Grenze zwei Partisanenangriffe. Auf der finnischen Seite. Sie haben zwei Lager gestürmt und die Iwans freigelassen. Alle Wachen wurden hingerichtet.

Heiskanen ist zurück im Lager.

ENONTEKIÖ, 1949

Inkeri saß in ihrem Auto vor dem Polizeigebäude von Rovaniemi und sah in den Rückspiegel. Sie hatte die runde schwarze Sonnenbrille abgenommen, die sie sich auf krummen Wegen aus Amerika beschafft hatte. Sie betrachtete die Stadt. Sie wirkte geschäftiger und intakter als beim letzten Mal. Das lag bereits Jahre zurück. Alles lag heutzutage Jahre zurück. Die Fahrt war schrecklich gewesen. Geradezu unerträglich. Dass sie ein ums andere Mal vergessen konnte, wie mühselig es war, auf diesen Straßen voranzukommen.

Der Boden war aufgetaut. An den Bäumen zeigten sich erste Knospen. Es war Mai. Rovaniemi lag immerhin so weit im Süden, dass die Erde beim Öffnen der Autotür so roch, wie sie im Frühling zu riechen hatte. Wenn der Sommer schließlich kam, kam er rasend schnell. Man wurde in die Helligkeit geschleudert, und wenn man nicht aufpasste, wurde man geblendet.

Inkeri steckte einige Haarsträhnen mit einem Kamm fest, in den die Silhouette einer Libelle graviert war. Als sie ausstieg, erkannte sie Tapani Koskela schon von Weitem. Inkeri schlug die Autotür zu, ohne abzuschließen. Ihre Haare wippten im Takt ihrer Schritte. Sie waren schwer und immer im Weg. Sie sehnte sich nach einem ordentlichen Haarschnitt. Richtigen Frisuren. Sie hatte sich die Haare in Schweden modisch kürzer schneiden lassen und die Haare für einen guten Zweck gespendet. Das war vor fünfzehn Zentimetern gewesen. Seitdem hatte sich alles verändert. Staaten waren zerstört, neue waren an ihre Stelle getreten, und die Menschen, die darin wohnten, versuchten, irgendwie zurechtzukommen. Das Leben war voller Schwierigkeiten, und selbst wenn es Momente der Freude gab, kamen auch die einem schwer vor.

»Einen Groschen für Ihre Gedanken«, sagte Inkeri leise, als sie Koskela erreicht hatte. Er wandte sich ihr zu. Lächelte. Ließ das Fernglas sinken.

»Dann wäre ich arm.« Stimme und Tonfall des Mannes waren viel freundlicher als am Telefon. Das hatte Inkeri nicht erwartet, sie war verblüfft. Einmal hatte er sogar den Hörer einfach aufgeknallt.

»Man hätte meinen können, Sie sind tot. So schwierig war es, Sie zu finden.«

Koskela wandte das Gesicht wieder der gelben Sonne zu.

»Ich hatte zu tun«, sagte er jovial und lächelte.

»Kann man sich vorstellen«, entgegnete Inkeri. »Vier Jahre Zuchthaus. Eine lange Zeit.«

»Eine lange Zeit«, nickte er.

»Vorzeitig entlassen?«

»Richtig. So ist es.«

»Inkeri Lindqvist«, sagte Inkeri und streckte die Hand aus.

»Tapani Koskela.«

»Rauchen Sie?«, fragte Inkeri. Er nickte. Inkeri bot ihm ihr Zigarettenetui an. »Ein paar Selbstgedrehte, aber der Rest ist fabrikneu. Alte Gewohnheit«, grinste Inkeri und sah ihm in die Augen. Tapani Koskela zündete zunächst seine eigene Zigarette an und beugte sich erst dann vor, um Inkeri Feuer zu geben. Die ersten Züge rauchten sie schweigend. In den toten Blättern, die unter dem Schnee zum Vorschein gekommen waren, wühlten Vögel.

»Was haben Sie gerade beobachtet?«

»Zugvögel. Aber zu dieser Jahreszeit kommen nur Strichvögel.«

»Aus irgendeinem Grund habe ich den Frühling noch nie gemocht.«

»Ach ja? Für mich ist das eine wunderbare Zeit. Die Vögel kehren zurück, der Schnee schmilzt. Der Tag ist länger als die Nacht. Und die Mücken stechen auch noch nicht. Der Frost beißt nicht mehr. Na ja, jedenfalls nicht so oft.«

»Soso. Aber du – wir sind doch schon beim Du? –, du hast Informationen, die ich brauchen könnte.«

»Das ist deine Vermutung. Aber ich kann mir nicht vorstellen, dass ich dir irgendwie von Nutzen sein kann.«

»Das sehe ich anders.«

»Ich bin ein müder alter Mann.«

»Und ich bin eine müde alte Frau«, murmelte Inkeri. »Kaarlo Lindqvist«, sagte sie dann laut und reichte Koskela ein Foto ihres Mannes. Er betrachtete das Bild. Und Inkeri betrachtete Koskela. Der Mann hatte ein rundes Gesicht und fröhliche Augen. Er war blond und etwas untersetzt, obwohl er im Gefängnis sicherlich abgemagert war. Manche Menschen waren einfach von Natur aus rundlich. Die Farbe der Dienstmütze passte zu seinen Augen. Koskela rauchte hastig, aber nichts deutete darauf hin, dass er den Mann auf dem Bild erkannte.

»Das sind Dinge, über die wir gar nicht sprechen dürfen, selbst wenn wir es wollten.«

»Weißt du etwas über ihn?«

Tapani Koskela schwieg.

»Du bist der Einzige, den ich fragen kann. Niemand will reden.«

»Ich will nicht zurück ins Gefängnis«, sagte Koskela. Er lehnte sich vor dem Polizeigebäude an den weißen Pfeiler der hölzernen Veranda und überkreuzte die Arme vor der Brust.

»Warum wurdest du verurteilt?«

»Ich war einfach auf der Verliererseite. Und jetzt bin ich wieder im Dienst, bei der Sitte«, sagte er. »Ich weiß nicht, ob ich darüber weinen oder lachen soll. Ich hab mal gesagt, lieber fresse ich einen Haufen Pferdemist, als so einen Posten anzunehmen. Aber hier bin ich. Und Arbeit gibt's genug. Du bist doch Journalistin?«

Inkeri nickte.

»Dann schreib doch mal einen Artikel darüber, dass die Arbeitsvermittlungsanstalt im Krieg viele junge Frauen als Dienstmädchen nach Lappland geschickt hat. Ganz junge Mädchen, die zum Teil keine Ahnung hatten, was sie erwartete.«

»Was erwartete sie denn?«, fragte Inkeri.

»Sie wurden Dienstmädchen bei den Nazis. In der Praxis bedeutete das natürlich …«, begann Koskela, aber er brachte den Satz nicht zu Ende. Inkeri wurde unwillkürlich rot.

»Wie viele junge Mädchen ich ins Arbeitslager gesteckt habe … Man sollte glauben, in so einem Krieg hätte man Besseres zu tun«, seufzte er. Inkeri kniff die Augen zusammen.

»Nun ja. Dann lass uns nach drinnen gehen«, sagte Koskela und öffnete die Tür zum Polizeigebäude. Drinnen war es still. Koskela setzte sich an seinen Tisch. Sein bäriges Äußeres ließ ihn vertrauenerweckend und weich erscheinen. Inkeri fiel es schwer, sich vorzustellen, dass er in Hinrichtungen und Morde verstrickt war und als Doppelagent gearbeitet hatte.

»Du bist zu der Zeit in Enontekiö gesehen worden, als mein

Mann im Lager registriert wurde und dann verschwand«, sagte Inkeri.

»Und?«

»Ich dachte …«

»Was dachtest du?«

»Du weißt, was ich dachte.«

In Koskelas Gesicht regte sich nichts. Inkeri legte das Foto von Saara auf den Tisch, das sie von Lotta Niinistö bekommen hatte.

»Weißt du, wer das ist? Vielleicht könnte ich sie befragen?«

Koskela würdigte das Bild keines Blickes, sondern sagte: »Erzähl doch mal, woher hast du von deinem Mann erfahren?«

Inkeri rutschte auf ihrem Stuhl hin und her, sagte aber nichts.

»Diejenigen, die überhaupt Briefe schreiben durften, durften keine Kontakte außerhalb der besetzten Gebiete haben«, sagte Koskela. »Und meinen Recherchen zufolge warst du im Krieg in Schweden. Schweden lag außerhalb der besetzten Gebiete.«

Inkeri schwieg weiter. »Aber wie um alles in der Welt bist du darauf gekommen, den Namen deines Mannes im Gefangenenregister zu suchen?«

»Mir ist schon bewusst, dass die Register, die die Nazis an das Rote Kreuz weitergegeben haben, nicht vollständig sind, aber …«

»Wie bist du darauf gekommen, ihn dort zu suchen?«, unterbrach Koskela sie. Sein Blick hatte sich verändert. Er war jetzt nicht mehr freundlich und gutmütig.

»Eine Bekannte von mir hat in der Abteilung Paatsola gearbeitet. Sie hat den Namen zufällig in der Liste gesehen und …«, stammelte Inkeri und wusste nicht, wie sie fortfahren sollte. Koskela belauerte sie wie einen Vogel.

»Aber hast du mal überlegt, *warum* diese Kontaktperson dir helfen will? Findest du das nicht verdächtig?«, fragte Koskela und nahm das Foto vom Tisch. »Diese Frau heißt Saara Valva. Wo sie jetzt ist, weiß ich nicht. Ich habe sie zuletzt in Enontekiö gesehen. Ende August hat sie mit mir zusammen Gefangene verlegt. Über deinen Mann weiß ich nichts.«

»Ich bin extra aus Enontekiö hierhergekommen. Nein, ich bin aus *Schweden* hierhergekommen, um herauszufinden, was mit meinem Mann passiert ist.« Inkeri versuchte, ihre Stimme unter Kontrolle zu halten. »Ich brauche Informationen.«

Koskela nahm eine Pfeife hervor und stopfte sie. Sie roch anders als eine Zigarette. Vielleicht rauchte er sie wegen des Geruchs, dachte Inkeri.

»*Einsatzkommando Finnland*«, seufzte Koskela und rieb sich über das Gesicht. Dann warf er seine Dienstmütze auf den Tisch. Seine Stirnfransen waren feucht. »So wurde es genannt. Es hat noch einen längeren und komplizierteren Namen, aber belassen wir es dabei.«

Inkeri strich sich ein paar fliegende Haare aus dem Gesicht und kramte in ihrer Tasche nach Stift und Papier, aber Koskela hob die Hand.

»Nein. Das alles hier ist inoffiziell und darf nirgends dokumentiert werden. Verstehst du?« Inkeri ließ die Hand sinken und steckte den Block zurück in die Tasche.

»Das war eine Sondereinheit der Sicherheitspolizei, die Nazideutschland unterstand und für die auf Betreiben des finnischen Staates Dolmetscher rekrutiert wurden. Einem Dolmetscher war immer ein finnischer Polizist zugeordnet.«

»Verstehe.«

»Die Aufgabe dieser Einheit war vor allem, ideologische und rassische Feinde aufzuspüren.«

»Und was geschah, wenn sie welche aufspürten?«

»Wir sollten sie eliminieren«, sagte Koskela unumwunden. Inkeris Mund wurde trocken.

»Und du warst in so einem Lager eingesetzt?« Inkeri konnte kaum sprechen.

»Ja.«

»Dafür hast du gesessen?«

Koskela lachte auf. »Genau«, sagte er bitter. »Das Einsatzkommando Finnland agierte in den Stammlagern in Salla und an der Ostgrenze. Die Nummern dieser Lager waren 309 und 322. Die Aktivitäten der Einheit wurden 1942 eingestellt.«

»Aber?«

»Kein Aber.« Koskela lächelte. Inkeri hatte ihren Stift hervorgeholt und klopfte jetzt damit auf die Tischplatte, wie immer, wenn sie nervös war.

»Außer …«, begann Koskela. Inkeri stellte das Klopfen ein. »Manche Polizisten und Dolmetscher wurden für vergleichbare Aufgaben in andere Gefangenenlager geschickt.«

»Zum Beispiel nach Inari?«, fragte Inkeri und richtete sich auf.

»So ist es.«

Inkeri fühlte, wie ihre Nasenlöcher sich blahten.

»Ich weiß nicht, was mit deinem Mann Kaarlo Lindqvist passiert ist«, sagte Koskela nach einer Weile des Schweigens. »Und ich habe nicht vor, nochmal ins Gefängnis zu gehen. Du musst daran denken, dass *Krieg* war … Es ist eine Frage der Perspektive. Wenn es anders ausgegangen wäre, dann wären diese Fehler keine Fehler gewesen.«

»Ach, ihr seid alle nur Opfer der Umstände?«, rief Inkeri frustriert aus. Gereizt. »Hättet ihr nicht anders denken können?«

»Menschen sind nicht dafür gemacht, anders zu denken, Frau Lindqvist«, sagte Koskela eisig. »Die Leute *glauben*, sie sind radikal, aber ihre Gedanken sind selten einzigartig. Selbst Hitler war in seinen Überlegungen nicht einzigartig und noch nicht mal besonders talentiert. Er hatte einfach Glück. Die Menschen sind faul. Und auch wenn sie glauben, anders zu denken oder ein irgendwie *besonderes* Leben zu führen, indem sie zum Beispiel in Afrika zum Zeitvertreib fotografieren – heißt das dann gleich *anders denken*?«, sagte Koskela und setzte hinzu: »Sie fotografieren doch?«

Inkeri war blass geworden. Sie nickte. Sie hatte die Hände in den Schoß sinken lassen. Sie waren verschwitzt.

»Dann wissen Sie doch alles über *Illusionen*. Auch die Besten unter uns erliegen ihnen.«

Inkeris Herz pochte wild. Sie bekam keine Luft. Draußen strich der Wind um die Ecken. Vögel flogen umher. Inkeri dachte an Pieras Worte. *Die Vögel sind durchgedreht.*

»Mit dem Krieg ist es genauso. Der richtige Krieg wird ganz woanders geführt als an der Front. Der richtige Krieg ist etwas ganz anderes«, sagte Koskela ernst und wurde dann sehr still. Inkeri starrte auf die Tischkante.

»Ich meinte nicht … Ich …« Inkeri schluckte. »Ich weiß schon. Aber verstehst du, dass ich in diesem Leben nichts anderes mehr habe? Ich habe nur diese eine Sache. Ich will einzig und allein erfahren, was mit ihm passiert ist!«

Koskela blickte nachdenklich aus dem Fenster.

»Es stimmt: Saara Valva könnte das eine oder andere wissen. Leider habe ich keine Ahnung, wo Fräulein Valva sich heutzutage herumtreibt. Sie ist zur Fahndung ausgeschrieben, also falls du sie findest, möchte ich, dass du mir Bescheid gibst.«

Inkeri überlegte verzweifelt, welche Information sie Koskela noch aus den Rippen leiern könnte. Dann fiel ihr ein: »Wer war der Dolmetscher, der als dein Partner im Lager eingesetzt war?«

»Das war Väinö. Väinö Remes«, entgegnete Koskela. Inkeri sah aus dem Fenster.

»Kannte dieser Väinö Saara vielleicht?«, fragte sie. Koskela entfuhr eine Art Lachen, Inkeri wandte sich ihm zu und hob fragend die Augenbrauen.

»Ja. Er kannte sie«, erwiderte Koskela.

INARI

Juni 44

Saara ist zurück.

Juni 44

Saara kam sofort zu mir und sagte, es täte ihr leid, dass sie nicht früher kommen konnte. »Zu viel Arbeit«, erklärte sie und sagte, sie hätte in Parkkina zu tun gehabt. Ich weiß nicht, was ich denken soll. Meidet sie mich?

Ich übernachtete bei ihr im Kirchdorf, auf dem Weg dorthin begegnete mir Koskela. Er hat bekräftigt, dass sie die Wahrheit sagt. Er war in Parkkina dabei, um mit Saara zusammen irgendwelche Gerichtsangelegenheiten zu erledigen. Abtreibungen und so was.

Juni 44

Am nächsten Morgen hatte Saara eine Überraschung für mich. Sie hatte es bisher vor mir versteckt gehalten. Aufgeregt zeigte sie mir einen kleinen Blumentopf mit einem Setzling. Eine Lappland-Alpenrose!

»Woher hast du die?«, fragte ich erstaunt. Die Pflanze ist selten, und ich habe gelesen, dass sie wunderschön blüht. Ich kann es kaum erwarten, die Blüten zu sehen.

»Ein Soldat hat den Setzling aus Utsjoki mitgebracht, und ich habe ihn für dich gekauft. Was meinst du dazu?«, sagte sie in einem sanften Tonfall, den ich noch nicht oft gehört hatte.

Ich sagte, die Pflanze darf eigentlich nur im äußersten Nordwesten Finnlands wachsen, und wenn sie woanders auftaucht, dann muss man das dem naturwissenschaftlichen Institut der Universität melden! Saara lachte und sagte, aus mir sei ja schon ein echter Botaniker geworden. Nein, lachte ich. Ich sagte, ich bin Kulturwissenschaftler. Das hatte ich an der Universität studiert. Kulturwissenschaft und Sprachen. Bis der Krieg kam und ich zurück in den Nordosten und zur Einberufung beordert wurde.

Ich lasse diese Pflanze keinen Moment aus den Augen. Ich werde ihr Wachstum jede Sekunde beobachten. Noch nie habe ich so was Schönes geschenkt bekommen. Etwas, das jemand ganz allein für mich ausgesucht hat.

Juni 44

Wir schlafen überhaupt nicht mehr. Alles ist voller Licht. Die Vögel singen die ganze Nacht. Die Lappland-Alpenrose im Topf hat über Nacht kleine Knospen gebildet, an denen man schon die Farbe erkennen kann. Ich sage Saara, ihre Augen haben dieselbe Farbe wie die Alpenrose. Sie lacht, senkt den Blick und errötet ein wenig. Sie legt sich neben mich, schnuppert am Schweiß in meinen Achseln, schiebt ihre Zunge durch die Haare und schmeckt mich von allen Seiten, sie hat rote Wangen, aber nicht vor Scham. Sie flüstert mir meinen Namen ins Ohr.

Juni 44

Es war lange schwül, dann hat es endlich gewittert. Heute habe ich einen Blitz gesehen. Wegen der elektrisch geladenen Luft öffnen und schließen sich die Knospen der Blumen wechselweise. Der Regen prasselt auf die Waffen und Schaufeln herunter. Aber wir arbeiten weiter, wir lassen uns vom Unwetter nicht kleinkriegen.

Wie man hört, hat Kommandant Felde anscheinend einer von diesen Lappenschlampen einen Braten in die Röhre geschoben, und jetzt versucht er, eine Heiratsgenehmigung zu kriegen. Er hat einen Brief direkt an Hitler geschrieben. Der Mann ist völlig durchgedreht. Heiskanen hat mich direkt angesehen und gesagt, dass ich wahrscheinlich der Nächste bin, der an Hitler schreiben muss. Das war das Erste, was er seit Wochen aus eigenem Antrieb zu mir gesagt hat, und fast hätte ich ihn geschlagen, mitten auf diesen ekelhaften Mund.

Juni 44

Die Instandsetzung der Straßen geht weiter. Sogar die Gefangenen wundern sich laut darüber, warum das jetzt auf einmal so wichtig ist. Der kaputte Asphalt wird repariert. Dazu muss zuerst das alte Material mit einer Hacke gelöst werden, dann kommt es in den Kessel und wird für die neue Straße aufgekocht. Die Gefangenen graben mit bloßen Händen in der Erde und arbeiten Tag und Nacht. Auch die Theatertruppe ist für diese Woche ausgesetzt. Das wirkt sich eindeutig auf die Arbeitsmoral aus.

Gestern haben wir wieder dieses kurz glühende grüne Licht gesehen, das es nur in diesen Breiten gibt. Es zeigt sich, wenn die Sonne eigentlich untergehen will, aber dann gleich wieder aufgeht.

Juni 44

Koskela war heute im Lager. Er hat der Leitung einen offiziellen Besuch abgestattet und kam dann auf einen Schnaps zu mir. Eine Stunde lang haben wir getrunken und geraucht und über alles Mögliche geredet. Den Straßenbau und dass zum Winter alles fertig sein soll. Koskela war nervös. Er erzählte allerhand, in den Dörfern herrscht anscheinend Unruhe, sie nennen diesen Sommer den Sommer der Angst. Der Krieg entwickelt sich nicht mehr so wie vorgesehen.

Vielleicht war es deswegen, dass er mich näher zu sich heranzog und mir alles erzählte, was er wusste. Dass er von den Leichen weiß, die zu Untersuchungen an die Universität nach Helsinki geschafft werden. Dass das illegal ist und dass der Staat dazu Ermittlungen eingeleitet hat.

Dass ich vorsichtig sein soll.

Dass das hier nicht gut ausgehen würde.

Dann sah er mein erstauntes Gesicht.

»Du weißt davon gar nichts?«, fragte er und ließ den Kopf hängen. Anschließend erklärte er mir, dass die Leichen hier erst mal erfasst und danach in die Forschungsinstitute geschickt werden, wo man ihre rassischen Eigenschaften kartiert, um mehr über die finnische Rasse zu erfahren. Das Ziel ist eine möglichst reine Rasse.

Juni 44
Kartoffeln bestellt. Die Lebensmittelvorräte gehen zur Neige. Saara habe ich länger nicht gesehen. Vielleicht gut so. Ich denke immer noch an Koskelas Bericht. Ich muss wissen, ob das wahr ist.

Es sind weitere Gefangene angekommen. Zuerst dachte ich, sie sind aus anderen Lagern hierherverlegt worden, aber dann habe ich ihre Gesichter gesehen. Da war nicht der Blick von langjährigen Gefangenen. In ihren Augen glänzten noch Angst und Hoffnung.

Juni 44

In der Nacht wurden wieder Gefangene abtransportiert. Lebende und tote.

Juni 44

Heiskanen und ich gehen die neuen Gefangenen durch.

Ich sage ihm, dass ich von dem Programm weiß. Er sagt nichts dazu. Ist weder überrascht noch ängstlich. Gar nichts.

Ich frage ihn, wieso Kaarlo bei der Sache dabei ist.

»Ist dir klar, dass es eine Gruppe von Menschen gibt, die sogar noch unter den Juden steht?«

Ich wusste es nicht.

»Das schwächste Material von allen, fast schon keine Menschen mehr. Die sind in irgendeinem kindlichen Analstadium stehengeblieben. Weibische, deformierte Subjekte«, murmelte Heiskanen und zog an seiner Zigarette. »An der Front wird das ja anscheinend stillschweigend geduldet. Wenn man das Echte nicht kriegen kann, dann muss man sich halt begnügen. In den deutschen Lagern tragen diese Deformierten einen rosa Winkel und töten sogar Juden, um in der Lagerhierarchie aufzusteigen.« In seiner Stimme schwang Frustration mit und noch etwas anderes. Angst, vielleicht auch Ekel. Angst.

»Als Kalle seinerzeit verhaftet wurde, hatte man ihn mit einem anderen Entflohenen in flagranti erwischt. Und eigentlich wäre ihm die Kugel in den Kopf sicher gewesen – wenn er kein Finne gewesen wäre. Er wurde also hierhergebracht und sollte hingerichtet werden. Aber wir haben eine Abmachung getroffen. Kaarlo setzt seine Unterschrift unter alle offiziellen Papiere. Wenn irgendwann was herauskommt und das nicht gut aufgenommen wird, ist er als Einziger für alles verantwortlich.«

Ich kriege kein Wort heraus.

»Saara hilft bei allem mit. Alles läuft über sie.«

Juni 44

Vorhin habe ich beobachtet, wie sich am eisblauen Himmel
zwei Vogelpaare genau in der Mitte über dem Horizont trafen. Sie flogen aufeinander zu, und es sah aus, als würden sie
zusammenstoßen, aber dann flogen sie in entgegengesetzte
Richtungen weiter. Anschließend dachte ich darüber nach, ob
die Paare noch dieselben waren oder ob die Vögel den Partner
wechselten und falls ja, woher man das wissen konnte. Und
ob sie es selbst wussten.

III

INARI
Juni 44

Saara hat heute hier im Lager zu tun. Ich sah sie mit Heiskanen sprechen. Ich war auf dem Weg zum Stall, und kurz darauf kam sie hinterher. Sie sah mich irgendwie beklommen an, als wollte sie um Entschuldigung bitten. Dann kam sie zu mir und schloss die Tür, wie beim ersten Mal. Sie versuchte mich zu küssen, aber ich drehte mich weg. Sie schlug mich mitten ins Gesicht, knöpfte ihre Bluse auf und bot sich an, und natürlich konnte ich nichts dagegen tun, ich wurde sofort hart, und sie wusste es. Sie drückte mich auf einen Schemel und stieg auf meinen Schoß, wobei sie mich nicht aus den Augen ließ. Es dauerte nicht lange. Sie gab keinen Laut von sich. Sie wartete, bis ich weich wurde, und als ich schließlich aus ihr herausschlüpfte, stand sie auf und hinterließ in meinem Schoß eine Leere, die zugleich leicht und schwer war.

Juni 44

Als wir uns heute begegneten, konnten wir reden.

Ich erzählte Saara, dass ich über Kalle Bescheid weiß. Und über das Programm. Und dass das ein gefährlicher Weg ist. Ich fragte sie, wie sie so etwas tun kann.

»Wir haben hier nicht allzu viele Möglichkeiten«, sagte sie leise. »Ich will nicht als Hure enden wie so viele andere. Das hier ist sicher nicht das, woran ich glaube oder was ich will. Ich glaube allerdings ans Überleben.«

Nachdem wir ein bisschen geredet hatten, legten wir uns zusammen ins Bett, aber irgendwas war anders. Saara hob den Blick, ihr Kopf lag auf meiner Brust, und ich sah, dass sie genau überlegte, was sie sagen wollte.

»Morgen wird wieder eine Ladung Gefangener aus dem Lager gebracht«, sagte ich.

»Der Transport von lebenden Gefangenen ist eine gute Möglichkeit, Leichen wegzuschaffen, ohne dass es jemand merkt«, sagte sie. Danach schwiegen wir. Etwas anderes konnten wir nicht tun. Das hier ist das, was jetzt ist. Ich wünschte, alles wäre anders, aber das ist es nun mal nicht.

Es dauerte zwei Stunden, bis sie einschlief, obwohl sie sich die ganze Zeit schlafend stellte. Ich merkte es daran, dass sie auf meiner Brust mit den Zähnen knirschte.

Juni 44

Jetzt verstehe ich, warum Felde Heiskanen weghaben will. Jetzt verstehe ich, warum ich hier bin. Der Krieg wendet sich inzwischen gegen uns. Felde will alles eliminieren, was Probleme bereiten kann. Und weil Heiskanen Finne ist, kann man ihn nicht so einfach loswerden.

Deswegen hat er mich dazu abkommandiert, ihn zu bespitzeln.

Juni 44

Ich finde es schwierig, mich auf irgendwas zu konzentrieren. Auch Saara ist unruhig. Letzte Nacht wollte sie, dass ich sie berühre, wie ich es noch nie getan habe. Danach setzte sie sich auf mich und bewegte sich wie eine Schlange. Ich weiß nicht, wo sie das alles gelernt hat. Und ich traue mich nicht, sie danach zu fragen.

Im Traum sehe ich in Saaras Zimmer zum ersten Mal alle möglichen Flaschen, die mit Herzen, Augen, Nieren und Lebern vollgestopft sind. Ich sehe, wie sie mit einer langen, dicken Nadel eine Schädelnaht zusammennäht. Ich sehe, wie sie ein Herz herausreißt, daran riecht, es für schlecht befindet und es wegwirft.

Juni 44

Mir geht es schon eine ganze Zeitlang nicht gut. Heiskanen ist auch krank. Wir haben uns mit dieser Krankheit angesteckt. Es fühlt sich an, als bekäme man keine Luft. Das Herz pocht. Man fängt an zu schwitzen. Einmal ist mir heiß und dann plötzlich wieder kalt. Ich habe eine Medizin bekommen, die helfen soll.

Ich denke darüber nach, wie es wäre, wenn mein Leben hier endet. Und niemand erinnert sich an mich. Nur ich weiß, dass es mich einmal gegeben hat.

Bei jedem Geräusch schrecke ich zusammen. Bei jedem Schritt, jedem Poltern. Sogar bei den Theaterproben bin ich auf der Hut und weiß nicht mal, warum. Ich kann Kalles Anblick nicht ertragen. Genauso wie den Anblick von Heiskanen. Ich habe um die Versetzung auf einen anderen Dienstposten gebeten. Felde beäugt mich misstrauisch. Auch für ihn bin ich nur eine Marionette.

Im Halbschlaf höre ich, wie Gefangene abtransportiert werden und wie Heiskanen und Saara miteinander reden. Sie verriegeln die Tür. Sie reden über mich. Ganz sicher. Sie planen zusammen irgendwas. Sie sind ein Paar.

Oder. Vielleicht. Die Hitze und das permanente Licht bringen mich völlig durcheinander.

Juni 44

Saara muss in die besetzten Gebiete am Varangerfjord. Ich weiß nicht, wie lange sie weg sein wird. Ich habe Alpträume. Angst, dass sie nicht zurückkommt. Sie fummelt nervös an ihrem Feuerzeug herum. Als ich frage, ob es ihr gut geht, antwortet sie nicht.

Juni 44

Vielen Gefangenen geht es sehr schlecht, sie haben Durchfall, die Darmseuche hat sie im Griff. Einer von ihnen, ein junger Mann aus Osteuropa, hat sogar seinen eigenen Darm ausgeschieden. Das ist schon zehn Tage her.

Er ist immer noch nicht tot.

Juni 44

Die Lappland-Alpenrose blüht.

ENONTEKIÖ, 1950

»*Das ist die Botschaft guter Taten, die Botschaft, dass Menschen einander finden können, trotz Krieg, trotz Rassenunterschieden.*« Inkeri las den Ausschnitt aus dem Text vor, der am Schwarzen Brett der Schule befestigt war. Es war ein Ausschnitt aus der Rede zum Friedensnobelpreis, den die Quäker einige Jahre vorher erhalten hatten. Und weil in der Rede Finnland erwähnt war, hing der Zettel immer noch dort, auch wenn von den Quäkern niemand mehr vor Ort war. In der Tat war es merkwürdig, dass die Rede Inkeri in den drei Jahren noch nie aufgefallen war. Sie nahm einen Schluck Kaffee und stellte die kleine Porzellantasse auf die Untertasse zurück. Die Schule hatte einen landesweiten Zeichenwettbewerb gewonnen, oder vielmehr ein bestimmter Schüler, und Inkeri wollte dieses Ereignis mit Kaffee und Kuchen feiern, es zu einem Meilenstein in der Geschichte dieser bescheidenen Ortschaft machen. Inkeri ließ sich durch die Gänge treiben und kam schließlich bei Bigga, Piera und Olavi an.

»Hallo Bigga-Marja.«

»Ich heiße Marja«, zischte Bigga und warf den Kopf herum.

»Bigga-Marja«, wiederholte Inkeri.

»Seit wann hast du mir vorzuschreiben, wie ich mich nennen soll? Ich heiße Marja. Und damit gut.«

Olavi und Piera beobachteten die Kabbelei. Inkeri und Bigga stritten sich in letzter Zeit ständig. Laut Inkeri waren die gemeinsamen Rechercheausflüge immer schwieriger geworden, und oft kam Bigga gar nicht mehr mit. Nach einem Streit hatte sie einen sehr empfindlichen Film eingelegt und die Belichtungszeit so eingestellt, dass das Filmmaterial unrettbar überbelichtet war. Inkeri war sicher, dass es Absicht war. Bigga wiederum beschwerte sich, dass Inkeri keine Fehler ertragen konnte.

»Oh Gott! Du bist ja immer noch …« Olavi hörte, wie Inkeri Bigga anfuhr.

»Ovllá und Opa, wisst ihr, wohin Inkeri mich letzte Woche mitgeschleppt hat?«

»Na?«, fragte Olavi, obwohl er eigentlich lieber nicht in die Sache hineingezogen werden wollte.

»Wir haben den Vorsitzenden der Lappländischen Kulturgesellschaft interviewt.«

»Ich schreibe einen Artikel über die samischsprachige Volkshochschule!«

»Du hast mich nur mitgenommen, um mich da vorzuführen!«, rief Bigga. »Ich war bloß ein Ausstellungsstück! Ich durfte nicht mal ein einziges Foto machen. Du hast mich nur gefragt, welche Kurse *ich* dort gerne belegen würde, und wolltest, dass ich mich mit dem Kerl unterhalte. Der dachte, ich wollte mich da zu einem Kurs anmelden!«

»Möchtest du das denn nicht?«, fragte Inkeri.

»Opa!«, rief Bigga und stellte sich neben Piera. Der verfolgte den Streit über seine Kaffeetasse hinweg.

»Du könntest doch wenigstens darüber nachdenken …«, begann Inkeri.

»Ach, hör auf, Inkeri!«, rief Bigga. »Zieh mich nicht in deine Angelegenheiten rein. Ich bin doch nicht dein … dein *Aufgabenheft*«, schnappte das Mädchen und rannte davon. Enttäuscht ließ Inkeri ihre Kaffeetasse sinken.

Piera nahm einen Schluck Kaffee. »Ich wusste gar nicht, dass du zu einer glühenden Verteidigerin der samischen Sprache geworden bist.«

Inkeri sah ihn wütend an. »Ich denke nur darüber nach, was das Beste für Bigga ist.«

»So so«, sagte Piera. »Über diese Schule gehen die Meinungen ziemlich auseinander.«

»Nun, du unterstützt das Vorhaben doch wohl auch? Es ist so wichtig für eure Sprache! Es ist politisch wichtig, über das Thema wird im Parlament und in allen Zeitungen debattiert!«

»Womöglich lassen sie noch Briefmarken dazu drucken«, murmelte Piera.

»Was haben die Briefmarken damit zu tun?«, knurrte Inkeri. Piera wandte seinen Blick zur Küchenhilfe, die mit ofenfrischen, nach Zimt duftenden Hefeschnecken vorbeiging. Piera raunte etwas und machte sich aus dem Staub.

»Er wird wohl allmählich senil«, seufzte Inkeri. Sie wandte sich zu Olavi. »Melander ist dabei, eine neue Zeitung zu gründen.«

Olavi hob die Augenbrauen.

»Ach ja?«

»Ja. Und er würde es gut finden, wenn ich dabei bin«, sagte Inkeri. Olavi musterte sie von Kopf bis Fuß.

»Er sagte, dort würde er auch den Artikel über die samische Volkshochschule veröffentlichen.«

»Die, wo du Marja als Ausstellungsstück hingeschleppt hast?«, fragte Olavi. Inkeri warf ihm einen wütenden Blick zu.

»Die jetzige Zeitung will ihn nicht bringen, die ganze Arbeit wäre umsonst«, knurrte Inkeri. In einiger Entfernung ging ein Teller zu Bruch, und alle wandten sich dem Geräusch zu.

»Haben deine Nachforschungen etwas ergeben?«, fragte Olavi.

»Überhaupt nicht«, murmelte Inkeri wahrheitsgemäß. Lotta Niininstö schwieg überwiegend, ebenso wie Koskela. Die Nachforschungen zu Saara hatten in eine Sackgasse geführt. Zu dem von Koskela erwähnten Väinö Remes hatte Inkeri von Lotta die Angabe bekommen, dass er am Ende des Krieges zur Fahndung ausgeschrieben worden war, doch mehr sei über ihn nicht bekannt. Alle, nach denen sie suchte, schienen wie vom Erdboden verschluckt. Andererseits hatte Lotta angefangen, sich zunehmend für Inkeris Nachforschungen zu interessieren, als Inkeri den Namen Väinö Remes ins Spiel gebracht hatte. Statt Inkeri Informationen zu geben, hatte Lotta selbst regelmäßig angefangen, sie zu fragen, ob sie etwas Neues über Remes wisse oder warum sie Informationen über Olavi Heiskanen haben wolle. Ob Heiskanen irgendetwas mit alldem zu tun hatte? Inkeri musterte Olavi. Er spähte noch in Richtung des zerschlagenen Tellers, so wie viele andere. Sein dunkles Haar war ordentlich gekämmt. Er hatte sich eine Brille besorgt und sah auch insgesamt etwas älter aus. Inkeri hatte Lotta nichts über Heiskanen erzählt, und etwas in ihrem Innern sagte ihr, dass das richtig so gewesen war.

Ihr war zum ersten Mal aufgegangen, dass Lotta ihr vielleicht, möglicherweise, gar nicht *aus alter Freundschaft* half. Oder *wegen Kaarlo*. Sie dachte an Koskelas Worte. *Ist das nicht verdächtig?* Lotta war im Krieg Agentin gewesen, woher sollte man wissen, für wen sie jetzt arbeitete. Wem konnte Inkeri letzten Endes wirklich vertrauen?

»Melanders Angebot war sehr gut. Ich könnte irgendwo in Europa Korrespondentin werden.«

»Ich weiß ja nicht. Bist du für so was nicht zu alt?«

Inkeri lachte auf. »Ich bin zäher, als du denkst! Und du? Bis auf das Kreuz ist die Kirche doch fertig. Was willst du dann machen? Willst du hierbleiben? Weißt du was? Du solltest dir eine Frau suchen. Heiraten macht glücklich«, sagte sie und setzte dann düster hinzu: »Sieh mich an.«

Olavi brach in Gelächter aus.

»Weißt du, was uns in Afrika am meisten Spaß gemacht hat?«, sagte Inkeri.

»Nein.«

»Tiere schießen. Ich habe dabei auch mitgemacht. Sehr oft sogar.«

»Bist du so auch an deinen Löwenball gekommen? Deine Trophäe?«

»Das ist keine Trophäe. Das ist ein Erinnerungsstück«, lachte Inkeri. »Also, jedenfalls. So war das zu der Zeit. Im Nachhinein betrachtet, alles vollkommen überflüssig.«

Inkeri drehte die Zigarette in ihrem Mund hin und her, genauso wie Olavi, wenn er nervös war. Die Geste hatte sie von ihm übernommen. »In der Nähe war ein privater Zoo. Er war nicht groß. Aber dort gab es alles Mögliche. Exotische Vögel. Papageien, Wellensittiche, Krokodile.«

»Und Löwen?«

Inkeri lachte. »Nein. Löwen kann man nicht einsperren. Man kann sie nur töten oder in Ruhe lassen. Da gab es auch europäische und indische Tierarten. Zum Beispiel ein Elefantenjunges. Man hatte es in der Nähe herumstreunen sehen und es zum Tierarzt in Sicherheit gebracht, bis es einen Platz im Zoo bekommen würde. Dieser Garten war prachtvoll. Dort wuchsen alle möglichen Pflanzen und Blumen, und sie hatten einen eigenen Gärtner. Es hätte dir gefallen«, sagte Inkeri. »Na ja, wie man sich vorstellen kann, war die Unterhaltung eines Zoos teuer – und aufwendig. Ab und zu hatte der Betreiber Ärger mit den Stämmen in der Nähe. Ich lebte schon einige Jahre dort, als unter den Kikuyu-Arbeitern ein Aufstand ausbrach. Es war kein großer Aufstand. Kaum jemand wurde verletzt, und soweit ich mich erinnere, kam niemand ums Leben. Oder vielleicht schon, aber niemand von uns.« Inkeri sprach schnell, als sei sie nervös. »Damals war ich ein anderer Mensch.«

»Waren wir das nicht alle«, murmelte Olavi, und Inkeri nahm es auf.

»Ach so? Was für ein Mensch bist du denn gewesen?«

»Ein anderer eben«, sagte Olavi.

»Na ja, jedenfalls wollten viele nicht akzeptieren, dass man Tiere in Käfigen hielt. Aus irgendeinem Grund setzte sich jemand in den Kopf, den Zoo anzugreifen. Überall brannte es. Die Gitter wurden aufgebogen. Die Tiere waren in Panik. Ich war damals zufällig dort zu Besuch, und auf einmal gab es ein Getöse, und der Boden bebte unter unseren Füßen. Dann sah ich, wie als Erstes die Strauße und Affen aus ihrem Gefängnis flohen. Als wir hinrannten, um zu sehen, was passiert war, sahen wir im Mondschein die metallisch schimmernden Königsparadiesvögel, die Kolibris und Tukane, die Krontauben und die anderen Paradiesvögel kopflos hin und her fliegen, ohne zu wissen, wohin sie wollten. Sie stießen gegen jeden Türpfosten und jede Fensterscheibe, bis sie schließlich durch das geborstene Glasdach in die Freiheit flogen. Viele schnitten sich allerdings an den Scherben und verbluteten. Die wilden Raubtiere fielen übereinander her. So starb ein Großteil der Tiere, und der Rest wurde von uns erschossen. Aus dem Nashornfleisch kochten wir wochenlang Essen. Viele dieser Arten sind inzwischen ausgestorben.«

Olavi betrachtete Inkeri. Sie trug ihr langes Haar offen, nur eine kleine Haarnadel hielt die blonde Mähne ein wenig zusammen. Das erste Grau hatte sich hineingeschlichen, obwohl Inkeri es mit geschmuggelten Zitrusfrüchten aus Schweden oder im Sommer mit Löwenzahn zu bleichen versuchte. Doch nichts half. Man konnte die Zeit nicht anhalten.

»Mein Mann hat Tiere geliebt«, sagte Inkeri schwermütig. Olavi schreckte auf. Obwohl Kaarlo immer in seinen Gedanken war, kam es jedes Mal wie aus heiterem Himmel, wenn sie ihn erwähnte. »Er war gerne in dem Zoo, aber als die Tiere freikamen, freute er sich und schoss auch nicht auf sie. Ich schon. In dieser Hinsicht waren wir sehr unterschiedlich.« Inkeri lachte kraftlos auf. »Danach ging er auch nicht mehr zur Jagd, im Gegenteil: Er fing an, sich für das Verbot der Trophäenjagd einzusetzen.«

Olavi sah zur Bühne. Von dort war der feine Klang eines Kantele zu hören.

»Aber wusstest du, dass ich meinen ersten Pfau gar nicht in Afrika gesehen habe?«

»Sondern?«

»In Helsinki!«

»Sieh an«, lachte Olavi.

»Das stimmt wirklich! Im Hafen von Hietaniemi. Ich war damals noch klein, meine beste Freundin Lotta und ich, wir hatten uns davongestohlen, wir wollten uns die Seeleute anschauen und von Abenteuern träumen. Und ebenda lief der Vogel herum, er schlug sein herrliches Rad, kreischte und erschreckte die Esel, bis einer von den Seeleuten ihn schließlich einfing. Wenn ich mir vorstelle, dass ich tatsächlich irgendwann mal ein Kind war! Jetzt bin ich bald fünfzig, eine alte Frau!«

»*Als ich ein Kind war ...*«, begann Olavi theatralisch.

»Erzähl, erzähl schon!«

Olavi dachte kurz nach. »Also gut. Als ich ein Kind war. Ganz klein. Da war ich mit meinem Vater Moltebeeren pflücken. In einem weiten, offenen Moor. Mein Vater ging ein Stückchen weg, und ich blieb allein stehen und sah mich um. Ich war vielleicht fünf. Oder sechs. Und plötzlich sah ich meinen Vater nicht mehr. Nirgends. Ich hatte Angst, er hätte mich allein zurückgelassen. Mitten im Moor. Es war so weitläufig, dass man sich nirgends verstecken konnte, ohne dass ich es bemerkt hätte.«

»Und wie ging es weiter?«, fragte Inkeri gespannt.

»Natürlich habe ich ihn gesucht. Und dann bin ich ins Moor gefallen. Ich bin hineingefallen und fing schon an, zu versinken. Weißt du, wie das ist, wenn man im Moor versinkt? Man versucht instinktiv, sich herauszuarbeiten, aber dadurch sinkt man immer tiefer ein. Und ich war erst fünf. Oder sechs. Und ich war nicht sehr groß gewachsen«, sagte Olavi ernst. Das Kantele verstummte. Jemand klatschte.

»Da hatte ich Angst. So viel Angst hatte ich in meinem Leben nie wieder. Nie. Nicht mal im Krieg. Ich hab die Augen zugemacht und zu Gott gebetet, wenn mich jetzt jemand hier rauszieht, dann tue ich alles, um das gutzumachen. *Alles.*«

»Und?«, keuchte Inkeri.

»Dann war plötzlich Papa da und zog mich raus. Das werde ich nie vergessen. Er weinte sogar, das hatte ich noch nie erlebt. Nicht vorher und später auch nicht. Nie. Er hat behauptet, *ich* sei derjenige gewesen, der verschwunden war, und darüber haben wir uns am Ende nie einigen können. Das war wirklich merkwürdig. Durch und durch merkwürdig.«

»Hast du deswegen angefangen, an Gott zu glauben?«

»Ich … Was meinst du?«, fragte Olavi und runzelte die Stirn.

»Entschuldige, ich meine, hast du deswegen Theologie studiert?«

Olavi sah Inkeri verdutzt an.

»Entschuldige, ich … Ich habe irgendwo gehört, dass du mal Theologie studiert hast.«

»Ach so, ja …«, murmelte Olavi, aber weiter kam er nicht, denn Bigga kam mit einer Zimtschnecke in der Hand auf sie zu.

»Die sind richtig gut. Habt ihr schon probiert?«, fragte sie. Olavi kramte nachdenklich in seiner Tasche nach einem Feuerzeug. Er zündete sich eine Zigarette an. Niemand antwortete.

»Ich wollte übrigens schon immer fragen, was auf dem Feuerzeug steht. Ist das Russisch?«, fragte Bigga.

»*Saara*. Da steht in kyrillischen Buchstaben *Saara*«, murmelte Olavi, ohne groß nachzudenken.

»*Saara*?«, rief Bigga. »Hat sie es hiergelassen, bevor sie weg ist? Warum hast du nicht gesagt, dass es Saara gehört hat?«

»Also wem?«, fragte Inkeri schnell. Die Stimmung schlug um.

»Na ja, dieser Handauflegerin. Der, die bei uns im Haus gewohnt hat, bevor Olavi da eingezogen ist«, sagte Bigga, schnappte sich das Feuerzeug und betrachtete es mit leuchtenden Augen wie einen lange vermissten Schatz.

INARI

Juli 44

An der Front geht es nicht voran. Die Grenze verschiebt sich nach innen. Ich habe schneidende Bauchschmerzen. Selbst im Stehen muss ich mich zusammenkrümmen.

Juli 44

Wenn mein Darm morgen auch nicht richtig arbeitet, muss ich zum Arzt. Ich kann nichts bei mir behalten. Kalle hat mir heimlich Kräutertee oder irgendwas in der Art gegeben. Heiskanen übernimmt meine Aufgaben, obwohl wir eigentlich nicht miteinander reden.

In den Männern gärt eine Unruhe, und irgendwas hat sich verändert. Sie wollen nach Hause, zu ihren Freundinnen und Frauen. Egal wo ich hingehe, überall wird über Frauen geredet, darüber, wer wen in welchem Urlaub gebumst hat, oder wie viele, und wie es war. Manche hier haben noch nicht mal ihre Jungfräulichkeit verloren, und jetzt kriegen sie allmählich Angst, dass sie es auch nicht mehr schaffen werden. Irgendjemand hier fabriziert Zeichnungen von nackten Frauen, auf und unter nackten Männern, von vorne, von hinten und in allen möglichen anderen Stellungen.

Seit zwei Wochen nichts von Saara gehört.

Juli 44

Zwei Partisanenangriffe auf finnische Lager im Norden. Alle Gefangenen und Wachen hingerichtet.

Juli 44

Vorgestern war ich beim Arzt, und heute gleich wieder. Die ersten Medikamente haben nicht geholfen. Der Arzt musterte mich eindringlich durch seine Brille. Jetzt erst sah ich, dass er ganz schwarz um die Augen war, als sei er geschlagen worden. Aber es hatte ihn niemand geschlagen.

Es war der Krieg, der einen so behandelte.

Er sagte, es gibt sieben verschiedene Arten von Ausscheidungen, und die letzte besteht aus grünem Gas. »Aber ganz so weit sind wir noch nicht«, stellte der Arzt fest und schickte mich zurück an die Arbeit.

Juli 44

Heiskanen hatte längere Zeit nicht mit mir gesprochen, aber jetzt haben wir während der Wachen öfter miteinander zu tun, und wir sind selten einer Meinung. Unsere Gespräche laufen fast immer auf Streitereien hinaus. Normalerweise halte ich das aus, aber heute hat er eine bestimmte Grenze überschritten. Er hat über Saara gesprochen. Als er damals hierhergekommen ist, hat er Saara angeblich auch gebumst, und wenn sie von einem Mann genug hat, dann nimmt sie sich den nächsten vor. »Bald hat sie von dir auch die Nase voll«, sagte er mit einer Stimme, die hart und voller Verachtung war.

ENONTEKIÖ, 1950

»Saara Valva, diese Handauflegerin, hat in dem Haus gewohnt, das jetzt mir gehört. Findest du das alles nicht auch sehr merkwürdig?« Inkeri lief ungeduldig im Restaurant auf und ab und richtete ihre Worte an Koskela, der am Tresen saß. Als sie nichts Brauchbares aus Piera oder Bigga herausbekommen hatte – von Olavi ganz zu schweigen –, hatte sie sofort Kontakt zu Polizeimeister Koskela aufgenommen und für die darauffolgende Woche ein Treffen im Hotel Pallas vereinbart. Koskela kam der Ort gelegen, denn er hatte dienstlich im Hotel zu tun.

»Und auch der Name, den du mir genannt hast, hat nirgendwohin geführt!«, schnaubte Inkeri.

»Nein?«

»Überhaupt nicht«, stöhnte sie verärgert. »Väinö Remes wurde bei Kriegsende zur Fahndung ausgeschrieben, aber ich weiß nicht, warum, und auch nicht, was aus ihm geworden ist.«

Inkeri ließ sich auf einen Barhocker fallen.

Bigga hatte später noch erzählt, dass diese Handauflegerin einen Monat lang bei ihr und Áddjá gewohnt habe. Das war die Frau, die im Gefangenenlager gearbeitet hatte. Die Frau, die etwas darüber wissen könnte, was mit Kaarlo passiert war. Bigga hatte gesagt, dass Saara nett und lebenslustig gewesen sei. Weichherzig und lieb. Piera hatte nur die Schultern gehoben. *Ein ganz normaler Mensch war das*, hatte er gemurmelt und behauptet, dass er sich kaum an sie erinnere.

Inkeri hatte das Foto aus dem Kirchenfundament Piera und Bigga gezeigt. »Ist das die Frau?«

Piera und Bigga hatten sich einen Blick zugeworfen. »Ja. Das ist sie.«

»Erkennt ihr noch andere Personen auf dem Foto?«

»Nein. Wir erkennen sonst niemanden«, sagte Piera. Dass Saara bei ihnen im Haus gewohnt hatte, mochte erklären, warum das Foto hier gelandet war, aber nicht, warum Olavi es hatte verstecken wollen. Piera wusste nur noch, dass Saaras Aufenthaltsgenehmigung gegen Kriegsende auslief, und dass sie sich deswegen Sorgen gemacht habe. »Wahrscheinlich hätte sie sich einfach einen neuen Stempel oder so was besorgen können. Aber sie hat sich dafür entschieden, wegzugehen. Am letzten Tag des Krieges. Sie ist einfach weg. Ausländer waren damals nicht gern gesehen.«

»Das ist alles?«, hatte Inkeri gefragt. Dann war sie frustriert aufgestanden und hatte so fest auf den Tisch geschlagen, dass alle Gegenstände darauf einen Satz machten. »Seid ihr sicher, dass ihr nicht mehr wisst?«

»So ungewöhnlich war das nicht, dass Saara hier gewohnt hat«, hatte Bigga gemeint.

»Was willst du damit sagen?«

»Na ja, alle möglichen Leute haben damals bei Áddjá gewohnt. Es war im Krieg ein Gästehaus«, sagte Bigga schnell und nestelte an ihrem Wiegenamulett. Das hatte Inkeri nicht gewusst. Trotzdem sah sie Piera und Bigga argwöhnisch an.

Das merkwürdigste Gespräch hatte sie allerdings mit Olavi geführt. Inkeri hatte unter vier Augen mit ihm reden wollen. Olavi war bei seiner Version geblieben, dass er das Feuerzeug gefunden hatte. Aber nicht im Haus, sondern in der Nähe der Kirchenbaustelle. Er hatte erklärt, dass er abkommandiert wurde, Saara zu suchen, nachdem diese als vermisst gemeldet worden war.

Inkeri fragte, ob es damit zu tun hatte, dass sie möglicherweise illegal im Land war. Olavi hatte hastig genickt. Auf das Foto hatte sie ihn nicht angesprochen. Noch nicht. Inkeri sagte sich, wenn es stimmte, dass Olavi die Frau suchen sollte, konnte das erklären, warum er das Bild gehabt hatte: Er hatte es offenbar für die Suche in die Hand bekommen. Aber warum wollte er es später verschwinden lassen?

Überall nur Chaos und Sackgassen. Warum kannten alle auf einmal Saara, aber niemand wusste angeblich etwas über sie?

»Ich habe es akzeptiert«, sagte Inkeri zu Koskela. »Dass ich nichts über meinen Mann erfahre. Und weißt du was? Mir reicht es. Man hat mir eine Stellung bei einer neuen Zeitung angeboten. Vielleicht sage ich zu. Dann komme ich endlich weg aus dieser gottverdammten Abgeschiedenheit.«

Koskela musterte Inkeri. Er schloss die Augen. Von irgendwoher kam der Geruch nach Rauch. Er öffnete die Augen und sah zum Fenster. Bald wäre der Frühling da, die Tage wurden länger. Jetzt herrschte draußen allerdings nur eine unendliche Dunkelheit. Keine blaue Stunde. Keine Sterne. Keine Polarlichter. Kein bisschen Licht. Warum war es immer so dunkel? Warum war es immer so verdammt dunkel?

»Du warst doch in Afrika: Ist der Mond da näher an der Erde als hier?«, fragte Koskela. Draußen war ein Schimmer zu sehen, aber der Mond selbst nicht.

»Nein. Er ist nicht näher dran.«

»Und auch nicht weiter weg?«

»Nein.«

»Nicht näher und nicht weiter weg.« Koskela nickte.

»Manchmal kommt es mir so vor, als wäre alles von hier unheimlich weit entfernt.«

Inkeri sah ihn an und verzog den Mund.

»Die Gefangenen mussten im Krieg immer wieder für Tauschgeschäfte herhalten. Das war so üblich.«

»Betraf das auch Kaarlo?«

Koskela lächelte und nickte still vor sich hin, aber nicht als Antwort.

»Etwas war allerdings merkwürdig. Darüber hat sich auch dieser Remes anfangs gewundert. Warum Kalle in so einem Lager war und nicht zum Beispiel in Parkkina …«

»Warum hätte er in Parkkina sein sollen?«, unterbrach Inkeri.

Koskela sah sie direkt an.

»Ich will damit sagen, dass Kaarlo, soweit ich weiß, nicht wie ein normaler Gefangener behandelt wurde«, sagte er. »Aber gegen Ende des Krieges wurden die Nazis uns Finnen gegenüber misstrauisch. Und das nicht ohne Grund. Das Risiko, dass die Finnen später Dinge aus den Lagern weitererzählten, war enorm hoch, und das durfte natürlich nicht passieren. In Lappland wurden Verteidigungsanlagen nicht nur gegen sowjetische, sondern auch gegen mögliche finnische Angriffe gebaut. Gegen Kriegsende sollte Kaarlo in ein anderes Lager verlegt werden. Dort hätte es anders für ihn ausgehen können als in Inari.« Koskela lehnte sich zurück. Inkeri lauschte angespannt.

»Als Kaarlo verlegt wurde, war ich dabei. Das gehörte zu meinen Aufgaben. Vor allem, wenn es Gründe für Razzien gab. Ich machte einen Abstecher zu diesem Hotel hier – also dem damaligen.« Koskela lachte auf. »Saara Valva war auch mit dabei. Auch das war ein ganz normaler Vorgang.«

»Aber warum?«, schnaubte Inkeri. »Und warum hat Saara Valva bei Piera im Haus gewohnt? In dem Haus, in dem ich jetzt wohne? Was für ein Zufall!«

»Nun ja. Schon vor dem Krieg gab es hier nicht allzu viele Wohnmöglichkeiten«, bemerkte Koskela. »Wie geht es Piera denn eigentlich?«

»Ganz gut. Langsam drückt ihn das Alter. Kennst du ihn?«

»Ja. Sogar ganz gut. Wir haben uns im Krieg kennengelernt. Er war eine große Hilfe. Er hat doch eine Enkelin. Wie hieß sie nochmal?«

»Bigga-Marja. Aber sie möchte nur noch *Marja* genannt werden.«

»Warum?«

»Weil das angeblich ein finnischerer Name ist.« Inkeri zog eine Grimasse. Koskela lachte auf und stopfte seine Pfeife.

»Weißt du was? Ich bin in den wilden Wäldern südlich von Lappland aufgewachsen. Wusstest du, dass dort ganz früher mal auch Sámi gelebt haben?«

»Nein.«

»Na ja, seit Jahrhunderten gibt es niemanden mehr, der die Sprache richtig spricht. Sie ist ausgestorben. *Aber*. Rentiere gibt es immer noch.«

»Und was willst du damit sagen?«, seufzte Inkeri gereizt.

»Als ich klein war, ein Dreikäsehoch, sah ich einmal eine Rentierkuh, die gerade ein Kalb zur Welt gebracht hatte. Mit dem Kalb stimmte was nicht. Ich weiß nicht, was, aber es bewegte sich nicht richtig. Es lag da in seiner Fruchtblase und kämpfte mit einer Kraft, die nur Neugeborene haben. Manchmal kommt es mir vor, dass wir in diesem Stadium am allermutigsten und stärksten sind. Und dass das Leben uns Jahr um Jahr alles aussaugt«, sagte Koskela und legte seine Hände auf den Tresen. »Wie dem auch sei. Ein Kalb muss sehr schnell lernen, aufzustehen und zu laufen. Sonst kann es sein, dass die Mutter es verlässt. Dieses Kalb kam aber nicht auf die Beine. Und die Kuh hatte es weit weg von der Herde zur Welt gebracht. Das kann für das Kalb den Tod bedeuten. Die Kuh musste sich also entscheiden: für die Herde oder für das Kalb.«

»Und was hat sie gemacht?«

»Sie entschied sich für die Herde«, sagte Koskela ernst.

Inkeri betrachtete die Maserung in der Tischplatte.

»Und wie erging es dem Kalb?«

»Nach einem halben Tag hatte es seine Mutter eingeholt.«

Inkeri lächelte. Sie dachte an Alba. Die weiße Löwin, die alles daransetzte, in dieser Welt zu überleben. Da fiel ihr das Foto in ihrer Tasche ein.

»Hier. Erkennst *du* hier jemanden?«

Koskela lehnte sich vor, um das Schwarzweißbild genauer zu betrachten. Als er sprach, war seine Stimme ausdruckslos.

»Woher hast du das?«

»Das hier ist Saara.« Inkeri zeigte auf die Frau und kam in diesem Moment auf eine Idee. »Und könnte das hier vielleicht Väinö Remes sein?« Sie zeigte auf einen Mann in finnischer Uniform. Warum war sie nicht schon früher darauf gekommen?

Koskela betrachtete das Bild schweigend und wiederholte dann mit metallischer Stimme: »*Woher hast du das?*«

»Mein Mieter hat es ins Kirchenfundament gelegt. Er wollte es dort wohl verschwinden lassen.«

»*Dein Mieter?*«

»Ja. Ein gewisser Olavi. Olavi Heiskanen.«

Koskela ließ sich in den Stuhl sinken. Er war blass geworden.

»Kann ich … das Bild vielleicht haben?«, fragte er.

»Nein. *Nein.*«

»Warum nicht?«

»Wofür willst du es denn haben?«, fragte Inkeri misstrauisch. Sie dachte an Lotta Niinistö. Sie dachte an sich selbst. Sie dachte daran, dass man niemandem vertrauen konnte. Koskela sah sich das Foto noch einmal an.

»Für gar nichts. Du hast recht. Natürlich kannst du es behalten«, sagte er eilig. Inkeri sah ihn an. »Aber. Ich habe etwas, das dich möglicherweise interessieren könnte. Ich kann es mitbringen, wenn ich zum Frühling nach Enontekiö komme.«

»Du kommst nach Enontekiö?«, fragte Inkeri überrascht.

»Ja. Hab ich gerade beschlossen.«

»Warum?«

»Ich muss da was klären.«

»Und du hast was für mich?«

»Ja«, sagte Koskela nachdenklich. »Wusstest du, dass viele Soldaten Tagebuch geführt haben? Selbst wenn sie nicht besonders gut schreiben konnten. Einfach nur, um nicht verrückt zu werden. Um einen Ansprechpartner zu haben. In gewisser Weise. Tja«, murmelte er. Verwundert sah Inkeri ihn an. Dann setzte Koskela sich die Mütze auf. Draußen schien es inzwischen noch dunkler geworden zu sein. Er würde noch heute bis nach Rovaniemi fahren müssen.

»Wann wirst du kommen?«

»Wenn es Frühling wird. Vielleicht schon in ein paar Wochen. Oder spätestens zum Sommeranfang«, sagte er. »Dann erzähle ich dir alles, versprochen.«

INARI

Juli 44

Saara ist zurück. Am Wochenende hatte ich frei. Die Bauchschmerzen haben sofort nachgelassen. Saara meint, die kommen vom schlechten Gewissen, aber ich glaube eher, es liegt
an verdorbenem Essen und der schlechten Hygiene. Was
Heiskanen gesagt hat, habe ich nicht zur Sprache gebracht.
Ich tue so, als sei nichts gewesen.

So viele Dinge, die es nicht gibt, obwohl sie da sind.

Juli 44

Inzwischen reden wir schon darüber, was wir alles tun wollen, wenn der Krieg vorbei ist. Wir spielen mit dem Gedanken, dass ich Saara mit in die Wildnis von Kainuu nehme. Ich
würde ihr auch gern die Welt zeigen. England. Amerika.

Ganz plötzlich, mittendrin, seufzte Saara an meinem Hals
auf und sagte kühl: »In Wirklichkeit nimmst du mich nirgendwohin mit.« Ich fragte, wie sie das meine. »Ich weiß
doch, wie ihr Männer seid. Wenn ihr dafür ficken könnt, ver-
sprecht ihr uns das Blaue vom Himmel.« Darauf konnte ich
überhaupt nichts mehr sagen. Ich spürte, wie Saara sich an-
spannte und mir dann den Rücken zudrehte. Wahrscheinlich
war sie enttäuscht, dass ich nicht reagiert habe. Aber dazu
fiel mir einfach nichts ein. Kurz darauf drehte ich mich zu
ihr und nahm sie wieder in die Arme. Ihr Haar duftete nach
Rauch und Zigaretten.

Juli 44

Wir haben einen Ausflug in die Fjells gemacht. Der Alpen-Tragant wächst hier wie Unkraut. Ein paar Kilometer weiter wächst nichts mehr, was über den Erdboden hinausragt. Jenseits der Baumgrenze ist alles voller Blaubeer- und Preisel-beersträucher, Diapensien, Bläuliche Moosheide und Gäms-heide bilden einen weichen Teppich, auf den man sich ge-mütlich hinlegen kann. Es fühlt sich genauso an, wie ich es mir vorgestellt habe.

Saara und ich hatten uns an einem kleinen Kolk nieder-gelassen. Wie das Wasser in den Blättern der Zwergbirken flimmert! »Mein Wasser fließt dir zu«, sagte Saara leise, als sie dachte, ich sei eingeschlafen.

Selbst sie traut sich nicht, mir so nah zu kommen.

Juli 44

Die Moltebeerensaison steuert auf ihren Höhepunkt zu, und jemand hatte die Idee, zu den Inseln im Inarisee zu fahren. Das Motorboot ist allerdings kaputt, also haben wir beschlos-sen, ein neues Boot zu bauen. Diese verflixte Bauernsamin Biret-Ánne hilft auch dabei mit! Ich weiß wirklich nicht, was sie noch alles kann. Auch Felde ist diese krumme Vettel mit der roten Mütze nicht ganz geheuer, die immer mit ihrem alten Rentierhund unterwegs ist, dem sie den Tod wünscht. Anscheinend hat er das Vorhaben trotzdem genehmigt. Mo-toren haben uns in letzter Zeit sowieso mehr Kopfzerbre-chen als Nutzen beschert, denn seit dem Winter haben wir auch Probleme mit den Autos, und zwei Motorräder sind aus unerfindlichen Gründen im See versunken. Manche Autos springen einfach nicht mehr an. Als hätte der Winter sie aus-gesaugt. Wenn es nach Biret-Ánne geht, kann man sich auf

Maschinen sowieso nicht verlassen. Sie ist schon fleißig bei der Arbeit und turnt in ihren Fellstiefeln über das Gelände. Die Stiefel will sie um keinen Preis ausziehen. Saara sagt, sie sind aus dem Schädelleder ihres Lieblingsrentiers gemacht.

Juli 44

Der Bootsbau ist in vollem Gange. Ich bin gerne dabei, denn so muss ich Heiskanen und Kalle nicht begegnen. Jetzt, wo ich alles weiß, könnte es durchaus sein, dass ich auch mal beim Aufladen der Leichen auf die nächtlichen Transporte helfen muss.

Biret-Ánne baut das Boot in traditioneller Technik. Dafür haben wir eine Sonderzuteilung an Material bekommen. Das beste Holz wäre das von weiblichen Bäumen aus der Hochebene, denn andere sind dafür eigentlich zu mürbe, aber die Situation ist nun mal, wie sie ist, und wir müssen uns mit dem begnügen, was wir finden. Aber die Fjellbirke ist robust und liefert einen guten Grundstock für das Boot.

Juli 44

Kalle war inzwischen in einem Arbeitslager an der Grenze, und als der Tross zurückkam, brachten sie zusätzliches Holz für den Bootsbau mit. Allerdings muss man vorsichtig und sorgfältig damit umgehen. Es ist voller Splitter und Kugeln. Eisenstücke. Bevor man das Holz sägen kann, muss man es mit dem Metalldetektor durchgehen.

Heute Abend soll es eine Tanzveranstaltung geben. Die Gefangenen haben ein Theaterstück vorbereitet. Mal sehen, was das wird.

Juli 44

Überall Rentiere. Sie sind verrückt nach Pilzen! Völlig kopflos wollen sie immer nur Pilze aufstöbern, sie hören nichts und sehen nichts, sondern rennen sogar Leute und Soldaten fast um. Aber irgendeinen Instinkt müssen sie noch haben, denn sie laufen immer gegen den Wind, damit sie nicht von Wölfen, Bären oder Vielfraßen überrascht werden. Dafür müssten sie sich viel mehr vor Minen in Acht nehmen, bloß das können die armen Biester nicht.

Juli 44

Den ganzen Tag am Boot gearbeitet. Die Klamotten stinken nach Teer. Ich habe ein paar Gefangene zu Hilfe geholt. Biret-Ánne sagt, die Rentiere verhalten sich merkwürdig. Sie liegen einfach träge auf den Straßen herum und schaffen es nicht mal, sich zu paaren, obwohl Brunftzeit ist.

Auch das Zugrentier hatte eine Minenverletzung, aber das wäre ohne Biret-Ánne niemandem aufgefallen. Es lahmte nicht mal. Biret-Ánne hat es einfach nur an einer kleinen Ohrenbewegung gemerkt.

ENONTEKIÖ, 1950

Inkeri stand auf dem sonnendurchfluteten Dachboden und schnupperte mit geschlossenen Augen die Luft. Der Frühling war schnell gekommen. Es gab inzwischen so viel Licht, dass es schon in den Augen schmerzte. Die letzten Wochen waren Schulferien gewesen, und Bigga-Marja hatte bei ihrem Onkel und ihrem Großvater übernachtet. Inkeri hatte mit halbem Ohr gehört, dass Piera sich bei Olavi über das Mädchen beschwerte. Bigga wurde anscheinend immer aufmüpfiger, und die Ferien waren voller Streitereien. Einmal seien sie immerhin zusammen auf dem See gewesen, hatten Schwäne beobachtet und dem Krachen und Knacken des aufbrechenden Eises gelauscht. Als Inkeri den Kindern in der Stunde zuletzt die Aufgabe gegeben hatte, eine *fröhliche Vorstellung* zu malen, hatte Bigga mit Wasserfarben einen gelben Sonnenaufgang mit zwei Figuren davor gemalt. Eine trug eine blaue Sámi-Tracht, die andere eine rote, und am Himmel flogen zwei Schwäne. Als Inkeri Piera auf der Kirchenbaustelle davon erzählt hatte, war dieser kurz erstarrt und hatte dann den Rest des Tages, so erzählte es zumindest Olavi, fröhliche Melodien vor sich hin gepfiffen, und einige von ihnen hatte Olavi sogar als Schlager aus dem Radio erkannt.

Inkeri öffnete die Augen. Auf dem Dachboden flogen Staubteilchen umher. Als sie die Augen wieder schloss, sah sie die Silhouette von Kaarlo vor sich, gegen den Horizont, aus dem sich der Mount Kenya erhob. Zersplitterter Himmel. Sonnenflecken. Am Himmel zeigten sich M-förmige Vögel. Das Bild ließ Inkeri nicht los. Vieles andere konnte sie loslassen, aber das hier nicht.

Inkeri dachte an Alba. Einmal hatte sie sich von den anderen zurückgezogen, um ihre Jungen zur Welt zu bringen. Sie war tagelang in der Höhle geblieben. Sie hatte auch früher schon geworfen, aber es war kein weißer Löwe darunter gewesen. Nach einer Woche hatte Alba die Höhle endlich verlassen, um ihren Wurf dem Alphamännchen der Gruppe vorzustellen, damit dieser ihn als seine Nachkommenschaft anerkannte. Bezweifelte das Männchen, dass die Jungen von ihm waren, konnte es sein, dass er den ganzen Wurf und das Weibchen tötete. Diesmal war die Sorge nicht vollkommen unbegründet. Inkeri hatte selbst beobachtet, wie Alba sich während der Brunst noch mit einem zweiten Männchen gepaart hatte. Aber das Alphamännchen hatte die Jungen akzeptiert. Und eines von ihnen war genau wie seine Mutter: weiß.

Inkeri öffnete die Augen wieder. Auf dem Weg zu Olavis Zimmer musste sie auf herausstehende Nägel in den Fußbodenbrettern achtgeben. Manchmal ging sie in sein Zimmer. Einfach so. Um nachzusehen, ob sie etwas über ihn finden würde. Irgendetwas Interessantes, etwas Neues, was mehr über Olavi sagen würde, als er selbst offenbarte.

Aber sie wusste jedes Mal, dass sich in Olavis Zimmer nur das Nötigste befand. Auf dem Korridor war gegenüber der Zimmertür ein kleines Fenster, und auf dem Fensterbrett sah sie die Pflanze im Topf. Der Topf stand mal hier und mal da. Manchmal in Olavis Zimmer auf dem Fensterbrett, manchmal am anderen Ende des Dachbodenzimmers direkt im Licht, dann wieder absichtlich im Schatten. Inkeri nahm den kleinen Blumentopf vom Fensterbrett, betrachtete die Zweige, roch an der Erde. Die Pflanze blühte bereits. Die Blüte war klein und zart. Die außergewöhnlich violetten Blütenblätter bebten, als Inkeri sich auf den Boden setzte. Auf die Blume fiel Licht. Hoffnung.

An einem milden Frühlingstag hatte man Kaarlo schlimm zugerichtet gefunden. Ganz offensichtlich hatte er sich aufgemacht, um Schmetterlinge zu sammeln, denn um ihn herum waren verschiedene Gegenstände verstreut gewesen: ein Schmetterlingsnetz, eine Lupe und der Schmetterlingsführer, den er oft nachdenklich studierte. Man hatte Kaarlo zu Inkeri gebracht, obwohl sie eigentlich nicht mehr zusammenlebten. Er schwebte in Lebensgefahr. Inkeri hatte jede Nacht bei ihm gewacht. Sie hatte die Wundbandagen gewechselt. Sein Wimmern gehört. Ihm Morphinspritzen gegeben. Seine Hand gehalten, gebetet. Auf dem Grammophon Kaarlos Lieblingsmusik gespielt, ihm vorgelesen.

Bereut.

Als Inkeri bei den Plantagenarbeitern nachfragte, hörte sie, dass eine ältere Löwin in der Nähe gesehen worden war. Das Tier sei rot vor Blut gewesen. Alle weiteren Fragen blieben unbeantwortet, denn niemand wollte darüber sprechen. Aber Inkeri verstand es, die Menschen zu beeinflussen, und so bekam sie nach und nach heraus, dass es eine weiße Löwin gewesen war. Sowohl die Kikuyu als auch die Somalis hatten Angst vor dem Tier. Sie hielten es für einen Geist. Aber Inkeri wusste es besser. Es war Alba.

Sie konnte nicht sagen, was sie mehr schmerzte: dass ein Mensch, den sie über die Maßen schätzte, in Lebensgefahr schwebte oder dass dies durch ein Wesen geschehen war, das sie ebenfalls hoch achtete. Irgendwann inmitten dieses Kummers begriff Inkeri, dass Kaarlo trotz all ihrer Liebhaber für sie das geblieben war, was er ihr versprochen hatte: Unterstützung und Trost. Ein Freund. Dass trotz aller anderen *niemand* auf dieser Welt sie so gut kannte wie Kaarlo. Der Kummer war es, der ihr schließlich klarmachte, auf was im Leben sie verzichten konnte und was am Ende Bestand hatte: Kameradschaft. Freundschaft. Die Freundschaft zwischen ihnen beiden.

»Was geht dir durch den Kopf?«, fragte Olavi und ließ Inkeri aufschrecken.

»Das willst du nicht wissen«, murmelte sie.

»Was machst du hier?«

»Ich weiß es nicht.«

Olavi warf einen Blick auf die Blume in Inkeris Hand. Er berührte die kleinen Blütenblätter. Inkeri rieb sich die Augen.

»Wie geht es deinen Augen?«, fragte Olavi plötzlich. Inkeri zuckte zusammen.

»Was meinst du?«

»Das, was ich sage. Du trägst immer öfter die Sonnenbrille. Bigga hat gesagt, mit deinen Augen stimmt irgendwas nicht.«

Inkeri betrachtete ihre Hände.

»Ja«, murmelte sie, zupfte ein trockenes Blatt von der Pflanze und dachte an den Pelzquast, den sie in der Tasche mit sich herumtrug.

Kaarlo war im Laufe des Sommers allmählich wieder gesund geworden. Sie hatten wieder angefangen, wie früher über alles Mögliche zu sprechen. Literatur, Briefmarkensammeln, Fotografie. Kunst. Inkeri fing wieder an zu malen. Zu Fotografieren. Kaarlo kommentierte ihre Bilder, leitete sie an, sagte seine Meinung. Bis seine Beine ganz wiederhergestellt waren und er richtig laufen konnte, dauerte es eine Weile. Bis er sich wieder auf sie verlassen konnte. Irgendwann konnte er wieder tadellos gehen, aber er war nachdenklicher geworden. Melancholisch. Seine Fröhlichkeit war dahin, und mehr als einmal fand Inkeri ihn vor, wie er mit einem leidenden Gesichtsausdruck in die Ferne starrte.

An einem Morgen im September war Inkeri losgegangen, um Alba zu suchen. Sie sagte allen, dass die Löwin nun eine Gefahr für die Sicherheit der gesamten Plantage war, aber alle sahen, dass sie auch Wut empfand, die herausdrängte. Nicht einmal Kaarlo versuchte, sie davon abzuhalten, obwohl das Tier ja nur seinen natürlichen Instinkten gefolgt war.

Alba war jetzt älter, vielleicht ein bisschen krummer und dürrer, aber sonst hatte sie sich nicht verändert. Die Löwin war jetzt Teil eines anderen Rudels, das nur aus Weibchen bestand, vermutlich aus Albas Kindern, ihren Schwestern und Cousinen. Alba war das Alphaweibchen. Inkeri hatte ihr Lager in der Nähe aufgeschlagen und das Rudel zwei Tage durch ihr Fernglas beobachtet.

Inkeri wusste, dass Löwen einen besten Freund haben. Einen Gefährten, zu dem das Tier nach langen Jagdausflügen als Erstes zurückläuft. Einen Gefährten, ohne den es nicht leben kann. Und den es unter Einsatz seines Lebens beschützt.

Wie oft hatte Inkeri Alba schon zu einer bestimmten, ihr ebenbürtigen Löwin im Rudel zurückkehren sehen. Sie hatte beobachtet, wie Alba sie mit dem Kopf stupste, die andere mit ihrem Geruch markierte und deren Geruch aufnahm, wie sie sich unterwarf, spielte und mit ihr um die Wette rannte, dass der Boden nur so bebte. Wie sie so laut schnurrte, dass Inkeri es bis in ihr Versteck hören konnte.

Diese beste Freundin war vier Jahre jünger als Alba. Und Inkeri kannte dieses andere Tier genauer als irgendjemand sonst.

Es war Albas eigene Tochter.

»Du glaubst an Gott?«, fragte Inkeri Olavi leise. Olavi zog die Augenbrauen zusammen, aber er schwieg.

»Nun, ich glaube an ihn. Ich glaube an ihn, weil ich das bekommen habe, was ich verdient habe. Ich habe mich Kaarlo gegenüber schrecklich verhalten. Ich habe richtiggehend nach Möglichkeiten gesucht, ihn lächerlich zu machen. Ihn herabzusetzen. Seine Fehler, sein Wesen. Alles. Wer benimmt sich so? Ein schlechter Mensch. In Wirklichkeit war ich nur neidisch auf ihn. Eifersüchtig. Darauf, wie frei er war und wie außergewöhnlich und einzigartig.« Sie sahen zu, wie die Vögel vor dem Fenster hin und her flogen, aufeinander zu und wieder zurück. Das Licht, das durchs Fenster fiel, hatte sich nach rechts verlagert.

»Die Fotografie ist das Einzige, was mir je wichtig gewesen ist. Das Licht.« Inkeri lachte bitter auf. »Weißt du, ich wollte gar nicht mal unbedingt nach Afrika. Jahrelang hatte ich Angst vor den Leuten dort, bevor ich mich an sie gewöhnt habe. Sie sprachen auch so seltsame Sprachen. Swahili, die Bantusprache der Kikuyu, alles Mögliche. Kaarlo konnte diese Sprachen natürlich.« Inkeri betrachtete ihre Hände und dachte an die Kinder in der kenianischen Schule, die sie in Englisch unterrichtet hatte. Einige von ihnen hatten die Sprache über die Jahre so gut gelernt, dass es schwer einzuordnen war, ob es ihre Muttersprache war oder nicht. *Nur so kommt man in dieser Welt zurecht, Msabu.*

»Bevor ich aus Kenia fortging, war ich bei den besten Ärzten des Landes. Einer von ihnen sagte, das sei irgendeine erbliche Krankheit. Eine Krankheit der Netzhaut. Er sagte, es sei, als würde man ein Stück Stoff vor eine Kameralinse halten. Und im schlimmsten Fall könnte es sein, dass ich irgendwann gar nichts mehr sehen kann«, flüsterte Inkeri. »Das Licht. Es tut mir weh. Das, was ich am meisten liebe, tut mir weh.« Inkeris Stimme war nur noch ein winziges Wispern. »Ich denke, ich habe bekommen, was ich verdiene.«

Sie streichelte den Pelzquast in ihrer Tasche, er war auch nach all den Jahren weich und seidig. Alle dachten, der Quast sei eine Trophäe, die Erinnerung an irgendeine Großtat. Daran, dass sie ein großes, mythisches Tier getötet hatte. Es aufgespießt und seinen Kopf an die Wand gehängt und sein Fell auf dem Fußboden ausgebreitet hatte. Wie falsch sie doch lagen.

Eines Morgens war Inkeri Albas Tochter begegnet, als diese gerade am Fluss trank. Inkeri hatte am anderen Ufer gestanden. Aus den Feldern war Dunst aufgestiegen. Die Gräser im Wasser wiegten sich im Wind. Selbst die Vögel schliefen noch. Sie hatten die Köpfe unter die Flügel gesteckt. Die weiße Löwin hatte Inkeri lange gemustert. Vertrauensvoll. Aber Inkeri hatte kein Mitleid empfunden. Sie traf beim ersten Schuss.

Am nächsten Tag hatte der Krieg begonnen.

Sie hatte Kaarlo nie wiedergesehen.

Inkeri zupfte jetzt umso emsiger an den trockenen Zweigen im Blumentopf: »Sie blüht.«

»Tatsächlich«, stellte Olavi etwas überrascht fest, obwohl er die Pflanze jeden Tag sah. »Hör mal, Inkeri. Bigga hat erzählt, dass du ein Foto in deinem Besitz hast. Eins, das eigentlich mir gehört.«

Inkeri sah ihn an. Sie hob die Augenbrauen, als wisse sie nichts davon.

»Was meinst du?«

»Ich … Als ich erzählt habe, dass ich abkommandiert wurde, um Saara zu suchen … Das stimmte nicht so ganz. Ich habe sie aus eigenem Antrieb gesucht.«

»Weißt du denn, was mit ihr passiert ist?«

»In gewisser Weise habe ich gehofft, du würdest was herausfinden.«

Inkeri starrte vor sich hin und biss sich auf die Lippe.

»Saara …«, sagte Olavi stockend. »Sie hat etwas für mich zurückgelassen. Etwas Wichtiges.«

»Was?«, fragte Inkeri und runzelte die Stirn. »Suchst du sie deswegen?«

Olavi sah zu Boden und flüsterte: »Sie hat ein Beweisstück hiergelassen, das ich verwenden könnte, falls ich verhaftet werden sollte.«

»Warum sollte man dich verhaften?«, fragte Inkeri.

»Inkeri. Das Foto, das du hast. Ich muss es wiederhaben. Sollte es in falsche Hände geraten …« Olavis Stimme klang jetzt gewichtig. Inkeri betrachtete die Blume vor sich. Die Schatten zogen weiter. Inkeri dachte an Alba. An Kaarlo.

»Aber …«, begann sie. »Was ist, wenn ich sage, ich habe es nicht mehr?«

»Was meinst du damit: Du hast es nicht mehr?«

»Vielleicht habe ich es weitergegeben.«

»Weitergegeben? An wen?« Olavi war blass geworden, und Inkeri sah, dass sich Entsetzen in seinem Gesicht breitmachte. Inkeri biss sich auf die Lippe. Vielleicht war noch nicht alles verloren. Bis zuletzt würde sie versuchen, herauszubekommen, was mit Kaarlo passiert war. Das war sie ihm schuldig.

»Was, wenn ich sage, ich habe es Koskela gegeben? Ich habe es Polizeimeister Koskela gegeben«, sagte sie und hob das Kinn.

INARI

Juli 44

»Woher kommst du eigentlich, dass du diese Sprachen alle kannst?«, fragte ich Saara schließlich. Sie streckte den Kopf im Kissen nach hinten.

»Ich stamme aus Akkala«, sagte sie schließlich und lachte traurig auf. Endlich hatte sie sich dazu entschlossen, mir zu vertrauen.

Ich sah zur Zimmerdecke und versuchte, mir die Land-karte in Erinnerung zu rufen. Die Gebiete hinter der Grenze.

»Ich bin Akkalasamin. Aus der Gegend zwischen Alakurtti und Salla. Als ich ganz klein war, mussten wir in die Sowchose nach Jona. Da haben viele Finnen gewohnt. Als meine Eltern gestorben sind, bin ich zu unserer Nachbarin Maija gezogen. Deswegen spreche ich so gut Finnisch. Russisch natürlich auch. Und Inarisamisch und Skoltsamisch kann ich natürlich von klein auf.«

Ich betrachtete Saara. Sie wirkte freier.

»Im Sommer wohnten wir am Imandrasee, im Winter zo-gen wir ins Dorf Akkala. Ich hatte meine Tracht auch noch in der Sowchose, obwohl man sie da natürlich nicht anziehen durfte.«

»Was für eine Tracht war das?«, fragte ich leise. Ich strich Saara die dunklen Haarsträhnen aus dem Gesicht. Sie sagte nichts.

»Ich weiß es nicht mehr«, sagte sie schließlich leise, und

ich hörte ihre Stimme brechen. »Aber meine Mutter hatte so eine feste Mütze aus rotem Walkstoff. Als sie starb, habe ich sie in einer Blechkiste in der Erde vergraben. Damit sie mir die nicht auch noch wegnehmen.«

»Und wie bist du hierhergekommen?«

»Als der Krieg anfing, habe ich behauptet, ich wäre Petsamo-Finnin, weil ich bei der Evakuierungsaktion nach Finnland wollte. Als wir hier in Aanar ankamen, hat Biret-Ánne mich aufgenommen. Es war reines Glücksspiel. Ich hatte keine Ahnung, wo die uns hinbringen. Ein anderer Lastwagen ist nach Lowosero auf der Halbinsel Kola gefahren. Erst später habe ich gehört, dass die Leute direkt ins Gefangenenlager gekommen sind. Aber wer weiß, wohin es uns von hier aus verschlägt«, sagte Saara leise.

»Ich habe noch nie Akkalasamisch gehört. Wie klingt das?«

Saara wandte mir das Gesicht zu.

»Eigentlich wird es kaum noch gesprochen«, sagte sie mit mehr Gewicht in der Stimme. »Wusstest du, dass einer von euren Gefangenen ein paar Worte Akkalasamisch kann?«, lachte sie.

»Ach, wer denn?«, fragte ich überrascht.

»Na, dieser Kaarlo. Kalle.«

»Kalle?«, sagte ich und stützte mich auf den Ellbogen. Saara nickte schmunzelnd.

»Ich war wirklich verdutzt. Er ist noch nie in der Gegend gewesen. Aber vor Jahrzehnten war er wohl bei irgendeiner Gruppe, die Propagandamaterial fabriziert hat. Sie haben den nördlichen Verwandten hinter der Grenze Flugblätter geschickt«, lachte Saara.

»Flugblätter?«

»Ja. Vor Jahrzehnten, als Finnland unabhängig wurde. Wir

haben die auch bekommen. Die Idee war wohl, dass alle, die an der Grenze lebten, wieder Finnen werden sollten, bevor sie Russen, Norweger oder Schweden werden. Aber es kam anders. Die Propaganda hat manche so verschreckt, dass in Norwegen den kvenischen Kindern verboten wurde, in der Schule Finnisch zu sprechen.«

»Vor Jahrzehnten also. Wie alt bist du denn eigentlich?«, fragte ich rasch und grinste. Saara lachte auf und bewarf mich mit einem Kissen.

»Älter als du«, sagte sie dann und senkte den Kopf. Ich lachte. Dann dachte ich über Kalle nach.

»Macht es dir was aus?«, fragte sie.

»Was?«, fragte ich und dachte aus irgendeinem Grund zuerst an ihr Alter. Sie sah mich an. »Nein, natürlich nicht. Warum sollte mir das was ausmachen?«, stammelte ich verwundert. Ich nahm mir rasch eine Zigarette. Ich drehte sie zwischen den Lippen. Ich wusste nicht, was ich sagen sollte. »Ich denke nicht wie die Nazis, das weißt du doch«, sagte ich schließlich leise.

»Weiß ich das wirklich?«, fragte sie mit frostiger Stimme. »Und wie bist du dann hierhergekommen?«

»Ich …«, stammelte ich. »Du hast aber nichts zu befürchten. Denn Verbündete, die keine echten Arier sind, können von den Nazis doch zu Ehrenariern ernannt werden«, zitierte ich wie aus einem Buch, und dieser Moment veränderte alles.

Saara sah mich eisig an. Sie war totenblass und rückte von mir ab.

»Ehrenarier?«, zischte sie, schob mich vom Bett herunter und forderte mich auf, zu gehen.

»Aber das habe ich doch nicht so gemeint …«, begann ich, doch Saara nahm das Messer, das sie immer unter dem

Nachttisch liegen hat, und fuhr mich an, sie würde mich auf-schlitzen, von der Kehle bis zum Schwanz, wenn ich nicht sofort gehe. Was hätte ich also sonst tun sollen? Ihre Wut war so übermächtig.

ENONTEKIÖ, 1950

Jedem Tod geht ein Omen voraus. Eine Vorahnung, ein Vorbote. Eine schwarze Krähe, ein weißes Ren. Olavi glaubte nicht an Vorahnungen. Er glaubte auch sonst an nichts. Dennoch hatte er an einem Morgen im späten Frühling etwas beobachtet, was sein Herz stocken ließ. Er dachte, er habe in der Spiegelung der Fensterscheibe einen Geist gesehen. In seiner Magengrube begann etwas zu nagen, das er als Angst erkannte, sein Blut zog sich aus den Zehen und Fingerspitzen zurück, sein Herz raste.

Olavi hatte sich zu der Spiegelung vorgebeugt, doch im selben Moment war sie verschwunden. Stattdessen sah er einen Schwarm Spatzen und einen Hakengimpel, die alle sofort aufflogen, als hätten sie Angst vor Olavis Blick. Wäre das nicht passiert, hätte Olavi nicht nach links aus dem Fenster gesehen, zu dem alten abgestorbenen Baum, an dem seit Jahren keine neuen Zweige oder Blätter mehr wuchsen und der auch keine Samen mehr bildete. Dort hatte ein einzelner Vogel gesessen.

Ohne etwas Besonderes zu erwarten, nahm Olavi aus dem Beutel am Fenster das Fernglas, das Inkeri zur Vogelbeobachtung besorgt hatte. Olavi setzte das Fernglas an und blickte Richtung Südwesten. Auf dem Ast des alten Baumes saß ein Unglückshäher. Zwar war der Vogel für ihn kein Unbekannter, aber etwas an ihm weckte Olavis Aufmerksamkeit. Er betrachtete den Vogel lange, bis ihm in der Landschaft etwas auffiel, das er vorher noch nie gesehen hatte. Am Himmel über dem Baum standen drei Sterne, als seien sie dort übriggeblieben. *Die Plejaden.*

Die Alten glaubten, dass die Lebensjahre eines Menschen von Anfang an vorbestimmt sind und dass man das an den Sternen der Plejaden abzählen kann, die man mit bloßem Auge sieht. Olavi hatte schon mehrmals versucht, sie am Himmel zu finden, aber er hatte die Sterne nicht einmal richtig voneinander unterscheiden können. Piera hatte gesagt, er habe so viele gesehen, dass er hundert Jahre alt werden würde. Er habe schon so viel überstanden. Deshalb könne er gar nicht mehr einfach so sterben, wie die anderen, ganz normal. Wenn das Leben so spannend gewesen ist, würde der Tod schon etwas Großes in die Waagschale werfen müssen, das alles andere in den Schatten stellen würde.

Und dennoch. An diesem Morgen, als Olavi den Unglückshäher und die Plejaden sah, hatte Piera schon aufgehört zu atmen. Als Olavi später am Tag davon erfuhr, erinnerte er sich sofort wieder an den morgendlichen Anblick. Manche glauben nämlich, dass die Seele eines Rentierhalters auf einen Unglückshäher übergeht.

Auch wenn Piera sich dagegen gesträubt hatte, war der Tod ganz normal und alltäglich dahergekommen. So wie der Tod früher immer gekommen war. Als man ihn in seinem Bett gefunden hatte, war seine Haut bereits fleckig gewesen. Er hatte nicht ausgesehen, als würde er friedlich schlafen, und auch nicht, als hätte er Schmerzen gehabt. Er sah einfach leblos aus. Tot.

Man hatte Olavi gleich zu Hilfe gerufen, um den Leichnam zur Totenhalle an der Kirche zu schaffen. Inkeri bekam die Aufgabe, Bigga-Marja die Nachricht zu überbringen und sie entweder zu sich zu holen oder zu ihrem Onkel zu bringen.

Als Olavi das Haupthaus betrat, roch es nach Tod. Man hatte Piera nach drinnen gebracht, aber er war nicht gewaschen worden. Das würden die Kirchenleute erledigen. Die Hose war von seinen Ausscheidungen steif geworden. Die Augen waren blicklos auf die Zimmerdecke gerichtet, das eine etwas schräg, Richtung See. Olavi hatte sie geschlossen. Es fühlte sich nicht gut an, einem Seelenlosen in die Augen zu schauen.

Sie legten Piera auf einen Pferdeschlitten. Vor der Abfahrt rauchte Olavi am Seeufer eine Zigarette. Der See glitzerte. Am Vorratshaus waren die Hachsen eines Rentiers zum Trocknen aufgehängt. Die Innenfläche der Stücke war mit einer dünnen Schicht aus Birkenrinde abgedeckt, um die Haut am Zusammenschrumpeln zu hindern. Olavi vermutete, dass die Hausfrau die Haut zu Stiefeln verarbeiten wollte. Allerdings war das eine ungewöhnliche Jahreszeit dafür, denn üblicherweise war das eine Tätigkeit für den späten Herbst. Vielleicht wurden Rentierfellstiefel aber gerade jetzt gebraucht, oder nach der Rentierscheidung waren überzählige Tiere geschlachtet worden, woher sollte man das wissen.

Piera war nicht im Haus gestorben, sondern in einer zeltförmigen Kote neben dem Gebäude am Ufer. Dort hatte er gewohnt. Olavi ging hinein. Es roch nach Wacholderrauch, und an Birkenästen war Rentierfleisch zum Trocknen aufgehängt. In der Kochecke eine Kaffeekanne, ein Kaffeebecher. Trockenfleisch. Olavi nahm denselben Geruch wahr, der Piera stets umgeben hatte. Er war bisher nicht auf den Gedanken gekommen, dass er von hier auf Piera übergegangen war.

Als Olavi aus der Kote trat, streckte er sich und sah zum Horizont. Der anbrechende Morgen hatte den Himmel auf der Herfahrt schwefelgelb gefärbt. Es war ein schöner Tag. Zu schön, um zu sterben.

Im Krieg war Olavi der Tod gegenwärtiger gewesen als das Leben. Er wusste noch, wie vor Jahren an einem ganz ähnlichen Morgen ein halbtoter Gefangener gleichsam zum Spaß gequält wurde. Eine der Wachen wollte dem armen, leidenden Mann zu Hilfe kommen, sich für dessen Leben einsetzen. Kommandant Felde war betrunken, entweder noch vom Vorabend oder er hatte schon wieder angefangen. Vielleicht stand er auch unter Drogen. Saara hatte gesagt, dass sich in Deutschland schon vor dem Krieg viele Leute daran gewöhnt hatten, zum Spaß Kokain zu nehmen. Als der Krieg begonnen hatte, war der Verbrauch von Kokain und Amphetamin sprunghaft angestiegen, und das zeigte sich auch in den Lagern. Olavi dachte daran, wie Felde manchmal im Suff sogar den Gefangenen Aufputschmittel angeboten hatte. Daraus machten sich manche einen besonderen Spaß, denn die Häftlinge mit besonders schwacher Konstitution starben an dem körperlichen Aufruhr, den die Mittel verursachten, und oft genug wurden Wetten darüber abgeschlossen, wer es überlebte und wer nicht.

Aber der Wachmann, der dem entkräfteten Gefangenen zu Hilfe kommen wollte, wurde von Felde aufs Korn genommen. Der Kommandant befahl dem Aufmüpfigen und einem anderen Wachmann, den Gefangenen an einem Stacheldrahtzaun festzubinden. Nackt. Bald war er über und über mit Insekten, Schleim, Fliegen und Mücken bedeckt. Olavi wusste noch, dass er auch meinte, Dasselfliegen und ihre Engerlinge zu erkennen, obwohl er vorher immer geglaubt hatte, sie würden Menschen nicht befallen. Die Tiere fraßen an den Augen des Gefangenen, und stets lief das Blut nur so, wenn er versuchte, auch nur einen der Plagegeister von sich fernzuhalten, denn mit jeder Bewegung drückte der Stacheldraht tiefer in seine

Haut. Die anderen Gefangenen und die Wachleute, sogar die Offiziere, mussten stehen bleiben und sich das ansehen, bevor sie die Erlaubnis bekamen, sich wieder zu entfernen.

Der Gefangene hatte die Nacht überlebt. Am nächsten Morgen wurde er losgebunden. Er stank nach Scheiße und Urin, aus den abgelegten Eiern der Mücken schlüpften schon Larven. Seine Haut war voller Beulen, Blut, Bisse und Stiche. Der rot glänzende Mund war das Einzige, was in dem deformierten Gesicht noch zu erkennen war. Anschließend wurde der Gefangene auf einen Fußmarsch von fünf Kilometern zur Baustelle geschickt. Er ging mühsam und schleppend, und nach weniger als zwanzig Metern stürzte er für immer zu Boden. Eine der Wachen versetzte dem Körper einen Fußtritt. Er rührte sich nicht. Als sein Puls gemessen wurde, war er tot.

Olavi rauchte, sah in die Sonne und dachte über das Leben nach. Über den Tod. Vor dem Krieg hatte er keine Vorstellung davon gehabt, auf wie viele Arten man sterben konnte. Vor dem Krieg war der Tod halbwegs normal und einfach gewesen. Alltäglich. Jeder konnte sterben, jederzeit. Zuerst war das Leben, und dann kam der Tod. Aber in den Lagern – dort war es schwierig, Leben und Tod auseinanderzuhalten. Da schien das Leben erst zu Ende zu gehen, wenn der letzte Rest Hoffnung dahin war. Zwischen Tod und Leben lag ein langer Weg, der viele Formen annehmen konnte und von Angst und Schmerz geprägt war. Hoffnung war das Allerletzte, was den Menschen blieb. Vielleicht war das wie bei einer Unterkühlung, dachte Olavi. Bevor er erfror, fühlte der Sterbende eine tiefe, weiche Wärme.

Olavi dachte an Saara. Daran, dass sie die Kinder von schwangeren Gefangenen in einen Eimer entbunden und die

Reste, die Mutterkuchen und glitschigen Nabelschnüre auf den Müllhaufen geworfen und alles angezündet hatte, damit der Gestank nicht die Wölfe, Bären oder andere Raubtiere anlockte. *Oder Nazis*, hatte sie gemurmelt, die Haare unter einem Tuch verborgen, die Augen strahlend violett. Und so groß.

Und dann war da noch das Programm, in das sie schließlich alle auf die eine oder andere Art verstrickt waren. Wie Saara in den dunkelsten Stunden der Nacht Leichen zusammennähte, Alter, Rasse, Geschlecht, Religion und genetische Defekte aufzeichnete. Manchmal wickelte sie sie auch ein und hob sie auf den Transport, aber meistens tat das jemand anders, wie Kaarlo, er selbst oder dieser andere Finne – der, an den Olavi um keinen Preis denken wollte. Immer wieder waren auch verschiedene Organe dabei, Herzen, Lebern, Augen, die in Weckgläser eingelegt waren. Olavi wollte nicht einmal daran denken, was mit ihnen geschah.

Plötzlich hörte er ein Grunzen. Mit großen Augen blickte er sich um. »Matilda?«, flüsterte er ungläubig. Er ging zum Gebäude am Ufer und fand das schlammverkrustete Schwein in die Erde gedrückt, von wo es sich nun umständlich erhob. Olavi wartete geduldig, bis es stand, denn das Erdreich war weich, nass und schlammig. Das Schwein kam zu Olavi gelaufen und setzte sich vor ihm auf den Boden. Als er nicht reagierte, gab es seine typischen kleinen schrillen Laute von sich und schwenkte seinen Rüssel hin und her.

»Was machen wir denn bloß mit dir …?«, murmelte Olavi, hockte sich hin und kraulte dem Schwein die Wolle. Dabei blieben einige Haarbüschel an seiner Hand hängen. Dann stand er auf und ging weiter, blieb kurz am Vorratshaus stehen, um zu sehen, ob das Schwein ihm folgte. Es folgte ihm.

Auf dem Weg machte es kurz an der Kote halt, schnüffelte, fand sie leer und folgte weiter Olavis Fußstapfen.

Pieras Sohn Lasse wartete bei dem Pferd, das die Kirche ihnen ausgeliehen hatte. Olavi löste den Strick von dem alten abgestorbenen Baum, an dem das Pferd festgebunden war.

»Dieser alte Baum«, sagte Lasse und zeigte auf den nackten, rindenlosen Stamm, »der steht schon seit dreihundert Jahren so tot da.«

Olavi drehte sich um und betrachtete das harte, graue Holz.

»Diese Wissenschaftler, die hier ständig rumrennen, haben rausgefunden, dass er seit 1333 hier steht. An den Jahresringen können sie sehen, dass er relativ jung gestorben ist, 1666. Aber er steht immer noch da. Obwohl er tot ist. Und sie sagen, es ist der bemerkenswerteste Baum hier in der Gegend«, sagte Lasse mit Blick nach Nordosten, wo in ein paar Kilometern Entfernung die Baumgrenze zu sehen war. Dahinter wuchs so gut wie nichts mehr. Keine Bäume. Einfach nichts.

Olavi strich über den Baumstamm. Der Himmel über dem See war rot. An einem Abend hatte er mit Saara still die rote Sonne betrachtet, die noch hoch am Himmel geglüht hatte. Saara hatte das Lagerfeuer mit Holz gefüttert, vielleicht, um die Mücken zu vertreiben, oder vielleicht auch den Totengeruch, der von ihr ausging. Ein paar betrunkene Fritzen riefen ihr Anzüglichkeiten zu und fragten auf Finnisch, wie es sich anfühlte, einer Frau die Hand in die Fotze zu stecken. Saara hatte auf den Boden gespuckt und gerufen: »Das fühlt sich genauso an, wie wenn man Hitler die Eingeweide aus dem Arsch zieht. Glitschig und warm, und zuerst kommt das Herz raus, denn das sitzt im Arsch!« Die Deutschen hatten die Hände gehoben, zum Zeichen, dass sie keinen Ärger wollten, und waren weitergegangen.

Irgendwann später war er mit Saara hinter die Baracke gegangen, hatte ihre Schenkel geöffnet, ihren feuchten Spalt befingert und sich dann mit einer leichten Bewegung in sie geschoben. Er war schnell gekommen, ohne einen einzigen Laut. Saara hatte sich die benetzten Innenschenkel mit ihrem Rock abgewischt, ihm direkt in die Augen gesehen und sich weiter an ihm gerieben. Dann hatte sie seine Hand zwischen seinen Schenkel und ihre Scham gelegt und war mit einem heftigen Beben gekommen. Am Ende hatte sie ihn auf den Mund geküsst, sich von ihm gelöst und genickt, als Zeichen zum Aufbruch, aber er hatte sie noch einmal an sich gezogen. Hatte sie im Arm gehalten und ihre Haare gestreichelt. Er hatte ihren Atem und ihren offenen Mund in seiner Halsgrube gespürt. Sie hatten nicht miteinander gesprochen. Es gab nichts mehr zu sagen.

Olavi befühlte eine Weile den vom Wetter blankgeschliffenen Baumstamm. Dann prüfte er noch einmal, dass der Sarg, den er aufgeladen und festgebunden hatte, nicht verrutschen konnte. Er hatte den Sargdeckel nur leicht zugenagelt, sodass noch ein Lufteinlass offen blieb. Er wollte Piera nicht völlig verplombt auf seine letzte Reise schicken.

»Was ist mit dem Schwein?«, fragte Lasse und sah zu Matilda, die sie mit ihren winzig kleinen Augen musterte.

»Sie kommt mit«, sagte Olavi und hob das Tier zum Sarg auf den Schlitten. Er warf Lasse einen letzten Blick zu.

Dann trieb er das Pferd an, winkte und sah sich nicht mehr um. Nachdem er eine Weile unterwegs gewesen war, spürte er, wie etwas Nasses auf seine Lippe tropfte. Olavi wischte es weg. Es schmeckte warm.

Saara hatte einmal erzählt, dass es dort, wo sie herkam, im Winter manchmal so kalt war, dass der Atem zu Eiskristallen gefror. Das geschah auch beim Sprechen. Schließlich rieselten die in der Luft gefrorenen Wörter nach und nach zu Boden. Beim Auftreffen gab es ein hell klirrendes Geräusch. Die Dorfbewohner nannten es das Flüstern der Sterne.

INARI
Juli 44

Ich bin seit Tagen überreizt und kann nicht schlafen. Meine Hände zittern. Ich kann mich nicht konzentrieren. Ich mache mir Sorgen über alles und dann wieder über nichts. Heiskanen fragt ständig, was mit mir los ist. Manchmal kriege ich Anfälle, bei denen ich keine Luft bekomme. Obwohl nichts passiert, habe ich immerzu das Gefühl, gegen die Zeit anzukämpfen. Als würde mein Körper auf etwas warten, von dem ich noch nicht weiß, dass es kommt.

»Was ist mit dir?«, fragt Heiskanen und reicht mir einen Becher Kaffee. Der Duft ist so wohlig vertraut. Ich sitze auf dem Fensterbrett und sehe nach draußen. Außen am Becher ist eine blaue Schwalbe aufgemalt und irgendeine Blume, die ich nicht bestimmen kann, obwohl sie mir bekannt vorkommt.

Vielleicht ein Leberblümchen.

Eine Glockenblume?

Sogar mein Gedächtnis habe ich verloren.

Juli 44

Ich habe geträumt, dass wir uns verloben. Ich und Saara. Wir geben die Verlobung in der *Lapin Kansa* bekannt. Wir müssen alle möglichen Formulare und Zettel bei der Sozialbehörde abgeben, und ich bekomme für die Hochzeit sogar zehn Tage Urlaub.

Saaras Hintergrund ist minutiös durchforstet worden. Alle Väter, Mütter und Großmütter, alle Bilder und Körpermaße und was nicht noch alles hat man hervorgekramt. Dann bekomme ich einen Brief aus dem Hauptquartier, so wie viele Männer hier. Man hat für Saara einen Ahnenpass erstellt. Der Eintrag lautet: *Sámi*. Als Hinderungsgrund für eine Ehe wird Folgendes festgestellt: Die Vermischung mit einer degenerierten Rasse ist gesetzlich streng verboten und steht unter Strafe.

Der Brief enthält auch einen Absatz über Rassenschande.

Als ich aufwachte, hatte ich das Gefühl zu ersticken.

Aug. 44

Überall Chaos. Man hat ein paar Zeitungsleute herbestellt: zwei Finnen, einen Deutschen und einen Amerikaner, der für eine australische Zeitung arbeitet. Der Kommandant befahl uns, einige Gefangene freizulassen. Die wiederum sollten so tun, als würden sie fliehen, und dann sollten ein paar Wachen sie wieder einfangen. Das ganze Spektakel dauerte zwei Stunden. Jeder Fotograf wollte das Theater aus einem anderen Blickwinkel, an einer anderen Stelle, in einem anderen Licht knipsen.

ENONTEKIÖ, 1950

Tapani Koskela, diesmal im blauen Anzug, studierte nachdenklich rauchend die Kirche. Es war rund sechs Jahre her, dass er zuletzt hier gewesen war. Viel hatte sich verändert. Selbst die Kirche war eine andere. Die alte Holzkirche hatte näher zum See gelegen. Diese neue stand auf einem Hügel mit Blick über die Seen und Fjells. Gegenüber lag das Wohnheim der Schule, einen Kilometer weiter das Haus, das sein Ziel war. Aus Koskelas Sicht war die Kirche so gut wie fertig. Sie war groß und grau. Massiv. Aber anscheinend fehlten noch das Kreuz, das Altarbild und die Orgelpfeifen. Für den Tauftisch sammelte die Grenzschutztruppe Spenden. Die Orgelpfeifen sollten als Geschenk aus Westdeutschland kommen. *Aus Deutschland.* Plötzlich sammelte sich Schleim in Koskelas Hals und verursachte einen heftigen Hustenanfall. Er musste sich lange räuspern, bis er den Schleimpfropf endlich auf den Boden spucken konnte.

Koskela hatte sein Auto an der provisorischen Polizeiwache stehen lassen. Obwohl es hier natürlich gar keine Polizisten gab. Beileibe nicht. Freilich hatte Polizeimeister Koskela von den gemeinsamen Operationen der nordischen Länder gehört, die zum Ziel hatten, die Schmuggelei zu unterbinden, aber wo waren die Ergebnisse? Eben. Nirgends. Das wilde Lappland war auf sich gestellt. Der Ansturm auf die Goldvorkommen war eine Sache, die zu Unruhe geführt hatte, aber nicht die erste und nicht die letzte. Petsamo war das finnische

Klondike gewesen. Hier war man nicht auf Behörden angewiesen. Hier war man auf niemanden angewiesen. Hier auf
den Fjells galten ganz eigene Gesetze. Wer hier unterwegs war,
bekam es höchstens mit Kälte und Hunger zu tun. Koskela
seufzte und betrachtete den Fleck, der im Boden verschwunden war. *Kälte und Hunger.* Eigentlich konnte man sagen,
dass dann alles ganz in Ordnung war.

Eigentlich.

Koskela zog seine Hose einen Zollbreit hoch. Er hatte in
der Haft an Gewicht verloren und nicht wieder zugenommen.
Das konnte er nicht leugnen. Unvermeidlich kamen ihm sterbende Greise in den Sinn, die zuerst zusammenschrumpelten
und dann den Löffel abgaben. Kein Appetit, kein Lebenswille.
Mehr als je zuvor verstand Koskela diese alten Menschen. Die
alltäglichsten, selbst die allerkleinsten Verrichtungen des Lebens erschienen so übermächtig, dass man sich richtig an-
strengen musste. Und unwillkürlich musste man daran denken, wozu das alles gut sein sollte.

Neben seinem Appetit hatte Koskela auch die Fähigkeit
zu schlafen verloren. Den größten Teil der Nacht wälzte er
sich im Bett herum, bis er gegen vier Uhr morgens schließlich aufgab. Manchmal vor vier, manchmal nach vier, aber als
Mittelwert definierte er vier Uhr. Dann setzte er sich in seiner
Dienstwohnung an den Esstisch. Sah aus dem schmutzigen
kleinen Fenster. Und wartete. Wartete, dass der Morgen an-
brach, dass etwas geschah. Dass sich das Leben in irgendeine
Richtung bewegte. Jeden verdammten Morgen. Aber es bewegte sich nie irgendwohin.

Bis jetzt. Jetzt hatte es plötzlich eine Richtung genommen,
von der er nicht sicher war, wo sie hinführen würde. Aber
irgendwohin würde sie führen. Er wollte glauben, dass er jetzt

etwas zu Ende bringen konnte, was vor langer Zeit begonnen hatte. Olavi Heiskanen. Koskela dachte an Inkeris Worte. Die Briefe, die Inkeri ihm zuerst ins Gefängnis und dann an seine Privatadresse geschickt hatte, hatten ihn anfangs kein bisschen interessiert. Er bekam ständig Briefe von Frauen. Von verzweifelten Frauen, die an Häftlinge schrieben, um Aufmerksamkeit, Unterstützung oder was auch immer zu bekommen. Viele fanden so einen Ehemann. Schon merkwürdig. Oder es schrieben ihm irgendwelche durchgedrehten Weiber oder aber Frauen, die Polizisten hassten. Es war auch nicht ungewöhnlich, dass er Briefe bekam, die alte, längst aufgeklärte Kriminalfälle aufnahmen oder aber ungeklärte Verbrechen. Erst als Inkeri ihn angerufen und er ihr den Hörer aufgeknallt hatte, hatte er ihren Brief noch einmal herausgesucht, ihn gelesen und angefangen, die Möglichkeit in Betracht zu ziehen, dass sie die Wahrheit sagte. Und wenn sie die Wahrheit sagte, was bedeutete das? Koskela hatte sehr schnell herausgefunden, wer Inkeri Lindqvist war. Ebenso schnell war ihm auch aufgegangen, worum es bei alldem ging, und er hatte nicht gewusst, wie er sich verhalten sollte.

Sollte er die ganze Wahrheit sagen und sich dafür selbst noch größere Schwierigkeiten einhandeln? Oder sollte er nichts sagen und alles abstreiten, was dazu führen konnte, dass Inkeri sich mit ihren Fragen an Stellen wenden würde, die Koskela mit allen Mitteln aus der Sache heraushalten wollte? Er wusste es nicht. Er wusste es wirklich nicht. Er beschloss, seinen Instinkten zu vertrauen und abzuwarten. So hatte er es ja auch bisher in seinem Leben gemacht. Er hatte sich mit seinem Teil begnügt, das Notwendige getan, das, was er für das Beste hielt. Er hätte von sich gesagt, dass er ein rechtschaffener Mann in einer ziemlich üblen Welt war.

Manchmal dachte er darüber nach, sich mit Anstand von dieser Welt zu verabschieden. Er hatte niemanden mehr. Seine Frau war schon vor über zehn Jahren dem Krebs erlegen. Und im Krieg war auch Nessa gestorben. *Nessa.* Eine rotbraune Spitzhündin, die das Beste war, was Koskela jemals passieren konnte. Er hätte es ja irgendwie verstanden, wenn der Hund an Altersschwäche gestorben wäre. Oder wenn jemand ihn erschossen hätte, aus Versehen, aber nein. Auch der Hund war an Krebs gestorben. An einem kleinen Knubbel, der plötzlich in seinem Nacken aufgetaucht war. Was war das aber auch für ein hinterhältiges Scheusal. Dieser Krebs. Warum konnte er nicht einmal unbescholtene Tiere in Ruhe lassen? Menschen verdienten ihn. Aber grundanständige Hunde wie Nessa doch nicht. Falls Koskela zuerst abberufen worden wäre, hätte sie sich an sein Grab gesetzt und wäre so lange sitzen geblieben, bis sie schließlich dort gestorben wäre. So ein Tier war Nessa.

Treue.

Genau. Treue war das, was in der Beziehung zu anderen am Ende zählte. Nicht, wie sehr man jemanden mochte oder hasste. Nicht, ob man vom selben Blut oder aus demselben Holz geschnitzt war. Nein. Sondern, dass der andere bereit war, alles einzulösen, was er einmal versprochen hatte. Im Angesicht des Todes an deiner Seite zu sein, dir in den dunkelsten Stunden zu Hilfe zu kommen. Zu töten, wenn es nötig war. Solche Menschen gab es nicht viele auf der Welt. Nach Koskelas Erfahrung nur eine Handvoll.

Koskela sah nach Norden und wandte sich dann in die entgegengesetzte Richtung. Er steckte seine Taschenuhr ein. Er dachte immer noch täglich an Nessa. Nessa war in Alakurtti dabei gewesen, wo er mit Väinö Remes zusammengearbeitet hatte. Doch einmal war Nessa verschwunden. Sie war losgelaufen und der Witterung irgendeines Tieres über die Grenze gefolgt. Natürlich kümmerte sich niemand im Lager darum. Menschen starben dort wie die Fliegen. Warum sollte man da einen lumpigen Hund retten wollen?

Aber dieser Remes. Koskela war für den vaterlosen Jungen zu einer Art Vaterfigur geworden. Koskela hatte keine eigenen Kinder, also konnte er nicht sagen, ob er Remes so nah war wie ein Vater seinem Sohn, aber er hatte beschlossen, auf den Jungen aufzupassen. Der war zu Anfang sehr sensibel gewesen. Normalerweise machte Koskela so ein weibisches Verhalten rasend, aber aus dem blassgesichtigen Jungen wurde schließlich sein bester Freund. Er hatte gesehen, wie dieser in seiner Freizeit emsig in ein Heft schrieb. Wie ernst er die auf- oder untergehende Sonne betrachtete und dabei über das Leben und den Tod nachdachte. Koskela wiederum sah nicht ein, was es da groß nachzudenken gab.

Vielleicht war der Krieg zu viel für solche Menschen.

Aber es stimmte auch, dass der Krieg Menschen auf diese Weise zusammenbrachte. Wenn man so etwas mit jemandem teilt, dann kann man einem Menschen eigentlich nicht mehr näherkommen. Weder in der Freude noch im Leid.

Väinö hatte verstanden, wie sehr es ihn schmerzte. Dass der Hund weggelaufen war. Und dieser Junge war tatsächlich losgegangen, um Nessa zu suchen. Ein kleines Tier mitten im ringsum tobenden Krieg. In unbekanntem Gelände. In der gefährlichen Wildnis. Und eine Woche später war der Junge zurück. Mit Nessa. Er hatte sie versteckt im Kadaver eines verendeten Tieres gefunden. Sie hatte dort Schutz gesucht. So klug war Nessa gewesen.

Ein paar Monate später wurde bei ihr dann der Krebs

entdeckt, und es stellte sich heraus, dass sie getötet werden musste. Sie litt einfach zu sehr. Dieser Remes hatte sich auch dazu angeboten. Nessa für Koskela zu erschießen. Aber Koskela war der Typ Mann, der das nicht auf sich sitzen lassen konnte. Das würde er für den Rest seines Lebens bereuen. Er musste ihr Leben selbst beenden.

Nessa hatte im Sterben nur ein kleines Winseln von sich gegeben. Dieses Winseln würde Tapani nie vergessen. Er dachte oft daran, morgens um vier, wenn er aus dem Fenster sah.

Zusammen mit Remes hatte Koskela Nessa im Schatten eines kleinen Baumes beerdigt. Ein geschützter Platz. Remes hatte dem Tier ein kleines Holzkreuz geschnitzt.

Für das alles empfand Koskela Remes gegenüber große Dankbarkeit. Aber dann wurde das Einsatzkommando Finnland eingestellt, und er sah Remes lange nicht wieder. Er wusste nicht, wo er geblieben war. Koskela ging zurück nach Rovaniemi, aber an einem Wintermorgen – oder war es schon im Frühling, was spielten Jahreszeiten denn noch für eine Rolle? – war Koskela Remes in Inari begegnet. Er war so blass, dass Koskela zuerst dachte, er habe einen Geist gesehen. Und in gewisser Weise war das auch so. Das war nicht mehr der Junge, den er in der Wildnis von Kainuu bei der Versammlung der *Vaterländischen Volksbewegung* aufgelesen hatte. Etwas an dem Jungen hatte sich seit dieser Zeit verändert. Die Augen so schwarz und die Wangen so schmal. Auch still war er geworden. Früher hatte er immerhin Guten Tag und Auf Wiedersehen gesagt.

Und dann war da noch Saara.

Saara.

Koskela bog an der Kreuzung ab. Das Haus sah genauso

aus wie bei seinem letzten Besuch. Das war auch das letzte Mal gewesen, dass er Väinö Remes gesehen hatte. Damals war alles voller Asche und Rauch gewesen. Auf der Erde lagen mitten im Flug verbrannte Vögel. Die schwelenden Rußhäufchen hinterließen einen schwarzen Rand auf dem Boden.

Koskela schüttelte den Kopf, um die Erinnerungen hinter sich zu lassen, und dachte an das Foto, das er bei Inkeri gesehen hatte. Fotos aus der Zeit *durfte es nicht geben*. Im schlimmsten Fall würde das Foto jemanden auch auf seine Spur führen. Er wollte nicht noch einmal ins Zuchthaus. Wenn Koskela seine Karten richtig ausspielte, dann bekäme er das Foto, ohne dass Inkeri etwas ahnte. Ärgerlich war nur, dass Inkeri nicht dumm war. Aber auch Koskela hatte einen Plan. Doch zunächst musste er etwas herausfinden. Das, was Inkeri ihm erzählt hatte … Konnte das wahr sein?

Koskela war am Ziel, er öffnete die Verandatür und klopfte erst an der Tür zum Flur an. Dort herrschte ein strenger Geruch nach Chemikalien. Er vermutete, dass der Raum nebenan eine Dunkelkammer war. Als er aus der Stube eine Stimme hörte, öffnete Koskela die Tür. Er sah, wie Inkeri den Blick vom Tisch hob. Sie saß vor einem Papierhaufen und bastelte an irgendetwas. Die Stube hatte sich in sechs Jahren verändert. An den Fenstern hingen modische Vorhänge mit großen Mustern, das Grammophon spielte Musik, und auf einem Stativ war ein Kasten aufgebaut, den Koskela als Fotoapparat erkannte. Er runzelte die Stirn, als sein Blick auf eine hohe Pflanze fiel, die ihn keineswegs überraschte. Sie bewies, dass er richtig lag. Er schloss die Tür.

»Du musst ja einen ziemlich grünen Daumen haben, wenn so eine Pflanze hier überlebt«, sagte er schmunzelnd und in einem Tonfall, der locker klingen sollte. Inkeri sah zuerst

Koskela an, dann den vorn überhängenden Ficus und dann wieder Koskela.

»Ach so. Ich verstehe nicht viel davon. Aber mein Mieter.«

»Sieh an. Also hat dein Mieter einen ziemlich grünen Daumen«, stellte Koskela fest und setzte den Hut ab. »Was machst du da?«

»Ich bereite etwas vor.«

»Du bereitest etwas vor? Wofür?«

»Morgen ist eine Beerdigung.«

»Beerdigung? Von wem?«

»*Von Áddjá*«, tönte es von der Tür her. Koskela drehte sich um. Er war verblüfft, Bigga zu sehen, obwohl es eigentlich keine große Überraschung hätte sein dürfen.

»Bigga-Marja, bist du das?«, fragte er und verzog das Gesicht zu einem Lächeln. »Ist nicht wahr. Du bist … *gewachsen.*« Im Krieg war ihm Pieras Enkelin öfter über den Weg gelaufen, aber die letzte und eindrücklichste Erinnerung an sie war eben von jenem Tag, an den er draußen gedacht hatte. Bigga war verweint und schmutzig herbeigelaufen gekommen. Das Lager nebenan hatte in Flammen gestanden. Bigga hatte gesagt, es habe dort eine Explosion gegeben. *Eine Explosion.*

»Tja. Ob du mich überhaupt noch erkennst? Ich bin …«, begann Koskela.

»Klar erkenne ich dich«, unterbrach Bigga ihn, ging direkt zum Sofa und rollte sich dort zusammen.

Plötzlich wusste Koskela nicht, wie er sich verhalten sollte. Das passierte ihm selten. Vielleicht lag es an diesem Ort. Dieser Ort rief ihm den Krieg so intensiv ins Gedächtnis. Bevor der Lapplandkrieg richtig begann, war Koskela mit einer kleinen Truppe an der Grenze unterwegs und ging dort über die

Dörfer. Es hatte den ganzen Sommer über Partisanenangriffe gegeben. Der *Sommer der Angst*. Da gab es diesen einen Fall. In den allerletzten Kriegstagen. Oder sogar noch danach. Im September, als Koskela aus Enontekiö zurückgekommen war. Der Trupp hatte ein kleines Dorf gefunden. Zufällig. Es war vollkommen zerstört. Dreiundzwanzig Leichen. Die Frauen waren erschossen worden und vergewaltigt, vorher wie nachher. Manche von ihnen waren an Bäume gefesselt. Man hatte sie in anstößigen Stellungen zurückgelassen. Die Wunden waren schon voller Fliegeneier. Die Kinder hatte man rücklings mit Bajonetten erstochen. Den ganzen Winter ging das so. Obwohl überall evakuiert werden sollte, konnte man nicht alle Orte durchgehen. In abgelegenen, unwegsamen Gebieten waren die Menschen auf sich gestellt. Solche Dörfer gab es viele. Vergewaltigt, verbrannt, zerstört.

Nur Asche schwebte über den Leichen.

Aber auch damals hatte Koskela gewusst, was zu tun war. Im Krieg gab es mehr Gesetze, Routinen und Regeln als zu Friedenszeiten. Im Frieden herrschte Freiheit. *Freiheit*. Dafür gab es keine Regeln. Freiheit bedeutete nichts als Chaos. Was für ein Leben war das?

»Herzliches Beileid«, sagte Koskela so leise, dass es kaum mehr als ein Flüstern war.

»Möchtest du Kaffee?«, fragte Inkeri. Koskela blickte sich um. Er überlegte, was wohl passieren würde, wenn Inkeris Mieter plötzlich zur Tür hereinkäme. Wie würde er reagieren? Wie würde er, Koskela, reagieren?

»Nein. Das ist jetzt wohl kein guter Zeitpunkt. Ich komme später wieder. Ich … Ich habe etwas für dich, Inkeri. Aber ich sollte es dir jetzt nicht geben. Die Sachen, die ich dabei habe, verlangen ein paar Erklärungen, und ich würde mir wünschen, dass du dich dann ganz darauf konzentrieren kannst.«

Inkeri erhob sich. »Nach der Beerdigung habe ich reichlich Zeit.«

»Dann bringe ich es nach der Beerdigung vorbei«, sagte Koskela und wandte sich zum Gehen. Doch dann hielt er inne.

Inkeri sah ihn fragend an. Bigga blätterte in einem Buch, das wie ein Briefmarkenalbum aussah.

»Dein Mieter ist offenbar nicht zuhause?«, fragte Koskela und beobachtete dabei Bigga. Die hob den Kopf. Einen kurzen Moment trafen sich ihre Augen. Bigga biss sich auf die Lippe und senkte den Blick.

»Nein. Warum?«, fragte Inkeri.

»Einfach so. Es würde mich nur interessieren, wie er mit dieser Pflanze da umgeht.«

»Ich kann ihm ausrichten, dass du nach ihm gefragt hast«, entgegnete Inkeri.

»Nein, das brauchst du nicht. In der Tat wäre es gut, wenn du ihm gar nichts sagen würdest«, sagte Koskela schnell. »Und wenn es nicht zu viel verlangt ist, würde ich gerne mit zur Beerdigung kommen. Dein Mieter ... Er kommt doch auch?«

Inkeri sah Koskela mit schiefgelegtem Kopf an.

»Klar.«

»Gut«, sagte Koskela, nickte und ging. Er schloss die Tür hinter sich und dachte an Nessas zufriedenen Gesichtsausdruck, wenn jemand sie am Hals kraulte, an der Stelle, wo das Halsband einen Abdruck hinterlassen hatte.

INARI

Aug. 44

Saara will mir nicht verzeihen. Sie spricht nicht mehr mit mir. Sie sieht mich nicht mal an.

Aug. 44

Wir haben das Boot zusammengenäht, mit Teer bestrichen, innen und außen geölt, und nun ist es fertig. Zusammen mit Biret-Ánne bin ich damit auf Jungfernfahrt zu einer Insel in der Nähe gerudert. Auf der Insel ist eine Höhle, in der immer Frost herrscht. Das Eis dort ist noch nie aufgetaut, es ist so alt wie der See.

Aber als ich in die Höhle kam, fing es sofort an zu schmelzen.

Aug. 44

Am Abend haben die Zeitungsfotografen gefeiert. Morgen reisen sie ab. Sie wollten ein paar Bilder von uns machen. Heiskanen, mehrere Gefangene, einige andere Wachen und sogar Kommandant Felde stellten sich zur Verfügung. Selbst Saara willigte ein. Auch Biret-Ánne stapfte zufrieden ins Bild und pflanzte sich direkt vor dem Arzt auf.

Ich betrachtete das Treiben aus einiger Entfernung, obwohl man mich auch gefragt hatte. Saara sah mich so eisig an, so voller Wut. Einmal berührte Heiskanen Saara an der Schulter und flüsterte ihr etwas ins Ohr. Dann richtete Saara ihren Blick auf die Kamera, und ich war sicher, dieser Blick würde den Apparat zerschmettern.

Aug. 44

Saara und Heiskanen gehen mir nicht aus dem Kopf. Ich kann nicht schlafen, und wenn ich wach bin, kriege ich nichts zustande. Zwischen den beiden ist etwas, was ich nie bekommen werde. Was hat Heiskanen, das ich nicht habe? Ich muss was unternehmen. Ich muss mir meinen Platz zurückerobern, Heiskanen aus dem Weg schaffen.

Aug. 44

Kalle wurde im Nachttransport nach Inari verfrachtet. Ich war dabei. Ich habe ihn zu Koskela ins Gefängnis überstellt. Auf Befehl des Kommandanten. Heiskanen wusste nichts davon. Er geriet in Panik und tobte bei Felde.

Ich liege wach, umklammere das Wiegenamulett von Biret-Ánne und wünschte, ich wäre woanders.

Aug. 44

Heute kam der Befehl, eine Bahnstrecke zur Verteidigungsanlage zu bauen. Felde sagte, er würde auch Heiskanen dorthin beordern.

Plötzlich kamen aus meinem Mund die Worte, dass Felde die ganze Zeit recht gehabt hatte. Von den Lügen wurde mein Mund ganz trocken, aber ich machte weiter. Ich sagte, Heiskanen müsse eliminiert werden. Ich log ihm vor, ich wüsste, dass er Informationen an die Staatspolizei weitergibt.

Felde gab mir den Befehl, ihn zu töten.

Aug. 44

Der Morgen war neblig. Dunstig. Zusammen mit Heiskanen mache ich die Gefangenen zum Abmarsch bereit. Er redet kein Wort mit mir. Er ahnt irgendwas. Wenn er einen Schritt macht, mache ich zwei. Aufeinander zu, dann wieder auseinander, wie beim Tanzen. Oder im Spiegel. Diesmal bin ich ihm voraus.

Aug. 44

Es ist zwar noch warm, aber auch auf eine neue Art kühl. Das Wetter lässt die Dumpfheit des Sommers verwehen. Man riecht die Erde, sie riecht fast genauso wie im Frühling, aber es liegt noch etwas anderes in der Luft. Ich warte auf etwas, aber ich weiß nicht, auf was.

Ich warte auf den Tod.

Ich warte auf das Leben.

Aug. 44

Im Kirchdorf gingen wir an Saaras Haus vorbei. Ich warf ihr einen Brief in den Briefkasten. Im Umschlag war auch das Wiegenamulett. Außerdem hatte ich einen Zweig von der Lappland-Alpenrose dazugelegt, den letzten, der blühte.

ENONTEKIÖ, 1950

Bigga konnte ihre Tränen nur schlecht verbergen. Neben dem neuen Gotteshaus stand ein Gebäude, das als provisorische Kirche fungierte, und dort wurde Piera in seinen ewigen Tod entlassen. Etwa fünfhundert Meter Richtung Norden erstreckte sich der Friedhof, ein großes Meer aus Flechten. Die Kreuze der alten Gräber waren windgepeitscht. Auf den Steinen standen Namen, die Olavi noch nie gehört hatte. In einiger Entfernung war Baulärm zu hören. Die Fertigstellung des Rathauses kannte weder Tag noch Stunde.

Olavi hörte ein Pferd schnauben. Er wandte sich um und sah ein rotbraunes Landpferd. In gewisser Weise war es ein Glück, dass die vom Staat beschlagnahmten Kriegspferde noch immer vermietet wurden, denn sonst hätte es nicht genug Arbeitspferde gegeben. Aber es war teuer. Sieben Mark im Monat. Der Preis war seit den härtesten Wiederaufbaujahren nicht gesunken. Olavi hatte auch für das Abholen des Leichnams eine Mark zahlen müssen.

Die Gedenkrede begann. Die Stimme des Pfarrers trug weit über die Gemeinde hinaus. Alle Sámi waren festlich gekleidet. Obwohl Olavi wusste, dass sie zu Beerdigungen normalerweise schlichtere Trachten anlegten, wurde er von der Farbenpracht rundherum schier geblendet. Silberdurchwirkte Tücher und Mützenbänder, die goldenen und silbernen Schließen mit ihren runden Scheiben glitzerten mit der Sonne um die Wette. Bigga trug ein altes Kleid ihrer Mutter, das Lasses Frau für sie geändert hatte. Die Zierbänder an Saum, Schulter und Brust standen für die Familie, zu der sie gehörte. Auch um die Stiefel waren Bänder gewickelt, die Troddeln schwangen bei jedem Schritt. Olavi fand es seltsam, das Mädchen so zu sehen. Während er sie betrachtete, wurde ihm klar, dass er das Dorf seit langer Zeit, wenn nicht gar seit Jahren, nicht mehr so farbig gesehen hatte. Genauer gesagt, seit der Grundsteinlegung für die Kirche. Seitdem hatte sich alles verändert, die Menschen hatten sich verändert. Es schien, als sei seither eine Ewigkeit vergangen.

Olavi streckte sich und zupfte sein Jackett zurecht. Er trug einen dunklen Anzug und einen Hut, den er abnahm und wieder aufsetzte. Es schien, als sei der Hut einzig und allein dafür da: um ihn abzunehmen, wenn es an der Zeit war, den Sarg ins Grab zu senken. Auch Inkeri hatte einen Hut auf, er bestand größtenteils aus schwarzem Netzstoff und war mit einer schwarz-grün glänzenden Feder verziert, die sich im Wind bewegte. Diese Kleidung war wie eine Erinnerung an eine frühere Zeit. Eine Zeit vor dem Krieg, eine Zeit vor allem anderen. Außerdem trug Inkeri einen tiefblauen Diamantanhänger um den Hals, der so manche Frage aufwarf. Auch Olavi war nicht auf den Gedanken gekommen, dass Inkeri solchen Schmuck besitzen könnte. Zugleich fiel ihm auf, wie wenig er insgesamt über sie wusste.

Inkeri blickte in der Menschenmenge umher, als suche sie etwas. Olavi wusste, dass sie in ihrer Handtasche ihre Sonnenbrille bei sich trug, und erkannte an ihrem Gesichtsausdruck, dass sie Kopfschmerzen hatte, obwohl sie sich ganz offensichtlich bemühte, es zu verbergen. Ihre Finger hatten vom Rauchen gelbliche Flecken.

»*Von der Erde bist du genommen, zur Erde kehrst du zu-*

rück«, sagte der Pfarrer. Auf dem Metallkreuz die Worte: *Im Leben geliebt, im Tod beweint.* Es waren viele Gäste. Piera war ein weithin geschätzter Mann gewesen. In den Gesichtern der Trauernden spiegelten sich Hilflosigkeit und Ergebenheit. Furcht. Das war Trauer. Stille Akzeptanz.

Das Amen schallte über die Bäume, Olavi setzte sich den Hut wieder auf.

Inkeri kam auf ihn zu.

Anfangs begriff Olavi nicht, wer da neben ihr stand. Er sah den Mann zwar, er sah ihm sogar in die Augen, und im Nachhinein konnte er nicht verstehen, warum er eigentlich nichts gesehen hatte. Hatte die Zeit Koskela vielleicht so verändert? Nein. Das war es nicht, begriff Olavi. Obwohl er ein bisschen, aber doch sichtbar an Gewicht verloren hatte, war Koskela genauso wie früher. In dem Moment wurde Olavi klar: Es war er selbst, den die Zeit so verändert hatte.

Die Männer gaben sich die Hand. Inkeri verfolgte ihre Gesten aufmerksam. Aber keiner sagte mehr als seinen Namen. Als würden sie sich nicht kennen. So wie es vereinbart war. Niemand von ihnen hätte im Krieg dort sein dürfen, wo sie gewesen waren.

»Koskela. Tapani Koskela.«

»Olavi. Olavi Heiskanen.«

Stumm sahen sie zu, wie andere Leute an ihnen vorbeigingen. Irgendein Fremder zupfte Inkeri am Ärmel und sie war ganz offensichtlich verärgert, dass sie beiseitegehen musste. Auch Bigga beobachtete die beiden interessiert, und Olavi war auch klar, warum. Das Mädchen wusste, dass sie sich kannten.

»Angelst du?«, fragte Koskela plötzlich. Olavi sah ihn verblüfft an.

»Nein. Eigentlich nicht.«

»Schade. Ich hätte zufällig ein Boot zu verkaufen.«

»Ein Boot?«

»30 000 Mark. Ganz ordentlicher Kahn.«

Olavi steckte sich eine Zigarette in den Mund und zündete sie an. Seine Hände zitterten. Bigga nestelte an den Bändern ihres Überwurfs. Da kam eine Frau heran, stellte sich vor und fragte, wie sie heiße.

»*Mu namma lea Hágas-Bierá Biggá-Márjá*«, zischte sie.

»*Leago Hágas Bierá du áddjá?*«, fragte die Fremde. Bigga nickte, wandte den Kopf ab, und die Frau machte sich eilig davon.

»Welche Farbe?«, fragte Olavi.

»Grün. Es ist grün. Noch im Krieg gebaut, August 44. Von Kriegsgefangenen gestrichen«, sagte Koskela laut und rauchte. Olavi kam es vor, als würde er in einem stillen Dunst versinken. Im Sumpf.

»Motorisiert?«

»Nachträglich.«

»Der Herr Polizeimeister sollte aber wissen, dass man sich in diesen Zeiten ein Boot nicht aus reiner Freude am Angeln zulegen sollte. Das könnte Schwierigkeiten geben«, mischte sich Bigga ein. Sie hatte die Arme vor der Brust gekreuzt. Beide warfen dem Mädchen einen überraschten Blick zu, Olavis Mundwinkel zuckte.

»Ich stelle dir eine Genehmigung aus, die kannst du der Polizei zeigen, falls sie nachfragt.«

»Besser, sie fragt gar nicht erst«, gab Olavi zurück.

»Dann eben nicht«, schmunzelte Koskela. »Du hättest es zu einem günstigen Preis haben können.«

Weit weg am Horizont türmten sich dunkle Wolken über den Fjells. Regen. Gewitter. Hier schien die Sonne. Es war merkwürdig, dass das Wetter unweit von hier ganz anders war.

»Na ja. Wir beide sehen uns noch. Bald«, sagte Koskela und machte sich auf den Weg zur Kaffeetafel. Bigga und Olavi verfolgten, wie er zu Inkeri ging und die beiden ein Gespräch begannen. Bigga warf Olavi einen Blick zu.

»Worüber unterhalten die sich wohl?«, fragte sie.

»Bestimmt übers Wetter«, versetzte er und nahm sich eine Zigarette.

Er zündete sie an.

Bigga streckte die Hand aus. Olavi gab ihr die Schachtel und das Feuerzeug. Sie horchten auf das Rauschen des Windes. Sie betrachteten den bemoosten Friedhof und die Gräser, die so hoch waren, dass sie scheinbar fast den Himmel berührten. Sie hörten die Gäste allmählich aufbrechen. Die Straße staubte von Autos, Pferden und Rentieren, die Sonne wanderte nach rechts. Wolken glitten über die Fjells.

INARI

Aug. 44

Die Überschwemmung legt menschliche Kadaver frei, halb aufgefressene weiße Augäpfel mit ihren verschiedenfarbigen Iriden. Die ausgeschiedenen Därme der Gefangenen liegen im nassen Schlamm wie Kreuzottern im Sand. Wenn man darauftritt, werden sie selbst zu Pampe zerquetscht.

Er regnet, die Gewässer treten über die Ufer. Der Boden ist schlammig, man kann nirgends entlanggehen, ohne nass zu werden, und überall ist Schwärze. Leere. Lauter Leere und Schwärze. Stille. Kann sein, dass ich gestürzt bin. Ich bin mir nicht sicher, aber ich bin voller Schlamm und Dreck. Ich habe mir den Kopf angeschlagen. Oder vielleicht hat auch jemand auf mich geschossen.

Als ich aufstehe, frage ich mich: Haben die Vögel eigentlich jemals gesungen?

Mein linkes Nasenloch blutet. Das geht schon über eine Stunde so. Mein Gesicht ist rot vor Blut. Es gibt keine Vögel mehr. Nachts bekomme ich hohes Fieber. Meine Knochen drängen aus dem Körper. Wespen stechen mir in die Augen, ich höre ihr Summen und will sie abwehren. Ich bin im Delirium und habe überhaupt nicht geschlafen, aber das kann eigentlich nicht sein, denn jemand ist hier gewesen und hat mir einen Napf mit Wasser ans Bett gestellt, wie für einen Hund, und mir einen Lappen auf den Kopf gelegt, und ich kann mich an nichts erinnern. Ich bin mir nicht sicher, wer es war. Vielleicht niemand. Vielleicht bilde ich mir das alles nur ein. Vielleicht habe ich es selbst getan. Oder vielleicht war es Saara. Aber ich weiß, dass sie es nicht war. Es gibt sie nicht mehr. Sie ist weg. Vielleicht habe ich mir auch sie nur eingebildet. Olavi gibt es auch nicht. Kalle ist weg. Hier ist niemand. Es gibt mich nicht mehr. Alle sind tot. Alle. Ich habe niemanden umgebracht, schreie ich im Traum.

Ich war beim Arzt, ich kann mich zwar nicht daran erinnern, aber man hat es mir gesagt. Wer hat es gesagt? Ich weiß es nicht. Ich habe es halt gehört. Die Medikamente, die ich zuletzt bekommen habe, gibt es nicht mehr. Ich habe sechzig Tabletten bekommen. Irgendwelche. Ich weiß nicht, was das für eine Arznei ist. Vorhin habe ich eine Handvoll davon genommen. Eine flaumige, weiche Woge. Fallen. Ich springe ins Leere, und die Leere dauert so lange, bis mein Bauch anfängt, zu schmerzen und zu rumpeln. Ich wache von meinem eigenen Erbrechen auf. Zwei Tage sind vergangen, seit ich zuletzt einen Vogel habe singen hören. Es war wahrscheinlich eine Meise.

Nein, fünf Tage sind vergangen, und es war ein Haselhuhn. Eine Woche ist vergangen.

Die Stute ist weggelaufen und hat die Vögel mitgenommen. Vögel auf ihrem Rücken, aufgereiht wie auf einem Ast.

Niemand spricht mit mir. Niemand sagt etwas zu mir. Die Erinnerung an mich verblasst, und ich verschwinde. Das Spiegelbild ist leer wie ein verlassenes Haus. Zum ersten Mal merke ich: Ich habe mich in den Gemüsegarten geschleppt. Dort bleibe ich für Tage. Ich esse Erde. Keine Möhren oder Kartoffeln. Die gibt es nicht mehr.

Ich erbreche mich.

Ich habe Durchfall.

Grünes Gas, denke ich, aber hier ist kein Arzt mehr, der das noch feststellen könnte.

Anscheinend schlafe ich im Stall.

Sicher bin ich mir nicht, aber es ist gut möglich.

Ich esse Heu wie ein Pferd.

Ich weiß nicht. Ich kann mir nicht vertrauen.

Ich esse Erde. Die Erde riecht nach Eisen. Süßlich und nach Eisen. Nach Blut.

Ist hier jemand?, rufe ich so laut, dass die Bäume davon umstürzen.

Ich bin auf die Überreste toter Menschen getreten. Ein Bär hat einen davon zerfetzt. Er hat mich nicht gesehen, denn ich bin auch tot. An meiner Schuhsohle klebt etwas. Es ist feucht und glänzend.

Ich liege ewig da, wo sie mich zum ersten Mal geküsst hat.

Es regnet und weht.

Ununterbrochen.

Die ganze Zeit.

Die Tage. Sie überschwemmen den Stall.

Die Vögel sind gestorben.

ENONTEKIÖ, 1950

Olavi spitzte die Ohren. Er hörte ganz deutlich, dass jemand in seinem Rücken auf ihn zu ging. »Grüß dich«, sagte der Ankömmling außer Atem. Ansonsten war die Stimme fest.

»Grüß dich«, sagte Olavi, ohne sich nach ihr umzudrehen.

»Wusstest du, dass dieses Gebiet voller uralter Fallgruben ist, die von Sámi gegraben wurden?«

»Nein, wusste ich nicht«, erwiderte die Stimme. Der Mann erreichte Olavi, setzte sich zu ihm, schüttelte die Beine aus und nahm eine Pfeife aus der Tasche. »Du hast dir ja einen Ort ausgesucht«, sagte Koskela und atmete tief ein, hustete und holte noch einmal tief Luft. Am frühen Morgen herrschte eine berauschende Stille.

»Bigga hat dir Bescheid gesagt?«

»Bigga hat mir Bescheid gesagt.«

»Hast du geglaubt, dass es so kommen würde?«, fragte Olavi, als Koskela ganz zu Atem gekommen war. »Dass von allen Menschen auf der Welt ausgerechnet wir beide übrig sind?«

»Nein«, entgegnete Koskela. »Kann ich nicht sagen.«

»Was meinst du, mit wie viel Prozent Wahrscheinlichkeit?«

»Keine Ahnung. Nicht viel. Vielleicht zehn?«

»Zehn …«, wiederholte Olavi und musterte den Flachmann in seiner Hand. *Zehn …*

»Oder acht. Ich würde sagen, acht.«

»Auf jeden Fall wenig. Verdammt wenig.«

»Eine geradezu verschwindend geringe Wahrscheinlichkeit«, stellte Koskela fest. »Ich dachte, du bist in Amerika.«

»Und du bist im Zuchthaus gelandet.«

»Ja. So haben es die klugen Herren beschlossen.«

Olavi schluckte. »Ich hatte Angst, du würdest mich auch verpfeifen.«

»Hab ich nicht.«

»Stimmt. Hast du nicht.«

»Dran gedacht hab ich schon. Also damals. Jetzt nicht mehr. Ich dachte, es wäre sowieso nicht darauf angekommen. Niemand hätte dich gefunden, denn du wolltest ja nach Amerika gehen. Irgendwas hat mich davon abgehalten, zu plaudern, also hab ich nicht geplaudert.«

»Haben die nachgefragt?«

»Was meinst du?«

Olavi zog an seiner Zigarette. Er schluckte. »Du weißt schon.«

»So was in der Art. Sie haben das Thema gestreift. Aber es gab keine Beweise, nichts ist erwiesen. Die damaligen Leute von der Abteilung Paatsola haben die Ermittlungen geführt. Es gibt sogar immer noch Agenten, die hinter der Sache her sind, aber Genaues wissen die natürlich nicht. Die haben nicht genug Leute.«

»Ach so. Ich dachte immer, du warst auf deren Seite.«

»Ja. War ich auch. Und bin ich immer noch. Manche Sachen sind es aber einfach nicht wert, ausgeplaudert zu werden.«

»Wir haben nicht richtig gehandelt.«

»Nein. Habt ihr nicht. Aber es geht ja um das größere Ganze. Die sind hinter den kleinen Fischen her: Sie versuchen, möglichst viele dingfest zu machen, damit sie allen unter die Nase reiben können, dass man den großen Fisch gar nicht kriegen muss. Das wollen die.«

Olavi hatte einen Stock in die Hand genommen und malte damit Muster in den Sand. Die Sonne stieg über die Kette der Fjells. Die Wolken hatten sich aufgelöst. Blumen dufteten im frühen Morgen.

»Wusstest du, dass Kaarlos Name im Gefangenenregister des Roten Kreuzes auftaucht?«

»Ja. Ich habe ihn ja selbst dort eingetragen«, erwiderte Koskela. Olavi streckte die Zehen und öffnete eine Tüte mit Proviant.

»Ich hab uns was zu essen mitgebracht«, sagte er leise und nestelte ein Stück Brot heraus, reichte es Koskela und zeigte auf das Lagerfeuer. »Kaffee.« Auf dem Feuer zischte eine kleine Kanne. Olavi schenkte sich und Koskela Kaffee in hölzerne Trinkschalen.

»Manchmal sind Leute auf diesen Wanderwegen unterwegs. Die meisten sind alte Rentierwege, aber manche wandern auch einfach nur so. Zum Spaß. Schon komisch«, wunderte sich Olavi. »Von hier sieht es so aus, als sei da nur Gestein und Geröll. Aber wenn man dann in die Täler kommt, sind da richtige Urwälder. Zu dieser Jahreszeit wachsen da Seerosen und Trollblumen und alle möglichen Pflanzen, die es nicht überall gibt.«

»Du und deine Blumen.« Koskela lachte auf. »Ich muss sagen, ich war verdammt froh, aber auch überrascht, als ich dich gesehen habe«, sagte er und brach in ein fröhliches Lachen aus. Er klopfte Olavi auf den Rücken.

»Ja. Ich auch«, entgegnete Olavi und lächelte.

»Warum um alles in der Welt bist du immer noch hier? Hast du rausgekriegt, ob Bigga-Marja die Wahrheit gesagt hat?«

Olavi senkte den Kopf und versuchte, nicht daran zu denken. Rauch. Schwarz verkohlte Tiere. »Bestimmt hat Bigga die Wahrheit gesagt.«

»Und trotzdem bist du hiergeblieben?«

»Ja«, sagte Olavi leise. »Vielleicht dachte ich, ob es nicht doch … Dass Bigga sich versehen hat. Dass sie gelogen hat. Sie war damals ja noch ein kleines Kind. Kinder denken sich alles Mögliche aus. Und aus dem Grund habe ich wahrscheinlich auch Inkeri Saaras Namen gesagt. Ich wollte einfach an der Vorstellung festhalten.«

»Und, denkst du das immer noch?«

»Ich bin mir ziemlich sicher, dass Bigga recht hatte.«

»Wie sicher?«

»So gut wie hundert Prozent.«

Koskela schnalzte mit der Zunge.

»Weiß Inkeri, was mit Kaarlo passiert ist?«, fragte Olavi.

»Keiner von uns weiß, was mit Kalle passiert ist«, rief ihm Koskela in Erinnerung.

»Warum hast du Inkeri geholfen?«, fragte Olavi etwas vorwurfsvoll. Koskela brach in großes Gelächter aus.

»Warum bist *du* denn bei ihr im Haus wohnen geblieben?«

»Feinde. Wie heißt es noch gleich?« Auch Olavi musste jetzt lachen.

»Dass man sie nicht aus den Augen lassen soll.«

»Genau.«

»Aber diese Inkeri ist anscheinend in Wahrheit gar kein Feind«, stellte Koskela fest.

»Nein. Sie ist kein Feind«, gab Olavi zu. Er roch Rauch und stocherte im Feuer, denn die Luft füllte sich allmählich mit Insekten. Sie schwiegen eine ganze Weile. Hingen ihren eigenen Gedanken nach. Zur Hälfte denselben.

»In der Hauptstadt planen sie so eine Art Sámi-Register«, sagte Koskela plötzlich.

»Was?«

»Sie sind dabei, ein Sámi-Register aufzusetzen.«

»Was ist das denn?«

»Sie kartieren die Bevölkerung. Wer Sámi ist. Wie viele es gibt. Wo sie wohnen.«

»Ach so.«

»Der Staat will diesen Wald und den Torf und die Moore und was nicht noch alles für seine eigenen Belange nutzen, aber mit diesen samischen Ureinwohnern gibt es jetzt ein juristisches Problem. Welche Rechte haben sie auf das Land – und wie könnte man die umschiffen?«, sagte Koskela.

»Und, wer ist alles Sámi?«

»Das ist noch nicht definiert. Aber vermutlich diejenigen, die Samisch als Muttersprache sprechen.«

»Ach so«, sagte Olavi. »Wenn es so weitergeht, dann sind sie bald verschwunden. Selbst Bigga spricht kein Samisch mehr.«

»Das habe ich Inkeri auch gesagt. Dass sie zur Abwechslung doch auch mal darüber berichten könnte. Vielleicht würde diese neue Zeitschrift, von der sie gesprochen hat, so eine Geschichte sogar bringen. Dann könnte sie die Gefangenenlager zumindest für eine Weile vergessen.«

»Ist es auf deinem Mist gewachsen, dass sie sich so reinhängt?«, sagte Olavi und dachte an den Artikel über die Volkshochschule, in den Inkeri viel Mühe gesteckt hatte und über den sie mit Bigga in Streit geraten war. »Aber ich weiß nicht. Vielleicht wäre es gut, wenn jemand doch mal über die Lager schreiben würde. Es ist ja jetzt schon eine Weile her. Alle sind tot.«

»*Du* bist nicht tot«, sagte Koskela eindringlich. Irgendwo weit weg, sehr weit weg, ertönte das schrille Krächzen eines Vogels. Koskelas Miene war ernst.

»Beschäftigt dich das immer noch? Du musst es nicht mehr bereuen.«

Olavi sah ins Feuer. Er blinzelte einmal, konnte jedoch nicht antworten.

»Ich habe gehört, der, an den die Leichen geschickt wurden, ist im Zuchthaus gelandet. Wegen Leichenverstümmelung. Oder so ähnlich.«

»Das stimmt. Wenn du hierbleibst, könntest du den Kerl nur zu bald kennenlernen.«

»Und wer sorgt dafür? Du?«

»Wie der Zufall es will, könntest du ihn sogar schon getroffen haben.« Koskela spähte in den Himmel, betastete seine Tasche, überlegte kurz, nahm dann aber nichts heraus.

»Dieses Bild, das Inkeri hat«, sagte Koskela. »Das Foto, das kurz vor Kriegsende aufgenommen wurde. Das, wo zufällig alle abgebildet sind, die für das Programm verantwortlich waren. Saara, der Arzt …«, zählte Koskela auf.

»Inkeri? Inkeri hat behauptet, das Bild hast du!«, rief Olavi aus. Koskela warf ihm einen Blick zu und lachte auf.

»Das hat sie dir also gesagt? Nein. Im Gegenteil. Inkeri wollte es mir nicht geben.«

»Warum hat sie gelogen?«, fragte Olavi und runzelte die Stirn. Koskela sah zu Boden.

»Ja, warum nur …«, murmelte er. »Vielleicht ahnt sie mehr, als sie versteht. Dieses Foto. Wir sollten doch *alle* Dokumente vernichten. Dieses Bild ist ein wirklich wichtiges Dokument«, bemerkte Koskela leise. »Warum existiert es noch? Wie ist Inkeri dazu gekommen?«

»Bigga-Marja …«, seufzte Olavi. »Du warst damals schon weg, aber Bigga-Marja hat mir gesagt, dass Saara etwas … etwas ins Lager gebracht hat. Und gesagt hat, ich müsste es finden. Zuerst wusste ich nicht, worum es ging. Und natürlich dachte ich, dass nach dem Abzug der Deutschen alles vernichtet war, *aber*. Dann habe ich es gefunden. Das Foto steckte im Rahmen in einer Blechdose. Zuerst war mir nicht klar, was das war oder was es bedeutete, aber ich wusste, dass Saara es zurückgelassen hat. Bis ich dann begriff, dass es ein Freifahrtschein ist.«

»Ein Freifahrtschein?«

»Ja, für mich. Ich würde beweisen können, wer alles bei der Operation dabei war. Vielleicht konnte ich ein Tauschgeschäft machen, falls man mich schnappen würde. Wie du gesagt hast. Falls sich jemand den Hintergrund der Leute ansehen würde, würde zum Beispiel herauskommen, dass der eine finnische Soldat in Wahrheit schon 1942 nach Hause entlassen wurde. Und trotzdem. Da stand er. Neben den Nazis, mitten unter den Gefangenen. Aber ich bin nicht auf dem Bild«, sagte Olavi. Koskela nickte und sah zu Boden.

»Und ich dachte …« Olavi schluckte. »Also. Ich habe vermutlich beschlossen, dass ich die Sache auf sich beruhen lasse. Der Krieg war schließlich schon drei Jahre her. Und irgendwann musste ich ja mal loslassen. Aber ich konnte mich nicht entscheiden. Ich konnte das Bild nicht vernichten, aber ich konnte es auch nicht behalten. Der Gedanke, dass das Bild ins Kirchenfundament eingemauert wird, hat mir Trost gegeben. Die Wahrheit wäre direkt vor unseren Augen, wir müssten nur wissen, wo wir suchen sollen.«

»Der Arzt war der Motor«, sagte Koskela auf einmal.

»Was?«

»Es war der Arzt, über den alles lief. Er hatte die Kontakte zur Universität und zu den anderen Stellen. Es war nicht Saara, obwohl viele das damals geglaubt haben. Aber das war Verleumdung. Der Arzt war sehr bekannt für seine Ideen, er hatte schon vorher dubiose Untersuchungen durchgeführt und stand in Kontakt mit dem Rassenhygienekomitee, aber mehr ist nicht erwiesen. Er ist nach dem Krieg nach Schweden geflüchtet. Dort lebt er immer noch.«

Koskela sah niedergeschlagen zu Boden. »Und die Leute hier wissen nichts über dich?«

»Nein. Nichts«, sagte Olavi.

»Außer Piera?«

»Piera wusste, was er wusste. Aber nicht meine wahre Identität.«

»Und Bigga-Marja?«

Olavi antwortete nicht, sondern sah nur zu, wie der Wind die Muster in der Asche verwehte. Als seien sie nie da gewesen. »Was sollen wir jetzt tun?«, fragte er leise.

»Du weißt schon, was du tun musst. Viele Alternativen hast du nicht. Inkeris Fragen haben ein paar Behörden aufgeschreckt, die du nicht auf den Fersen haben willst«, sagte Koskela ruhig. Olavi nahm eine Zigarette heraus und drehte sie lange zwischen seinen Lippen.

»Vielleicht solltest du doch erwägen, das Boot zu kaufen. Damit kommst du über die Grenze. Ich gebe es dir sogar umsonst. Schließlich hast du es selbst gebaut, Väinö«, brummte Koskela.

Olavi senkte den Kopf. Die Sonne kam unter einer Wolke hervor. Die Schatten vor ihnen wanderten weiter. Die Vögel stimmten ihr Morgenlied an. Woanders wachten die Menschen gerade auf. Zogen sich an. Wuschen sich. Gingen über ihr Grundstück und begannen mit ihrem Leben.

INARI

Sept. 44

Als ich aufwache, nehme ich einen süßlichen Geruch wahr. Er ist unangenehm, schmutzig und dumpf, er füllt nicht nur meine Nasenlöcher, sondern auch meinen Mund und meine Ohren. Mit dem einen Ohr höre ich, wie jemand in einen Metallbecher pinkelt, und das ist das Geräusch, von dem ich endgültig wach werde.

Ich bin im Krankenhaus.

Ich habe mit einer Schwester gesprochen und meine Sachen bekommen. Sie will mich aber nicht gehen lassen. Sie erklärt, dass Polizeimeister Tapani Koskela mich hergebracht hat. *Welcher Tag ist heute?*, frage ich, und sie sagt es mir. Es ist September.

Ich bin unruhig. Ich kann mich an die letzten Wochen überhaupt nicht erinnern. Ich habe Angst, dass Koskela mich vielleicht verpfeifen wird. Dass er ausplaudert, was ich getan habe, und ich dann im Hof der Polizeistation erschossen werde. Dass ich dann tot bin.

ENONTEKIÖ, 1950

Die Bahngleise Eisen, rostige Reibung. Auf der Erde abgestorbene Zweige. Ein vermodertes Schild. Der Name nicht zu entziffern, aber jeder hat es gewusst.

Olavi schreckte aus seinen Gedanken auf. Sein Blick wanderte aus dem Fenster der Stube zur Sonne und zum Horizont. Koskela war in seine Unterkunft im Gasthaus Kolehmainen zurückgegangen und würde dort zwei Tage auf Olavis Entscheidung warten. Höchstens drei. Olavi wusste, was zu tun war. Er musste sich nur zuerst an den Gedanken gewöhnen. Er hörte, wie Inkeri vor sich hin summte, wie immer, ohne es zu merken. Sie saß vor der Schreibmaschine, aber sie schrieb nicht. Sie studierte das Fotoalbum, das Bigga zusammengestellt hatte. An dem Album hatte das Mädchen offenbar das ganze Jahr über gearbeitet. Oder zumindest, seit sie eine eigene Kamera zur Verfügung hatte. Sie musste die Bilder in der Schule entwickelt haben oder aber heimlich hier in der Dunkelkammer, denn weder Olavi noch Inkeri hatten von der Sache das kleinste bisschen mitbekommen.

Bigga wiederum lag schweigend und mit düsterer Miene auf dem Sofa, wie es neuerdings ihre Gewohnheit war. In der Spiegelung des Fensters sah Olavi, dass Bigga den Löwenfellquast in der Hand hatte und ihn nervös zwischen den Fingern drehte. Olavi hatte das Album als Erster gesehen. Bigga hatte es ihm gezeigt, ein bisschen stolz, aber auch etwas betreten. Olavi fand das Album großartig. Das war seine ehrliche

Meinung. Es bestand aus drei Teilen. Am Anfang hatte Bigga links stets getrocknete Blumen aufgeklebt, die Olavi wiedererkannte: Das Mädchen hatte sie über Jahre als Zierde für den Gemüsegarten gesammelt und dann doch verworfen. Auf der rechten Seite klebten Fotos von den entsprechenden Blumen in ihrer natürlichen Umgebung. Weiter hinten im Album verschwanden die Blumen, dafür nahmen die Fotos mehr Raum ein. Es gab Bilder von Sámi-Dörfern und Menschen in samischen Trachten. Bilder von Inseln, Flussschleifen und Landengen. Großen Stromschnellen und tiefen Schluchten. Orten, an denen Blumen blühten, und Orten, an denen gar nichts wuchs.

Und dann, wie beiläufig und absichtslos, kamen Bilder von Menschen dazu. Sie machten den dritten Teil des Albums aus. Fotos von Olavi. Fotos von Inkeri. Fotos von Olavi beim Kirchenbau. Festgehaltene Augenblicke, wie Olavi sich mit Piera über irgendetwas unterhielt. Zigarette im Mund. Lachen. Fröhlichkeit.

Inkeri. Inkeri beim Fotografieren auf den Fjells. Inkeri beim Schreiben von Artikeln. Inkeri, wie sie den Sámi erklärt, wie man sich am besten zum Foto aufstellt. Quäker, Volleyball.

Das Mädchen hatte *sie* fotografiert. Bei der Arbeit. Plötzlich waren sie überall. Das Merkwürdigste war aber, dass Olavi Bigga nie mit einer Kamera in der Hand gesehen hatte. Kein einziges Mal. Wie hatte er das übersehen können? Olavi kratzte sich am Kopf und sah aus dem Fenster in die grüne Landschaft. Der See lag ruhig da.

»Wann hast du die aufgenommen?« Inkeri war ganz blass geworden. Olavi ahnte, dass Inkeri sich dasselbe fragte. Wie sie es hatte übersehen können.

»Ich dachte … Ich dachte, wenn ich mich an einer Schule bewerben will …«, erwiderte Bigga. Olavi betrachtete sie immer noch in der Spiegelung der Fensterscheibe.

»Schule? Was für eine Schule?«

»Weiß nicht. An einer Kunstschule vielleicht?«

»Du bist vierzehn. Wo willst du dich bitte bewerben?«

»Vielleicht an der Zeichenschule des Finnischen Künstlerverbandes!«, fuhr Bigga Inkeri an und riss das Album an sich. »Außerdem bin ich so gut wie fünfzehn.«

»Aber ist das denn überhaupt was für dich …?«

Biggas Blick wurde hart, und sie umklammerte das Album mit beiden Händen. Sie hatte sich eine andere Reaktion erhofft. »Inkeri, weißt du noch, als wir bei der Grundsteinlegung der Kirche waren?«

»Ja. Du wolltest deine Tracht nicht anziehen und hättest am liebsten auch die Mütze weggeworfen.«

»Genau!«

»Aber das ist doch nichts, wofür man sich schämen muss!«

»Das meine ich doch überhaupt nicht!«

»Was dann?«

Bigga biss sich auf die Lippe. Sie warf Olavi einen Blick zu. Ihre Blicke trafen sich in der Fensterscheibe. Bigga wandte sich wieder zu Inkeri.

»Dass du mich nur für das in die Zeitung bringen wolltest, was du gesehen hast.«

»Was meinst du?«

»Du hattest ein bestimmtes Bild davon, was ich bin. Und jetzt ist es wieder das Gleiche. Zuerst predigst du, wir sollen uns *bilden* und alle möglichen Schulen besuchen, aber wenn wir dann in der Schule sind, dann willst du wieder, dass wir nur so und so sein sollen. Deswegen willst du auch, dass ich zu dieser samischen Volkshochschule in Inari gehe. Du kannst es einfach nicht aushalten, dass ich vielleicht nicht so toll und exotisch bin wie deine afrikanischen Menschen!«, brüllte Bigga und schleuderte ihr Album auf den Fußboden. Einige Bilder lösten sich, ihre weißen Rückseiten schauten hilflos unter dem Buch hervor.

Inkeri sprang auf. »Wovon redest du?«

»Lass sein«, murmelte Bigga, ging wieder zum Sofa und fing an, im Briefmarkenalbum zu blättern. Sie öffnete die Seite, auf der Piera die Marken mit Motiven aus Lappland gesammelt hatte. Inkeri warf Olavi einen alarmierten Blick zu. Olavi hob die Schultern. Er sagte nichts. Stattdessen wandte er sich wieder mit düsterem Blick zum See. Zum dahinter ansteigenden Fjell.

Im Fenster sah er eine Spiegelung. Die Bahngleise Eisen, rostige Reibung. Tote Blätter. Zarte Federn schwebten auf den toten Körper herunter. Es war seltsam, dass man den Tod spürte, noch bevor man die umgebende Luft geatmet hatte. Olavi schloss die Augen.

Er war schnell gewesen.

Der erste Schuss war danebengegangen.

Er hatte einen Vogel getroffen.

Der Vogel war herabgestürzt. Er gab einen erstaunlich schrillen Laut von sich, als er auf dem Boden auftraf. Er lag hilflos mitten im Moor und schlug vergeblich mit den Flügeln. Aus seiner Kehle drang ein Laut, wie er ihn noch nie von sich gegeben hatte. So einen Laut brachte man nur einmal im Leben hervor. Es war ein Todeslaut.

Spätestens zu diesem Zeitpunkt hätte der nichtsahnende Heiskanen nach seiner Waffe greifen müssen, aber er reagierte nicht. In der Luft hing noch ein Hauch von Sommer. Es würde ein schöner Tag werden. Sie hatten beide verdutzt auf den Vogel gestarrt. Heiskanen hatte den Mund geöffnet. Die Dunkelheit nach dem Schuss. Die Stille. So ohrenbetäubend.

Er hatte einen Menschen getötet. Er hatte einen Freund getötet, Heiskanen. *Was für ein Mensch tötete seinen Freund?* Olavi wusste noch, wie der Sumpfporst neben ihm sich im Wind gewiegt hatte, wie ein Schwanenflügel. Olavi dachte daran, was er ihm wohl hatte sagen wollen. Vielleicht wollte er um Gnade flehen. Ob ein letztes Wort alles noch einmal geändert hätte?

Das einzige Geräusch, das er von sich gegeben hatte, war das Krachen seines Nackens, als die Kugel Luftröhre und Wirbelsäule durchschlug.

Auf den Boden war etwas Blut geflossen, aber das ging schnell vorbei. In den Augen der glasige letzte Blick.

Beim Ausheben der Grube hatte Olavi die Augen zugemacht und versucht, an etwas anderes zu denken. An den Badetag der Gefangenen. Wie sie einmal in der Woche in Zehnergruppen zusammengetrieben und mit dem Wasserschlauch abgespritzt wurden, als würde man nach der Gerstenaussaat ein Arbeitspferd säubern.

Als er aufgebrochen war, hatte er zum ersten Mal an diesem Tag pinkeln müssen. Er musste es zweimal versuchen, bevor etwas kam.

Es brannte.

Was wohl der Grund war? Vielleicht die Trockenheit. Rund um die Harnröhre war die Haut rau, und Olavi zog sie zur Seite. Er versuchte es noch einmal. Es kam nichts. Er zählte bis zehn. Jede Zahl schleppte eine Last hinter sich her. Eine zu schwere Last.

Er war erst spät am Abend ins Lager zurückgekehrt. Der

Wachmann an der Pforte fragte, wo er gewesen sei, das müsse man dem Kommandanten melden, aber Olavi war direkt zum Zelt gegangen, ohne etwas zu sehen oder zu tun. Als er dort ankam, hatte er Schüttelfrost und fror, obwohl er in Wirklichkeit wie ein Russenofen glühte.

Sobald er ins Bett geklettert war, fiel er in eine Art Halbschlaf, in dem Rentiere, Mücken, Blut und Schüsse durcheinanderwirbelten. Sein ganzer Körper war schweißnass. Er versuchte, tief ein- und auszuatmen. Die Matratzen quietschten, ebenso die Betten darunter. Olavi legte sich auf die linke Seite und winkelte das rechte Bein an. Von oben hätte es ausgesehen, als würde er rennen. Seine Hände hatte er unter das Kissen gelegt, damit der Kopf etwas höher lag. Seine rechte Hand zitterte.

Ruhig, hatte er zu sich selbst gesagt wie zu einem Pferd oder Ren oder einem anderen scheuen Tier. *Ruhig*. Olavi hatte die Decke unter seinem Arm zusammengeknüllt und sie an sich gedrückt wie früher als Kind. Und dann doch wieder nicht.

Plötzlich ließ Inkeri etwas fallen, und Olavi wäre beinah in die Luft gesprungen. Inkeri und Bigga sahen ihn verwundert an und warfen einander einen Blick zu. *Alles gut, alles gut*, murmelte Olavi und sah Bigga an. Nach dem, was auf dem Friedhof passiert war, hatten sie kaum miteinander gesprochen. In den letzten Jahren hatte Olavi Bigga über alles Mögliche ausgefragt. Er musste zugeben, dass er sie regelrecht als Spitzel einsetzte. Bigga hatte ihm jedes Mal berichtet, wenn sie wusste, dass Inkeri weitere Informationen bekommen oder sich mit Koskela getroffen hatte. Sie hatte sich auf seine Seite gestellt, ohne dass er es verdient hatte. Er wollte wissen, ob Inkeri bei ihren Nachforschungen vorankam.

»Bigga-Marja?«, sagte Olavi und setzte sich neben dem

Mädchen aufs Sofa. Bevor er und Koskela auf dem Fjell auseinandergegangen waren, hatte der ihm etwas gezeigt. Es war ein Tagebuch. Sein Tagebuch. Koskela hatte gefragt, ob er es Inkeri geben dürfe.

»Wie kann es sein, dass du es immer noch hast?«, hatte Olavi aufgelöst gefragt und über den blauen Einband gestrichen. Er hatte fast Sehnsucht danach bekommen. Das Tagebuch war das Einzige gewesen, auf das er sich hatte verlassen können. Es war ihm in keiner Situation genommen worden. Alles andere schon. Alles außer dem Buch. Trotzdem hatte er es am Ende Koskela übergeben. Alles, was dort stand, überforderte ihn. Zu viele Erinnerungen. Und man hatte sich ja darauf geeinigt – Zeugnisse aus dem Lager durfte es nicht geben.

»Ich dachte, du hast es vernichtet. Wie du es vorhattest.«

»Nein. Ich habe es nicht vernichtet«, räumte Koskela ein. »Väinö, hör zu. Ich will es gegen das Foto eintauschen. Inkeri verdient es, die Wahrheit zu erfahren, meinst du nicht auch?« Er sah Olavi in die Augen. »Aber wenn ich ihr alles sage, weißt du, was das bedeutet. Wenn du nicht im Gefängnis landen willst, musst du verschwinden.«

Olavi blickte auf das aufgeschlagene Briefmarkenalbum. Auf einer Marke stand eine dunkelhaarige, buntgekleidete Frau vor einem Tipi. Bigga hob den Blick.

»Ja?«

»Du hast doch die Kugel noch, oder?«

Bigga warf einen Blick auf Inkeri, dann sah sie Olavi an.

»Welche Kugel?«

»Das Wiegenamulett.«

»Ja, das hab ich noch. Wieso?«

»Gut. Nur so. Gut«, murmelte Olavi, hockte sich auf den

Fußboden, nahm das Fotoalbum in die Hand und sah sich die Bilder an. Kurz dachte er darüber nach, wie anders sie aus diesem Blickwinkel wirkten. Dann schlug er das Album zu und legte es auf den Tisch. Schloss die Tür hinter sich.

Die Bahngleise Eisen, rostige Reibung. Ein vermodertes Schild. Der Name nicht zu entziffern, aber jeder hat es gewusst.

Er hatte die letzte Grenze überschritten.

INARI

Sept. 44

Heute früh tauchte Koskela im Krankenhaus auf und erzählte von dem Aufruhr, der überall herrscht. »Die Grenze verläuft bald direkt vor unserer Nase«, sagte er, verschnürte meine Sachen zu einem Bündel und half mir beim Aufstehen. Er würde mir zur Flucht verhelfen, sagte er. »Gott, du bist ja kochend heiß.«

Er spricht mit niemandem. Er öffnet einfach alle Türen und zeigt seine Dienstmarke vor. Er nimmt mich auf die Arme wie einen Toten, trägt mich aus der Tür und schaut nicht zurück. Wir werden nicht wiederkommen.

Sept. 44

Koskela hat mir einen Brief von Saara gegeben und gesagt, der Verbindungsmann, bei dem sie untergekommen ist, ist der Dorfschmied. Piera, der Mann, dem die Schmiede bei der Kirche gehört. Piera – ich schmecke den Namen. So heißt er. Und zu diesem Mann will Koskela mich jetzt bringen. Jetzt gleich. Bald bin ich da.

Im Morgenlicht singen auf den Feldern schwarze Vögel. Als sie auffliegen, ist der Himmel die Dunkelheit selbst.

Sept. 44

Wir sind schon an Rovaniemi vorbeigefahren. Überall Unruhen. Ich lese Saaras Brief immer und immer wieder, dass es mir fast das Herz zerreißt. Sie schreibt, wenn du mich noch willst, lass uns zusammen fliehen von diesem schrecklichen Ort. Und dass sie mir verzeiht.

Sie schreibt auch von einem Mädchen, Hágas-Bierá Biggá-Márjá. Sie ist die Enkelin des Schmieds und wohnt bei ihrem Opa. Saara schreibt, wie gut sie sich mit ihr versteht, und wenn sie könnte, würde sie das Mädchen mitnehmen.

Sie sagt, dass sie vielleicht weg muss, bevor ich ankomme, denn ihre Aufenthaltsgenehmigung läuft aus. Ich schaue auf die Fahrkarte, die sie Koskela mitgegeben hat. Es ist eine Fahrkarte nach Amerika.

ENONTEKIÖ, 1950

Es war ein warmer Vormittag, als Inkeri ein Klopfen an der Tür hörte. Es war Koskela. Er brachte einen Schwall warmen Sommerduft mit. Bevor er die Tür schloss, sirrten ein paar Mücken herein. Inkeri sah ihn hinter ihrem Buch verwundert an. Bigga-Marja hob erstaunt den Blick vom Sofa.

»Du bist nach der Beerdigung noch hiergeblieben?«, fragte Inkeri. Pieras Beisetzung war schon fünf Tage her.

»Du wolltest doch mehr über diesen Väinö Remes wissen. Sieht aus, als sei heute dein Glückstag.« Koskela kam direkt zur Sache, setzte sich und legte seine blaue Mütze auf die grüne Tischplatte. Inkeri sprang auf.

»Kaffee?«, fragte sie und suchte nervös nach der Kanne. Bigga kam ihr zu Hilfe. Koskela sah sich im Zimmer um. Die Vorhänge waren zugezogen. Es herrschte ein Dämmerlicht, es war fast schon dunkel. Koskela wunderte sich, warum Inkeri bei so schönem Wetter die Vorhänge zuzog, aber dann ließ er es auf sich beruhen. Es ging ihn nichts an. Er zündete seine Pfeife an.

Inkeri deckte die Kaffeetassen auf, die guten, für drei, und stellte ein Glas Milch auf den Tisch.

»Weißt du noch, dass ich von den Gefangenen gesprochen habe? Dass sie ausgetauscht wurden? Na ja. Aus Finnland wurden ab und zu Gefangene nach Polen geschickt.«

»Und?«

»Aus Polen kamen wiederum viele Gefangene zu uns. Es

sollte wie ein ganz normaler Austausch wirken. Die Finnen tauschen gerne sowjetische Gefangene gegen Finno-Ugrier, die den Nazis ins Netz gegangen waren. Die Nazis nahmen dafür Juden, Schwule, Serben, Zigeuner und wen nicht noch alles.«

Inkeri setzte sich auf einen Stuhl und rieb sich über die Lippen. Sie knisterte mit der Zigarettenschachtel. Ein kräftiger Kaffeeduft erfüllte die Stube. Der Kopf tat ihr weh. Gewitter. Das war der Grund. Ein bevorstehendes Gewitter, wollte sie sich weismachen. Als sie die Augen schloss und sie wieder öffnete, sah sie kurz gar nichts.

»Mach weiter.«

»Aber mit den Gefangenen wurde auch noch ein anderer Tauschhandel betrieben.«

»Was meinst du?«

»Vor dem Krieg und auch noch während des Krieges planten die Finnen … Sie wollten ein rassenbiologisches Institut gründen.«

»Wie in Deutschland?«

»Wie in Deutschland.«

»Und was wollte man dort untersuchen …?«

»Rassenspezifische Eigenarten. Die wichtigste Aufgabe des Institutes wäre es gewesen, nach dem Krieg in einem Groß-Finnland die Bevölkerungspolitik zu bestimmen und nicht erwünschtes Menschenmaterial an der Fortpflanzung zu hindern. Der Kopf hinter dem Projekt, Niilo Pesonen, war bei den Nazis sehr beliebt. Er war auch mit vielen Lagerkommandanten in Finnland befreundet.« Koskela leckte sich über die Lippen und wog seine Worte sorgfältig ab. In der Hand hielt er das Buch. Das *Tagebuch*.

»Soweit wir wissen, wurde ein Komitee für Rassenhygiene

gegründet, um die Sache voranzutreiben. Außerdem bekamen sie Gelder für physisch-anthropologische Forschungen bewilligt, bei denen die Leichen von Finnen und Finno-Ugriern untersucht wurden. Der Krieg bot dafür natürlich ideale Voraussetzungen. Im Krieg besorgte sich dieser Doktor Pesonen Leichen für die anatomische Fakultät der Universität. Das waren größtenteils Karelier und Ingermanländer. Vielleicht auch noch ein paar andere.«

»Ist das nicht illegal?«, keuchte Inkeri.

»Natürlich ist es das. Pesonen ist auch verurteilt worden wegen Leichenverstümmelung oder der Anstiftung zur Verstümmelung oder irgendwas in der Art«, sagte Koskela. »Vor Kriegsende hat das Rassenhygienekomitee alle Dokumente vernichtet. Alle Beteiligten haben ihre Korrespondenz mit den deutschen Rasseexperten verbrannt. Sogar persönliche Terminkalender und Tagebücher waren plötzlich verschwunden. Deswegen konnte die Sache nicht weiter verfolgt werden. Das Foto, das du bei dir hast … Das ist eines der wenigen Dokumente, die man als Beweismittel verwenden könnte.«

»Aber warum …?«, stöhnte Inkeri. »Warum hat man das alles getan?«

»Na ja. Wir wissen wohl beide, warum«, sagte Koskela und klang dabei etwas amüsiert. »Sie wollten mehr über die finni sche Rasse herausfinden.«

Inkeri senkte den Blick.

»Du behauptest also, aus den Lagern wurden Leichen zu diesen Untersuchungen geschafft?«, fragte Inkeri.

»Nein. Ich behaupte gar nichts. Alles, was ich sage, sind reine Vermutungen, inoffizielle Informationen, ich weiß nichts darüber. *Ich wiederhole: Ich weiß nichts.* Aber. Sollte es so gewesen sein, dann hatte einer der Finnen, der in dem La-

ger in Inari gearbeitet hat, die Aufgabe, diese Leichen bereit-
zustellen. Das war im Grunde sehr nützlich. Aus der Sicht der
Nazis war dieses Treiben nämlich trotz allem vertretbar, die
Überführung von Leichen aus den Lagern der Finnen wäre
problematischer gewesen, denn diese Praxis galt allgemein
als ethisch fragwürdig.«

»Und was hat mein Mann damit zu tun?«, fragte Inkeri
ungeduldig.

Koskela seufzte. Inkeri sah ihn alarmiert an und blickte
dann zu Bigga, die die Augenbrauen hob und sich ganz offensichtlich genauso auf das Gespräch konzentrierte.

»Ich denke, dein Mann hat im Lager verschiedene orga-
nisatorische Aufgaben erledigt. Es kann sein, dass er dabei
geholfen hat, die Leichen zum Institut zu schaffen, und dass
er dafür im Gegenzug bessere Haftbedingungen bekam. Ich
kann selber bezeugen, dass es Kaarlo im Lager Inari an nichts
gefehlt hat. Wirklich an nichts.«

Inkeri bekam kein Wort heraus. Sie dachte an ihren Mann.
Sie dachte an sich. Sie konnte sich nicht vorstellen, dass
Kaarlo so etwas getan hatte.

»Menschen verändern sich, wenn sie in Panik geraten«, bemerkte Koskela leise, als habe er Inkeris Gedanken erraten.
»Niemand von uns kann voraussehen, wie wir unter Druck
handeln. Keiner von uns weiß, wie viel wir ertragen können.
Nicht, wann und wie wir zerbrechen. Und jeder von uns zer-
bricht irgendwann, das ist nur eine Frage der Zeit.« Koskelas Stimme war fest und ruhig. Inkeri fühlte plötzlich eine
große Traurigkeit. Sie rang die Hände. Sie brachte kein Wort
heraus.

»Gegen Ende des Krieges wurden die Nazis uns Finnen
gegenüber plötzlich misstrauisch. Und das nicht grundlos.

Sie fingen an, in Lappland Verteidigungsstellungen zu bauen, auch im Hinblick auf mögliche finnische Angriffe. Außerdem war das Risiko hoch, dass Finnen, die in den Gefangenenlagern gearbeitet hatten oder inhaftiert waren, ausplaudern würden, was sie gesehen hatten. Ich glaube, das war der Grund, warum dein Mann in ein anderes Lager gebracht werden sollte, wo man ihn höchstwahrscheinlich erschossen hätte.« Koskela suchte nach den richtigen Worten, um fortzufahren.

»*Väinö Remes* …«, begann er. Inkeri straffte ihren Rücken. »Väinö Remes kam Ende August ins Krankenhaus. Zuerst dachte ich, es sei ein Partisanenangriff gewesen. Stattdessen war es aber nun so, dass Väinö eine gewisse Person erschießen musste. Einen Kollegen. Auf Befehl des Lagerkommandanten. Das hatte bei Remes einen Zusammenbruch ausgelöst. Kann auch sein, dass er schon vorher anfing, die Realität aus den Augen zu verlieren. Im Krankenhaus kam er auf jeden Fall wieder zu sich.«

Koskela machte eine Pause. Er nahm seine Pfeife heraus und stopfte sie in aller Ruhe. »Zu dieser Zeit wusste jeder, dass der Krieg bald zu Ende wäre. Und dass wir nicht zu den großen Gewinnern zählen würden. Wir alle waren in Gefahr. Ich, Väinö, Saara und auch Kaarlo. Kaarlo war noch in Polizeigewahrsam. Sprich, in meinem Gewahrsam – zu meinem Ärger. Am Ende erschien es mir am besten, sowohl Saara als auch Kalle hierher in Sicherheit zu bringen. Dann wäre es einfacher, über die Grenze an die schwedische oder norwegische Küste zu gelangen und von dort aus mit einem Schiff des Roten Kreuzes nach Amerika. Ich kannte in dieser Gegend einen Mann, der die Leute über die Fjells bringen konnte. Das war natürlich Piera«, sagte Koskela und warf einen Blick auf

Bigga-Marja, die die Augenbrauen hob, aber schwieg. Natürlich wusste sie das alles.

»Und was passierte dann?«, fragte Inkeri.

»Kaarlo kam hierher. Piera brachte ihn zusammen mit einer kleinen Gruppe von Leuten über die Fjells in Sicherheit. Offiziell habe ich Kaarlo als Neuankömmling hier im Lager registriert, aber kaum jemand interessierte sich zu diesem Zeitpunkt noch für irgendwelche Gefangenen.« Koskela lachte auf. »Ist es nicht eine Ironie des Schicksals, dass es mein Eintrag war, der dich auf die Spur dieser ganzen Sache gebracht hat?«, sagte er und sah auf seine Mütze. »Oder vielmehr hast du es gar nicht selbst herausgefunden. Das war *jemand anderes*, oder?«, fragte Koskela und sah Inkeri in die Augen. Inkeri wurde rot.

»Piera? Also *Piera* hat Kaarlo zur Flucht verholfen? Warum hat denn vorher niemand was davon gesagt?«

»Es gab nichts zu sagen«, bemerkte Koskela und hob die Schultern. »Piera hat sehr vielen Menschen zur Flucht verholfen. Ich glaube nicht mal, dass er überhaupt den Namen deines Mannes gewusst hat, kann sogar sein, dass er sich auch nicht an sein Gesicht erinnern konnte. Und vieles von dem, was Piera getan hat, war ganz sicher nicht legal. Im Lapplandkrieg ist er trotz des Evakuierungsbefehls hiergeblieben und hat auf den Fjells Dinge erledigt, die sowohl für die Finnen als auch für die Nazis nützlich waren. Wenn diese Sachen herausgekommen wären, hätte Piera vor Gericht kommen können. Zumindest wäre er verhört worden, und er hätte uns alle verpfeifen können.«

»Áddjá hätte niemanden verpfiffen!«, rief Bigga dazwischen. Koskela und Inkeri sahen sie an. Koskela schmunzelte milde.

»Ganz richtig, Bigga-Marja. Ich meine auch gar nicht, dass er unsere Namen verraten hätte. Das nicht. Aber man kann jemanden auf ganz viele verschiedene Arten auffliegen lassen. Eine einzige falsche Beschreibung, zum Beispiel wie jemand auf eine bestimmte Art und Weise seine Zigarette zwischen den Lippen dreht, kann alles verraten«, erklärte Koskela, stand auf und ging zur Kaffeekanne. Er schenkte Inkeri und sich nach. Inkeri runzelte die Stirn.

»Ist Kaarlo die Flucht denn gelungen?«, fragte sie. »Und wenn er am Leben ist, warum hat er dann nicht … Warum hat er dann nicht Kontakt zu mir aufgenommen?« Sie schluckte. Sie versuchte, ihre Fassungslosigkeit zu verbergen. Ihre Enttäuschung. Koskela setzte sich wieder. Er griff in seine Tasche und nahm einen Stapel gefalteter Zettel heraus.

»Ich habe dich das schon mal gefragt. Hast du mal darüber nachgedacht, warum jemand dir helfen will?«

»Ach, zum Beispiel, warum *du* mir hilfst?«

Koskela lachte leise.

»Auch das ist eine gute Frage. Aber die Person, von der du diese Informationen hast. Bist du schon mal auf den Gedanken gekommen, dass noch jemand anders deinen Mann finden will?«

»Was meinst du?«

»Wie gesagt, Kaarlo ging es außergewöhnlich gut im Lager. So einen Status muss man sich verdienen, den bekommt man nicht einfach so. Er hat ihn sich verdient, indem er sich bereiterklärt hat, bestimmte Papiere zu unterschreiben. Papiere, die, wenn sie zur falschen Zeit im falschen Licht öffentlich geworden wären, viele Leute in Schwierigkeiten gebracht hätten. Deshalb musste sie jemand unterschreiben, den man opfern konnte. Dessen Leben keine Rolle spielte.«

Inkeri sah Koskela verständnislos an. Koskela seufzte. Er schob Inkeri die Dokumente über den Tisch zu.

»Hier. Siehst du?«, sagte er und zeigte auf ein Blatt mit einer Tabelle, in die Namen eingetragen waren. *Name, Gewicht, Alter, Rasse.* Die Tabelle war ganz offensichtlich nur ein Ausschnitt von etwas Größerem, aber ganz unten, auf der Linie für die Unterschrift, stand in der vertrauten, unerschütterlichen Handschrift *Kaarlo Lindqvist.*

»Ich …«, keuchte Inkeri.

»Ist das die Schrift deines Mannes?«, fragte Koskela scharf.

»Ja. Ja …« Inkeri nahm den Zettel in die Hand und kniff die Augen zusammen, um besser zu sehen.

»Nein. Du darfst ihn nicht anfassen. Du hast das nie zu Gesicht bekommen. Aber verstehst du? *Deswegen* will dein Kontakt dir helfen. Sie suchen deinen Mann. Sie wissen, dass er solche Papiere unterschrieben hat. Ich schätze, sie haben einige Schriftstücke gefunden, bevor die Mitglieder des Rassenhygienekomitees alle Dokumente verbrennen konnten. Und lass mich raten: Die Person, die dir hilft, hat im Krieg als Agent in der Abteilung Paatsola gearbeitet.«

Als Koskela den Namen erwähnte, zuckte Inkeri zusammen.

»Siehst du. Einige von ihnen stellen weiterhin Nachforschungen an. Du bist für sie nur eine Marionette«, sagte Koskela leise und sah Inkeri direkt in die Augen. Inkeri setzte sich entgeistert wieder hin.

»Falls Kaarlo am Leben ist, dann ist das der Grund, warum er nicht mit dir in Kontakt treten kann. Sogar du könntest dadurch in Schwierigkeiten geraten«, sagte Koskela. Inkeri schloss die Augen.

»Ich brauche das Foto«, sagte Koskela.

»Was?«

»Das Foto. Das du mir gezeigt hast. Ich brauche es. Wenn es in falsche Hände gerät, stecken viele Leute in der Klemme. Unschuldige Menschen. Auch dein Mann.«

Inkeri erwiderte nichts. Koskela legte den Kopf schief.

»Ich bin bereit, dir im Austausch dafür etwas anderes zu geben. Etwas, das mehr über deinen Mann aussagt, als dir lieb ist. Weißt du noch, dass ich gesagt habe, Soldaten würden Tagebuch führen?«

Inkeri nickte.

»Ich habe ein Tagebuch für dich. Das Tagebuch von Väinö Remes. Meinst du, das wäre das Richtige im Tausch für das Bild? Inkeri?«

Inkeri konnte nichts dazu sagen. Sie war vollkommen verwirrt. Die Augen taten ihr jetzt noch mehr weh. Wie zuckende Stromschläge. In ihrem Kopf hämmerte es.

»Aber was hat Olavi mit alldem zu tun?«, stammelte Inkeri. Koskela sah zur Zimmerdecke und lächelte. Bigga verzog den Mund zu einem Strich. Koskela trank den letzten Schluck Kaffee aus der Tasse und setzte sich die Mütze wieder auf.

»Du erinnerst dich vielleicht, dass ich von einem Finnen erzählt habe, der den Abtransport der Leichen organisiert hat?«

»Ja. War das nicht dieser Väinö Remes?«

»Nein«, sagte Koskela. »Das war Olavi Heiskanen.«

Es war schwer, Inkeris Gesichtsausdruck zu deuten. Bigga saß reglos da. Koskela stand auf und legte ein Buch auf den Tisch, auf dem Einband stand: *Väinö Remes, Tagebuch*. Er musterte es lange.

»Ich habe mit Olavi gesprochen. Er hat mir erlaubt, dir das

hier zu geben«, sagte er leise. »Vielleicht tröstet dich das etwas. Mehr kann ich dir nicht geben. Und dann bitte ich dich – in deinem eigenen Interesse. In Olavis Interesse. In Kaarlos Interesse. *Hör auf, Nachforschungen anzustellen.* Und erzähle niemandem davon. In dieser Sache kannst du niemandem vertrauen. Nicht mal deinen Jugendfreunden. Deshalb wiederhole ich nochmal: Lass die Nachforschungen sein. Für immer«, sagte Koskela und griff nach dem Foto, das Inkeri ihm still zugeschoben hatte.

ROVANIEMI-MUONIO

Sept. 44

Habe vorhin erst gemerkt, dass die Sachen, die Koskela mir geholt hat, gar nicht mir gehören. Ich habe ihn darauf angesprochen. Ich sagte, das Bündel ist das falsche, das sind die Sachen von Olavi Heiskanen. Und dass Olavi Heiskanen tot an der Straße liegt, die im Winter nach Hyljelahti führt. »Die gehören jetzt dir«, sagte Koskela dazu. Als ich nach meinem Pass fragte, sagte er, er habe ihn verbrannt.

»Nach einem Toten kann man nicht suchen. Einen Toten kann man nicht festnehmen«, sagte er. »Du hast vielleicht auf Befehl von Felde gehandelt, aber dieser Befehl ist bald nichts mehr wert.« Ich hatte einen Wehrpass und einen normalen Pass in der Hand und sah in das Gesicht von Heiskanen, das offensichtlich aus einem größeren Bild ausgeschnitten war. »Aber so sehe ich doch gar nicht aus«, sagte ich. »Das Bild ist alt und schlecht, das wird schon seinen Dienst tun, solange es nötig ist. Ab jetzt bist du Olavi Heiskanen und sonst niemand. Denk dran. Nur ein Toter kann frei sein«, sagte Koskela.

»Einen Toten kann man nicht festnehmen. Sag es. Fang ein neues Leben an. Sag deinen Namen!«, befahl er mir.

»Ich bin Olavi Heiskanen«, sagte ich.

Sept. 44

Hier kommt es immer wieder zu Bränden. Koskela sagt, bald, wenn der Krieg sich gegen uns wendet, werden die Nazis hier alles abfackeln. »Das ist so sicher wie das Amen in der Kirche«, sagte er. »Und es ist genauso sicher, dass bei solchen Feuern mindestens eine Art für immer ausstirbt.« Er warf einen Blick auf die Alpenrose in meiner Hand.

Saara hat einmal gesagt, wir existieren zwischen Tod und Leben und warten bloß auf einen Impuls, irgendwas, das uns in die eine oder andere Richtung treibt. Nach vorne. Entweder in den Tod oder ins Leben.

ENONTEKIÖ, 1950

Inkeri betrachtete das Kreuz auf der Kirchturmspitze. In der Woche zuvor hatte man das Altarbild aufgehängt, das in drei Teilen hier angekommen war und eine winterliche Landschaft in Lappland zeigte. Im Hintergrund die Fjells, davor eine Rentierherde, und davor stand wiederum ein Sámi-Paar. Inkeri wandte den Blick zu Bigga. Das Mädchen stand nur wenige Meter entfernt. Neben ihr lag Matilda, das Schwein, und ließ es sich gut gehen.

Bigga drehte das Wiegenamulett in ihren erdverschmierten Fingern.

»Sitzt sie jetzt richtig drin?«, fragte Inkeri. Bigga nickte. Sie hatte ein Loch gegraben, in das sie die Lappland-Alpenrose pflanzen wollten, die sie in Olavis Zimmer gefunden hatten. Das war ein guter Platz. Es war der richtige. Sie hatten einen möglichst schattigen Ort auf dem Gelände neben der Kirche ausgesucht, genau dort, wo das Gefangenenlager gewesen war. Bigga warf Inkeri einen Blick zu und nickte. Beide sahen zu Boden und schwiegen einen Augenblick.

In letzter Zeit waren Inkeri und Bigga meistens für sich gewesen. Das Mädchen war bei ihr eingezogen, und als sie Anfang Juli fünfzehn geworden war, hatte sie Inkeri an das Versprechen von Chefredakteur Melander erinnert, ihr ein Gehalt zu zahlen. Inkeri hatte ihm Fotos aus dem Album geschickt, das Bigga im Frühjahr zusammengestellt hatte. Das hatte Eindruck auf Melander gemacht. Oder vielleicht auch nicht. Jedenfalls bekam sie jetzt Geld für ihre Arbeit. Sie war jetzt offiziell Inkeris Assistentin. Und das Fotografieren bereitete Inkeri auch immer mehr Schwierigkeiten. Bigga machte inzwischen die meisten Aufnahmen und entwickelte die Bilder auch, während Inkeri immer öfter mit schmerzenden Augen im Bett lag. Inkeri nahm zwei Zigaretten aus der Schachtel, reichte eine Bigga und behielt die andere. Sie zündete sie an. Ihre Hand zitterte ein wenig. Sie war alt geworden.

»War es das?«, fragte sie.

»Ja. Das war es«, nickte Bigga.

Direkt nach Koskelas Besuch war ihnen zu Bewusstsein gekommen, dass Olavi ohne ein Wort fortgegangen war. Das war schon einen Monat her, und es sah ganz danach aus, als würde er nicht wiederkommen. Anfangs war das seltsam gewesen. Dass Olavi nicht mehr da war. Keine von ihnen wusste, wohin er gegangen sein konnte oder wohin es ihn am Ende verschlagen würde. Inkeri hatte versucht, aus Koskela herauszubekommen, ob Olavi festgenommen worden war. Laut Koskela war das nicht der Fall, aber andererseits wusste niemand etwas Genaues. Olavi hatte für Bigga eine große Geldsumme zurückgelassen, aber keine Nachricht. Nur ein Bündel Geldscheine auf dem Tisch in seinem Zimmer. Und einen Zettel, auf dem stand: *Das hier ist noch von Piera.* Bigga hatte das Geld genommen, sich in Olavis Zimmer umgesehen und aufs Bett gesetzt. Dann hatte sie Inkeri alles erzählt, was sie wusste.

Als Piera Ende August 1944 mit Kaarlo auf die Fjells gegangen war, um ihn in Sicherheit zu bringen, war Saara im Haus geblieben. *In diesem Zimmer*, sagte Bigga. Nach zwei Wochen wurde Saara per Haftbefehl gesucht. Piera war gerade am Tag zuvor mit Matilda zurückgekommen, als Bigga erstaunt mit ansah, wie Saara ihre wenigen Habseligkeiten in ebendiesem

Dachbodenzimmer zusammenpackte. Bigga würde sich immer daran erinnern, wie es klang, wie der Fußboden unter Saaras Schritten geknarrt hatte. Frühmorgens hatte Saara sich ihren kleinen Rucksack aufgesetzt und Bigga gesagt, dass ein finnischer Soldat ins Haus kommen würde. Ein Mann, der sie suchen würde.

»Bahás olmmái?«, hatte Bigga gefragt. Saara hatte sanft gelächelt. Sie waren schon wie Schwestern, obwohl sie nur kurz zusammen in diesem Haus gelebt hatten.

»Nein. Kein böser Mann«, hatte Saara erwidert und Bigga umarmt. Als Bigga gefragt hatte, wohin Saara ginge, hatte die sie mit einem Lächeln auf den Lippen angesehen. »Dahin, wo die Lappland-Alpenrose blüht«, hatte sie mit einem kleinen Lachen gesagt und mit der Hand gewedelt wie bei einem Witz. »Von der Eismeerküste geht ein Rot-Kreuz-Schiff nach Nordamerika«, hatte sie erklärt. Und gelächelt, wie jemand, der ein glückliches Geheimnis in sich trägt.

»Aber bevor ich gehe, sollst du das hier haben. Es ist das Wertvollste, was ich habe. Damit kannst du dich in Sicherheit bringen, so wie es mich hierhergebracht hat.« Saara drückte Bigga einen rasselnden Gegenstand in die Hand.

»Und sag dem Mann, der kommt, ich habe etwas für ihn, es ist im Gefangenenlager. Sag ihm, er soll es dort herausholen. Sag ihm, es ist ein Freifahrtschein, für den Fall, dass er doch hierbleibt und nicht nachkommen will.«

»Ein Freifahrtschein? Wofür? Warum kannst du es nicht hierlassen?«

»Weil es sein kann, dass das Haus hier durchsucht wird«, sagte Saara ernst. »Im Lager ist es in Sicherheit.« Bigga war ganz selbstverständlich mit Saara nach draußen gegangen und hatte sie bedrängt, ihr zu sagen, was in der Schachtel war.

»Ein Bild. Ein Foto. Bestimmte Leute könnten mit dieser Information alles Mögliche anstellen. Wenn man es richtig lesen kann, hat es viel zu erzählen.«

»Zum Beispiel?«, fragte Bigga. Sie hatten den Brunnen und den toten Baum schon passiert. Dann die Kreuzung, die alte Kirche. Saara sah Bigga an und lächelte. »Du bist zu klein, um das zu verstehen.«

»Immer müsst ihr Erwachsenen das sagen! Das regt mich auf!«

Saara hatte gutherzig gelacht. »Ein Foto ist nur ein Bild. Aber es kann viel aussagen, wenn man es lesen kann. Wer gut fotografieren kann, kann Informationen übermitteln, die die Welt verändern könnten«, bemerkte Saara und hob die Metalldose. »Genau so ein Bild befindet sich in dieser Schachtel.«

Auf halbem Wege, Bigga wusste nicht mehr, warum, kehrte sie um. Doch, sie wusste es noch. Matilda war ihnen gefolgt, lautstark grunzend, und hatte Bigga schließlich gebissen. Sie hatte zurückgehen müssen, um das Schwein nach Hause zu bringen. Sie hatten noch vereinbart, sich vor dem Lager zu treffen, bevor Saara abfuhr.

Und fünf oder zehn Minuten später hatte Bigga die Explosion gehört.

Niemand konnte wissen, dass die Deutschen angefangen hatten, die Gefangenen wegzuschaffen und zu erschießen. Und dass sie das Lager mit Sprengstoff dem Erdboden gleichmachen würden. Dass es überall brennen würde, dass überall verkohlte Tiere und tote Menschen liegen würden. Alles roch und schmeckte nach Eisen.

Die Wucht der Explosion hatte Bigga umgerissen. Das Schwein geriet in Panik und schrie vor Angst, sodass Bigga sich die Ohren zuhalten musste. Überall war Rauch. Die Explosion war warm gewesen, wie eine Umarmung. Überall brannte es. Im Mund schmeckte es nach Blut und Leben. Tod.

Wie konnte jemand einem eben noch so nah sein und dann ganz verschwinden. Ganz und gar.

Zwei Tage später war dann Olavi gekommen. In Koskelas Auto.

Als Bigga erzählte, was mit Saara geschehen war, hatte er ihr nicht geglaubt. Ovllá hatte nichts von dem geglaubt, was passiert war. Obwohl er sofort ins Lager gegangen war. Saaras Leiche wurde nie gefunden, nicht einmal verbrannte Überreste. Bigga war ja noch ein Kind gewesen, vielleicht erinnerte sie sich ja falsch, vielleicht hatte sie etwas Falsches gesehen, so behauptete es Olavi.

Aber er hatte die Schachtel gefunden, in der das Foto gewesen war. Daneben hatte ein silbernes Feuerzeug auf der Erde gelegen. Ein Feuerzeug mit dem Schriftzug *Saara*.

Und die Vögel. Sie verschwanden. Sie verschwanden völlig. Erst im Winter darauf kehrten sie zurück. Als Erste kamen die Zugvögel aus dem nördlichsten Afrika an, so hatte Áddjá es erzählt. Áddjá wusste viel. Áddjá hatte etwas von der Welt gesehen.

Danach kamen auch die anderen Zugvögel zurück.

Und im darauffolgenden Jahr kamen sie ebenfalls wieder und blieben.

Inkeri waren Biggas Erzählungen jeden Tag wieder und wieder durch den Kopf gegangen. Vielleicht hatte Saaras Verschwinden Olavi dazu bewogen, all die Jahre hierzubleiben. Offenbar hatten Inkeri und Olavi am Ende doch etwas gemeinsam.

Inkeri betrachtete den Tau, der auf dem Friedhof funkelte wie Diamanten. Sie sah Bigga in die Augen und fasste ihre

Hand. So standen sie noch eine Weile vor der frisch gepflanzten Blume, dann wandten sie sich ab. Matilda blieb an der Kirche zurück. Sie hatten beschlossen, dass das Schwein frei umherstreifen durfte, aber zur Nacht kam es stets zum Haus zurück, und Bigga oder Inkeri ließen es in den Koben. Aus Gewohnheit, einfach so.

Inkeri spürte den milden Wind im Gesicht. Das Licht blickte kurz auf ihre Haare herab, auf ihre Haut, bis sich wieder Wolken vor die Sonne schoben. Inkeri schloss die Augen und sah M-förmige Vögel vor sich. Sie öffnete sie und sah das Fjell. Sie dachte immer seltener an Kaarlo. Sie dachte anders an ihn als früher. Sie beschloss, dass er das Schiff erreicht hatte. Und damit nach Brasilien oder in ein anderes südamerikanisches Land gefahren war. Dass er exotische Orte und Länder sehen würde. Die Vergangenheit vergessen. Gewissheit darüber würde sie vielleicht nie bekommen, aber so hatte sie es für sich beschlossen. Nur so konnte sie ihr eigenes Leben weiterleben. Und sie entschied sich für das Leben. Inkeri hörte einen Vogel und roch frische Erde. Der Spätsommermorgen verwandelte sich am nördlichen Himmel in Wasserdampf. Die immer weiter emporsteigende Sonne schien durch eine Wolke und ließ sie erstrahlen. Das Licht war schön. Obwohl es schmerzte, war es tröstlich.

Irgendwann im Sommer hatte Bigga fordernd gefragt, was Inkeri mit dem Haus anfangen wollte. Inzwischen hatte sie sich entschieden. Sie würde eine Buchhandlung eröffnen. Eine Buchhandlung, wo man die Bücher kaufen konnte, die man hier lesen wollte. In allen Sprachen. Auf Samisch, Finnisch und Norwegisch. Und daneben würde sie ein Fotostudio gründen. Sie hatte Bigga gefragt, ob sie dort als Fotografin arbeiten wollte. Sie hatte ja gesagt.

Als sie am Haus angekommen waren, setzte sich Inkeri auf die Außentreppe, und Bigga holte am Brunnen Wasser. Inkeri hatte das Tagebuch von Väinö Remes ausgelesen. An einigen Stellen hatte jemand Seiten herausgerissen und Wörter ausgestrichen. *Zensur*, hatte Koskela gesagt, als er mit einem Blumenstrauß zu Besuch gekommen war und mit besorgter Miene draußen am Schuppen mit Bigga geflüstert hatte. Sie machten sich Sorgen um Inkeri. Inkeri sah zum Himmel. Bigga kam zu ihr. Vielleicht war es ein Vogel oder etwas anderes oder gar nichts, was schließlich die Stille zwischen ihnen durchbrach.

»Die Vögel fliegen bald ab«, sagte Inkeri. Ein Dompfaff zankte sich mit einer Dohle. Die Meisen sangen. Die Vögel nahmen Ameisenbäder. Unter dem Fenster wiegte sich der weiße Sumpfporst im Wind.

»Áddjá hat oft gesagt, dass Reisen das Wichtigste auf der Welt ist.«

»Ja«, lachte Inkeri. »Ich glaube allerdings, dass dein Opa eine andere Art von Reisen gemeint hat.«

Bigga sah nachdenklich vor sich hin. Inkeri hob den Blick.

»Ich habe es übrigens geschafft, den Farbapparat zu reparieren. Wir könnten versuchen, damit das nächste Passbild oder Pressefoto zu machen«, sagte Inkeri. Bigga lächelte. Sie setzte sich neben Inkeri. Inkeri nahm aus der Tasche eine Zigarette und ein silbernes Feuerzeug. Beides reichte sie Bigga.

»Bigga-Marja«, flüsterte sie. Der Name löste sich im Wind nahezu auf. Inkeri hatte in diesem Sommer begriffen, dass sie durch die letzten Jahre die Welt anders sah als vorher. Sie hatte gemerkt, wie reich und vielseitig sie war. Und dass ihr Leben, ihre Hoffnungen und Träume nicht allein am Licht hingen. Sie hatte es nur früher einmal so für sich entschieden.

Schließlich nahm Inkeri die Sonnenbrille ab und sah Bigga direkt in die Augen.

»Was denn, Inkeri?«, sagte Bigga.

»Erzähl mir von deinem Lappland.«

ENONTEKIÖ
Sept. 44
Der Krieg ist aus.